eva

ANNA CAREY

Tradução de
Fabiana Colasanti

2ª edição

GALERA RECORD
RIO DE JANEIRO • SÃO PAULO
2019

CIP-BRASIL. CATALOGAÇÃO NA FONTE
SINDICATO NACIONAL DOS EDITORES DE LIVROS, RJ

Carey, Anna
C273e   Eva / Anna Carey; tradução Fabiana Colasanti. - 2ª ed. - Rio de Janeiro:
2ª ed.   Galera, Record, 2019.
         (Eva; 1)

         Tradução de: Eve
         ISBN 978-85-01-09275-5

         1. Literatura juvenil americana. I. Colasanti, Fabiana.
         II. Título. III. Série.

13-6965.   CDD: 028.5
                                                      CDU: 087.5

TÍTULO ORIGINAL EM INGLÊS:
Eve

Copyright © 2011 by Alloy Entertainment and Anna Carey.

Publicado mediante acordo com Rights People, London.

Todos os direitos reservados.
Proibida a reprodução, no todo ou em parte,
através de quaisquer meios. Os direitos morais do autor foram assegurados.

Texto revisado segundo o novo Acordo Ortográfico da Língua Portuguesa.

Composição de miolo: Abreu's System

Direitos exclusivos de publicação em língua portuguesa somente
para o Brasil adquiridos pela
EDITORA RECORD LTDA.
Rua Argentina, 171 - Rio de Janeiro, RJ - 20921-380 - Tel.: 2585-2000,
que se reserva a propriedade literária desta tradução.

Impresso no Brasil

ISBN: 978-85-01-09275-5

Seja um leitor preferencial Record.
Cadastre-se e receba informações sobre nossos
lançamentos e nossas promoções.

Atendimento e venda direta ao leitor:
sac@record.com.br

EDITORA AFILIADA

Para meus pais

Talvez eu realmente não queira saber o que está acontecendo.
Talvez eu prefira não saber. Talvez eu não suporte saber.
A Queda foi uma queda da inocência para o conhecimento.

— Margaret Atwood, O CONTO DA AIA

23 de maio, 2025

Minha doce Eva,

Hoje, enquanto dirigia na volta do mercado, com você cantarolando no assento e o porta-malas cheio de leite em pó e arroz, vi as Montanhas San Gabriel; vi-as de verdade pela primeira vez. Eu já havia pegado aquela estrada antes, mas isso fora diferente. Lá estavam elas, além do para-brisa: picos azul-esverdeados imóveis e silenciosos, tomando conta da cidade, tão perto que senti como se pudesse tocá-los. Encostei o carro só para olhar.

Sei que vou morrer em breve. A praga está levando todos os que tomaram a vacina. Não há mais voos. Não há mais trens. Eles bloquearam as estradas que saem da cidade, e agora todos nós devemos esperar. Os telefones e a internet caíram há muito tempo. As torneiras estão secas, e as cidades estão perdendo energia elétrica, uma a uma. Logo o mundo inteiro estará às escuras.

Mas neste momento ainda estamos vivas, talvez mais vivas do que jamais fomos. Você está dormindo no quarto ao lado. Da cadeira onde estou sentada, posso ouvir os sons da sua caixa de música — a que tem uma pequena bailarina — tocando as últimas notas cintilantes.

Eu te amo, eu te amo, eu te amo.
Mamãe

UM

QUANDO O SOL SE PÔS ATRÁS DO MURO DE 15 METROS DE ALTURA, o gramado da Escola estava coberto de alunas do terceiro ano. As meninas mais novas inclinavam-se para fora das janelas do dormitório, sacudindo as bandeiras da Nova América enquanto cantávamos e dançávamos. Agarrei o braço de Pip e a girei quando a banda tocou um ritmo mais rápido. Sua risada curta em *staccato* soou por cima da música.

Era a noite antes da nossa formatura e estávamos comemorando. Havíamos passado a maior parte de nossas vidas dentro dos muros do complexo, sem nunca conhecer a floresta além deles, e esta era a maior festa que já recebêramos. Uma banda foi colocada perto do lago — um grupo de voluntários do segundo ano —, e as guardas haviam acendido tochas para manter os gaviões afastados. Dispostas sobre uma mesa estavam todas as minhas comidas favoritas: pata de cervo, javali selvagem assado, ameixas cristalizadas e tigelas repletas de frutas silvestres.

A diretora Burns, uma mulher corpulenta com um rosto que lembrava o de um cão selvagem, estava cuidando da mesa, encorajando todas a comerem mais.

— Vamos lá! Não queremos que isso seja desperdiçado. Quero minhas meninas como porquinhos rechonchudos! — A gordura em seus braços balançava para a frente e para trás conforme ela indicava o banquete.

A música ficou mais lenta, e eu puxei Pip mais para perto, guiando-a em uma valsa.

— Acho que você se sairá um homem muito bom — disse ela enquanto deslizávamos na direção da beira do lago e o cabelo ruivo grudava no rosto suado.

— Eu *sou* lindo — brinquei, franzindo as sobrancelhas em uma imitação de masculinidade. Era uma piada na Escola, pois fazia mais de uma década desde que qualquer uma de nós vira um menino ou um homem; a não ser que contássemos as fotos do Rei que ficavam em exibição no salão principal. Nós implorávamos às professoras para nos contarem sobre a época anterior à praga, quando meninas e meninos frequentavam as Escolas juntos, mas elas só diziam que o novo sistema era para a nossa própria proteção. Os homens podiam ser manipuladores, traiçoeiros e perigosos. A única exceção era o Rei; apenas ele era digno de confiança e obediência.

— Eva, está na hora — chamou a professora Florence, que estava perto da beira do lago, com uma medalha dourada nas mãos velhas e gastas. O uniforme-padrão das professoras, uma blusa vermelha com calça azul, ficava largo em sua silhueta franzina.

— Juntem-se aqui, meninas!

A banda parou de tocar, e o ar foi preenchido com os sons da floresta lá fora. Passei os dedos pelo apito de metal em volta do meu pescoço, grata por tê-lo se alguma criatura atravessasse o muro do complexo. Mesmo depois de todos esses anos na Escola, nunca me acostumei a ouvir as brigas de cães, o *ra-tá-tá-tá* distante das metralhadoras, os horríveis lamentos dos cervos sendo comidos vivos.

A diretora Burns mancou até nós e pegou a medalha das mãos da professora Florence.

— Muito bem, vamos começar! — anunciou, enquanto as quarenta alunas do terceiro ano se enfileiravam para assistir. — Todas vocês se esforçaram muito durante o tempo na Escola, e talvez ninguém tenha se esforçado tanto quanto Eva. — Ao dizer isso, ela se virou para mim, e a pele em seu rosto era flácida e enrugada, formando ligeiras papadas. — Eva provou ser uma das melhores e mais brilhantes alunas que já ensinamos aqui. Através do poder conferido a mim pelo Rei da Nova América, eu lhe entrego a Medalha da Conquista.

Enquanto a diretora pressionava o medalhão frio em minhas mãos, todas as meninas aplaudiram. Pip acrescentou um assovio estridente com os dedos, para que não restassem dúvidas.

— Obrigada — falei baixinho.

Olhei através do lago comprido, mais parecido com um fosso, que se estendia de um lado ao outro do muro. Meu olhar se firmou no gigantesco prédio sem janelas além deste. No dia seguinte, depois que eu fizesse meu discurso de oradora na frente da Escola inteira, as guardas na outra margem do lago estenderiam uma ponte, e a turma de formandas seguiria atrás de mim, em fila indiana, para o outro lado. Lá, naquela estrutura enorme, começaríamos a aprender nossos ofícios. Eu passara tantos anos estudando, aperfeiçoando meu latim, minha escrita, minha pintura. Havia passado horas ao piano, aprendendo Mozart e Beethoven, sempre com aquele prédio ao longe — o objetivo final.

Sophia, a oradora de três anos atrás, havia subido no mesmo pódio e lido seu discurso sobre nossa grande responsabilidade como futuras líderes da Nova América. Ela falou sobre tornar-se médica e sobre como trabalharia para prevenir futuras pragas. A essa altura, provavelmente estava salvando vidas na capital do Rei, a Cidade de Areia. Diziam que ele havia restaurado uma cidade no deserto. Eu mal podia esperar para chegar lá. Queria ser uma artista, pintar retratos como Frida Kahlo ou cenas surreais como Magritte, em afrescos pelas grandes muralhas da Cidade.

A professora Florence repousou a mão sobre minhas costas.

— Você incorpora a Nova América, Eva: inteligência, empenho e beleza. Estamos muito orgulhosas de você.

A banda começou uma música bem mais animada, e Ruby cantou a letra a plenos pulmões. As meninas no gramado riam e dançavam, girando e girando e girando umas as outras até estarem tontas.

— Vamos, coma mais um pouco — ordenou a diretora Burns enquanto empurrava Violet, uma garota mais baixa com olhos negros e amendoados, na direção da mesa.

— O que há com ela? — perguntou Pip, aproximando-se de mim. Ela tomou a medalha nas mãos para vê-la melhor.

— Você conhece a diretora — comecei, prestes a lembrar Pip de que a chefe da nossa Escola tinha 75 anos, artrite e que já havia perdido a família inteira quando a praga finalmente terminara, 12 anos atrás, mas Pip balançou a cabeça em negativa.

— Não ela, *ela*.

Arden era a única aluna do terceiro ano que não comemorava. Estava encostada na parede do dormitório, com os braços cruzados; e mesmo com o vestido cinza sem graça, com o brasão da

Nova Monarquia Americana bordado no peito, mesmo de cara amarrada, ainda estava linda. Enquanto a maioria das meninas na Escola mantinha os cabelos compridos, ela havia cortado as madeixas pretas bem curtas, fazendo a pele parecer ainda mais clara. Os olhos cor de avelã eram salpicados de dourado.

— Ela vai aprontar alguma coisa, tenho certeza — falei para Pip, sem tirar os olhos dela. — Está sempre aprontando.

Pip passou os dedos pelo medalhão liso.

— Alguém a viu nadando pelo lago... — sussurrou ela.

— Nadando? Duvido.

Ninguém no complexo sabia nadar. Nunca haviam nos ensinado. Pip deu de ombros.

— Quem é que sabe, em se tratando dela...

Enquanto a maioria das alunas do terceiro ano tinha vindo para a Escola aos 5 anos de idade, depois que a praga havia terminado, Arden chegara com 8, então sempre houvera algo diferente a seu respeito. Os pais a haviam entregue à Escola até que conseguissem se estabelecer na Cidade de Areia. Ela adorava lembrar às alunas o fato de que, diferente do resto de nós, não era órfã. Quando terminasse de aprender seu ofício, iria se mudar para o novo apartamento dos pais. Não teria de trabalhar um dia sequer na vida.

Pip havia decidido que isso explicava uma verdade mais profunda sobre Arden: como tinha pais, ela não tinha medo de ser expulsa da Escola. Frequentemente, sua rebeldia era demonstrada na forma de trotes inofensivos: figos podres no mingau de aveia ou um camundongo morto na pia, com pasta de dente branca no penteado. Mas outras vezes ela era má, até mesmo cruel. Certa vez, Arden cortou o longo e negro rabo de cavalo de Ruby, só para rir do C que ela tirou em uma prova de Perigos de Meninos e Homens.

Nos últimos meses, porém, Arden se manteve estranhamente quieta. Era a última a chegar para as refeições e a primeira a sair, e estava sempre sozinha. Eu tinha a crescente suspeita de que, para a formatura amanhã, ela estava planejando o maior trote de todos.

Em um instante, Arden virou-se e começou a correr na direção do prédio do refeitório, levantando poeira enquanto se movia. Meus olhos se estreitaram ao observá-la ir. Eu não precisava de nenhuma surpresa na cerimônia; com o discurso que faria, já tinha o bastante para me preocupar. Fora dito, até, que o próprio Rei viria para a solenidade, pela primeira vez na história da Escola. Eu sabia que era um boato, iniciado pela sempre dramática Maxine, mas ainda assim era um dia importante; o mais importante das nossas vidas.

— Diretora Burns? — perguntei. — Por favor, posso ser dispensada? Deixei minhas vitaminas no dormitório. — Tateei os bolsos do vestido do uniforme, fingindo frustração.

— Quantas vezes terei de lembrar a vocês meninas que as mantenham em suas mochilas? Vá, mas não demore. — Enquanto falava ela acariciou o focinho do javali assado, que tinha a pelugem do rosto chamuscada de preto.

— Sim — concordei, virando a cabeça para trás à procura de Arden, que já tinha dobrado a rua ao fim do refeitório. — Pode deixar, Diretora. — Saí correndo, oferecendo a Pip um rápido *volto já*.

Virei a esquina, aproximando-me do portão principal do complexo. Arden abaixou-se ao lado do prédio e pegou algo debaixo de um arbusto. Ela despiu o uniforme e o trocou por um macacão preto, a pele branca como leite cintilando sob o sol do crepúsculo.

Caminhei até ela enquanto Arden calçava um par de botas de couro preto, as mesmas que as guardas sempre usavam.

— O que quer que esteja planejando, pode simplesmente esquecer — anunciei, satisfeita ao ver que ela se endireitou ao som da minha voz.

Arden ficou parada por um momento, então apertou firmemente os cadarços, como se estivesse estrangulando os tornozelos. Um minuto se passou até que falasse e, mesmo assim, ela não se virou para me encarar.

— Por favor, Eva — disse baixinho. — Apenas vá embora.

Ajoelhei-me ao lado do edifício, segurando minha saia para que não se sujasse.

— Sei que vai aprontar alguma coisa. Alguém viu você perto do lago.

Arden movia-se rapidamente, com os olhos fixos nas botas enquanto dava um nó duplo nos cadarços. Havia uma mochila em uma vala sob o arbusto, e a menina enfiou o uniforme cinza dentro dela.

— De onde você roubou o uniforme das guardas? — continuei.

Ela fingiu não ter me ouvido e, em vez disso, espiou por um buraco entre os arbustos. Segui seu olhar até o portão do complexo, que estava se abrindo lentamente. O carregamento de comida para a cerimônia do dia seguinte havia acabado de chegar em um jipe preto e verde do governo.

— Isso não tem nada a ver com você, Eva — disse ela finalmente.

— Então tem a ver com o quê? Está se passando por uma guarda? — Ao dizer isso, peguei o apito que ficava em volta do meu pescoço. Eu nunca havia denunciado Arden antes, nunca levara nada do que ela fizera até a diretora, mas a cerimônia era importante demais, para mim, para todo mundo. — Sinto muito, Arden, mas não posso deixar que você...

Antes que o apito tocasse meus lábios, Arden arrancou a corrente do meu pescoço, atirando-a pelo gramado. Em um movimento rápido, ela me prensou contra o edifício, e seus olhos estavam molhados e vermelhos.

— Escute aqui — falou lentamente, com o braço apertando meu pescoço, dificultando minha respiração. — Vou embora daqui em exatamente um minuto. Se sabe o que é bom para você, volte para a comemoração e finja que nunca viu isto acontecer.

Uns seis metros à nossa frente, algumas guardas descarregavam o veículo, levando caixas para dentro do complexo, enquanto as outras apontavam suas metralhadoras na direção da floresta.

— Mas não há para onde ir...

— Acorde! — sussurrou Arden. — Você acha que vai aprender um ofício? — Ela fez um gesto na direção do edifício de tijolos do outro lado do lago. Eu mal podia vê-lo em meio à escuridão crescente. — Nunca se pergunta por que as Formandas nunca saem do prédio? Ou por que há um portão separado para elas? Ou por que há tantas cercas e portas trancadas por aqui? Acha que estão mandando vocês para lá para *pintar*? — Com isso, ela finalmente me soltou.

Esfreguei o pescoço. Minha pele queimava onde a corrente havia arrebentado.

— É claro — falei. — O que mais faríamos lá?

Arden soltou uma gargalhada enquanto jogava a mochila por cima do ombro, então se inclinou para perto de mim. Eu podia sentir o cheiro da carne picante de javali em seu hálito.

— Noventa e oito por cento da população está morta, Eva. Morta. Como você acha que o mundo vai continuar? Eles não precisam de artistas — sussurrou. — Precisam de *crianças*. O mais saudáveis que puderem encontrar... ou fazer.

— Do que está falando? — perguntei.

Ela se levantou, sem nunca tirar os olhos do jipe. Uma guarda puxou a capa de lona por cima da traseira do veículo e subiu para o banco do motorista.

— Por que acha que estão tão preocupados com a nossa altura, nosso peso, ou o que estamos comendo e bebendo? — Arden espanou a terra do macacão preto e olhou para mim uma última vez. A área embaixo de seus olhos estava inchada, com as veias roxas visíveis sob a pele branca e fina. — Eu as vi; as garotas que se formaram antes de nós. E não vou acabar em uma cama de hospital, parindo uma ninhada todo ano pelos próximos vinte da minha vida.

Eu cambaleei para trás, como se tivesse levado um tapa na cara.

— Você está mentindo — falei. — Está enganada.

Mas Arden apenas sacudiu a cabeça e, com isso, saiu correndo em direção ao jipe, puxando o capuz preto por cima do cabelo. Ela esperou as guardas do portão se virarem antes de abordá-las.

— Mais uma! — gritou, então pulou para cima do para-choque traseiro e enfiou-se na caçamba coberta.

O veículo sacolejou pela estrada de terra e desapareceu na floresta escura. O portão se fechou lentamente depois que ele passou. Eu ouvi o som do cadeado, incapaz de acreditar no que acabara de ver. Arden havia deixado a Escola. Fugido. Ela fora para o outro lado do muro, para a selva, sem nada nem ninguém para protegê-la.

Eu não acreditava no que ela dissera. Não podia acreditar. Talvez Arden fosse voltar em algumas horas, no jipe. Talvez esse fosse seu trote mais maluco até hoje. Mas, enquanto eu me virava de volta para o prédio sem janelas do outro lado do complexo, não pude evitar que minhas mãos tremessem ou impedir o vômito azedo de frutas silvestres irrompendo da minha boca. Passei mal ali, na terra, com um único pensamento me consumindo: e se Arden estivesse certa?

DOIS

DEPOIS QUE HAVÍAMOS ESCOVADO OS CABELOS E OS DENTES, LAVA-do o rosto e vestido as camisolas brancas idênticas que iam até os tornozelos, deitei-me na cama, fingindo estar cansada. O dormitório zumbia com a notícia do desaparecimento de Arden. Meninas enfiavam a cabeça em cada quarto para divulgar a última fofoca: uma presilha de cabelo fora encontrada nos arbustos, e a Diretora estava interrogando uma guarda perto do portão. durante tudo isso, eu queria uma das coisas mais difíceis de se conseguir na Escola, algo tão estranho que era impossível até mesmo de pedir.

Eu queria ficar sozinha.

— Noelle acha que Arden está se escondendo nas dependências da médica — disse Ruby a Pip enquanto inspecionava as cartas em sua mão. — Compra uma carta.

Elas estavam sentadas na estreita cama de solteiro de Pip, jo-gando um jogo que haviam pegado na biblioteca da Escola. As velhas cartas de *Procurando Nemo* estavam desbotadas e rasgadas, e algumas estavam coladas umas nas outras com suco de figo seco.

— Aposto que ela só está tentando se livrar da cerimônia — acrescentou Pip. A pele sardenta do rosto estava salpicada de pasta de dente seca, o que ela chamava de seu "removedor miraculoso de manchas". Ela não parava de olhar para mim, esperando que eu especulasse sobre o paradeiro de Arden ou comentasse sobre o bando de guardas que estavam do lado de fora dos dormitórios, vasculhando o terreno com lanternas. Eu não falei uma palavra.

Pensei sobre o que Arden dissera. Nos últimos meses, a diretora Burns estivera cada vez mais preocupada com a nossa dieta, assegurando-se de que comíamos o suficiente. Ela aparecia nos nossos exames de sangue e pesagens semanais e garantia que estivéssemos todas tomando nossas vitaminas. Até mesmo mandou Ruby para a Dra. Hertz quando ela ficou menstruada uma semana depois de todo mundo na Escola.

Puxei o fino cobertor branco até o pescoço. Desde que era pequena, diziam-me que havia um plano para mim, um plano para todas nós. Completar 12 anos na Escola, então nos mudar para o outro lado do complexo e aprender um ofício durante quatro anos. Daí iríamos para a Cidade de Areia, onde a vida e a liberdade nos esperavam. Iríamos trabalhar e viver lá, sob o comando do Rei. Eu sempre ouvira as professoras, não tinha motivos para não o fazer. Até mesmo agora, a teoria de Arden não fazia sentido. Por que teriam nos ensinado a temer os homens quando no fim teríamos nossos próprios filhos e famílias? Por que nos educariam, se iríamos apenas procriar? A ênfase que haviam colocado em nossos estudos, a forma como éramos encorajadas a perseguir...

— Eva? Ouviu o que eu disse? — Pip interrompeu meus pensamentos; ela e Ruby estavam olhando fixamente para mim.

— Não, o quê?

Ruby juntou as cartas na mão, o cabelo grosso e preto ainda curto e desigual no lugar em que Arden o havia cortado.

— Queremos uma prévia do seu discurso antes de irmos para a cama.

Minha garganta se fechou quando pensei no meu discurso final: as três páginas de rabiscos amarrotadas dentro da gaveta da mesinha de cabeceira.

— É para ser uma surpresa — falei, depois de um momento. Eu havia escrito sobre o poder da imaginação na construção da Nova América. As palavras que eu havia escolhido e o futuro que descrevera agora pareciam tão incertos...

Ruby e Pip ficaram olhando para mim, mas eu virei de costas, incapaz de olhá-las nos olhos. Não podia dizer a elas o que Arden havia sugerido: que a liberdade da formatura era só uma ilusão, algo criado para nos manter calmas e satisfeitas.

— Tudo bem, como quiser — rebateu Pip, apagando a vela em sua mesinha de cabeceira. Eu pisquei algumas vezes, ajustando os olhos à escuridão. Lentamente, seu rosto redondo tornou-se visível sob o luar cinza que entrava pela janela. — Mas nós *somos* suas melhores amigas.

Em minutos, o ronco leve de Ruby preencheu o quarto. Ela sempre adormecia primeiro. Pip ficou olhando para o teto, com as mãos descansando sobre o coração.

— Mal posso esperar para me formar. Vamos aprender coisas, coisas de verdade. E em alguns anos estaremos no mundo, na cidade nova, além da floresta. Vai ser incrível, Eva. Vamos ser como... pessoas *de verdade.* — Ela se virou para mim, e eu esperei que, sob o luar fraco, ela não pudesse ver as lágrimas se acumulando nos cantos dos meus olhos.

Fiquei imaginando a vida que Pip e eu realmente teríamos. Pip queria ser arquiteta, como Frank Lloyd Wright. Queria construir novas casas que não se deteriorassem por falta de cuidado humano, casas que tivessem abrigos estocados com comida enlatada, onde nem mesmo o mais microscópico dos vírus mortais pudesse entrar. Eu dissera a ela que, quando terminássemos de aprender nossos ofícios, moraríamos juntas na Cidade de Areia. Arrumaríamos um apartamento como os que vimos em livros, com camas *queen size* e janelas pelas quais poderíamos ver o outro lado da Cidade, onde os homens moravam, longe de nós. Aprenderíamos a esquiar nas enormes encostas artificiais que a professora Etta nos havia descrito, ou usaríamos nossos modos nos restaurantes com toalhas de mesa brancas e engomadas e talheres polidos. Escolheríamos nossos jantares a partir de um cardápio, pedindo que nossa carne fosse preparada do jeito que gostávamos.

— Eu sei — engasguei. — Vai ser ótimo.

Sequei os olhos, sentindo-me grata quando a respiração de Pip finalmente ficou mais lenta. Mas aí chegaram a culpa e o medo crescente de que amanhã eu pudesse não estar apenas fazendo um discurso iludido e esperançoso. Eu poderia estar levando minhas amigas à morte.

———

ESPEREI PELO SONO, MAS ELE NÃO VEIO. ÀS TRÊS DA MANHÃ, eu soube que não podia mais ficar deitada ali. Levantei-me e fui até a janela, olhando para o outro lado do complexo. Estava vazio, a não ser por uma guarda solitária, identificável pela forma como mancava enquanto observava o gramado em uma varredura de rotina.

Nosso quarto ficava apenas dois andares acima do chão. Quando a guarda saiu do meu campo de visão, abri a janela, como sempre fazia em noites quentes. Então me empoleirei no beiral. Todos os anos a Escola ministrava treinamentos: o que fazer em uma invasão, o que fazer em um terremoto, o que fazer quando confrontada por uma matilha de cachorros, o que fazer em um incêndio. Agora, lembrando-me dos diagramas simples e gastos que a diretora Burns havia distribuído no fim das aulas, baixei o corpo do lado de fora do edifício e me pendurei no beiral da janela, preparando-me para a queda.

Soltei e caí no chão com força. A dor atravessou meu tornoze-lo, mas levantei-me e corri o mais rápido que podia na direção do lago. Do outro lado da água cintilante, o prédio escolar de tijolos era um retângulo preto contra o céu roxo-escuro.

Quando parei diante do lago, com suas ondas suaves lamben-do meus dedos dos pés, minha coragem se esvaiu. Nunca havía-mos aprendido a nadar. As professoras frequentemente contavam histórias sobre os dias antes da praga, e como as pessoas haviam se afogado em ondas no mar ou sido iludidas pela enganosa calma de suas próprias piscinas fabricadas.

Olhei de volta para a janela aberta do dormitório. Dentro de mais um minuto, a guarda viraria a esquina com sua lanterna e me pegaria do lado de fora depois do anoitecer. Ela já havia me descoberto nos arbustos depois que Arden desaparecera, com o vestido coberto de vômito. Eu explicara que estava apenas nervo-sa com a formatura, mas não podia lhe dar nenhum outro motivo para ficar desconfiada.

Avancei para dentro do lago. Arbustos de espinhos circunda-vam a margem estreita, passando por cima da superfície da água. Tirei minhas meias e as enrolei em volta das mãos, para conseguir agarrar os galhos pontiagudos. Lentamente, puxei-me através do lago, com a água subindo até o pescoço. Eu tinha avançado apenas um metro quando o chão macio de repente cedeu sob meus pés. A água entrou pela minha boca, e apertei os galhos com mais força, sentindo os espinhos perfurarem minha pele através das meias. Não consegui conter a tosse.

A guarda parou sobre o gramado. O feixe de luz da lanterna se estendeu através da grama e dançou por cima da superfície do lago. Prendi a respiração, com os pulmões ardendo de dor. Finalmente, o feixe branco e cintilante voltou para a grama, e a guarda desapareceu mais uma vez pelo outro lado do complexo.

Foi assim durante mais de uma hora. Eu me arrastei até o outro lado, parando sempre que a guarda passava por ali, tomando cuidado para não emitir nenhum som. Quando finalmente alcancei a margem, icei meu corpo até a grama enlameada. As meias em volta de minhas mãos estavam encharcadas de sangue, e a camisola fria e molhada grudava no meu corpo. Eu a tirei, sentando embaixo do edifício gigantesco enquanto espremia a água do tecido.

Este lado do complexo era estranhamente vazio, a não ser pela comprida ponte de madeira que atravessava o gramado, pronta para a cerimônia do dia seguinte. Diferentemente da Escola, não havia flores cercando a estrutura de tijolos. Disseram-nos que as Formandas eram ocupadas demais para sair do prédio, que seu cronograma era ainda mais rigoroso do que o da Escola e que o tempo que não era gasto comendo, dormindo ou em aula; era usado para o aperfeiçoamento do ofício. As alunas do terceiro ano cochichavam entre si e se preocupavam com a súbita perda do sol, mas aquele tipo de dedicação sempre havia soado empolgante para mim.

A grama alta cercava o meu corpo, mas não o cobria o suficiente. Vesti a camisola úmida pela cabeça outra vez e corri pelo canto do edifício. Ele *tinha* janelas, cerca de um metro e meio acima do chão, só que não do lado que ficava de frente para a Escola.

A esperança floresceu dentro de mim, uma leveza que tornou cada movimento mais fácil. Encontrei uma torneira enferrujada na parede, com um balde ao lado. Virei-o de cabeça para baixo, usando-o como um banquinho, e puxei-me para cima para enxergar melhor. Ali dentro estava o meu futuro, e, conforme esticava os braços em direção ao beiral da janela, desejava que fosse o que eu havia imaginado, não o de que Arden estava fugindo. Rezei para ver um quarto cheio de garotas em suas camas, com as paredes decoradas com quadros a óleo de cães selvagens correndo pelas planícies. Rezei por mesas de desenho cobertas de diagramas e por pilhas altas de livros em cada criado-mudo. Rezei para não estar errada, para que amanhã eu fosse me formar e o futuro que havia imaginado fosse se abrir diante de mim como uma flor ao sol.

Minhas mãos agarravam-se ao beiral conforme eu me puxava mais para perto. Pressionei o nariz contra a janela. Lá, do outro lado do vidro, havia uma garota em uma cama estreita, com o abdome coberto por uma gaze ensanguentada. O cabelo louro estava emaranhado. Os braços estavam presos por correntes de couro.

Ao lado dela havia outra garota, com a barriga gigantesca esticando-se quase um metro acima do corpo e a pele fina coberta por veias roxas. Então a garota abriu os profundos olhos verdes e olhou para mim por um momento, até que eles se revirassem de volta em sua cabeça. Era Sophia. Sophia, que fizera seu próprio discurso de oradora havia três anos, sobre se tornar médica.

Cobri a boca para sufocar um grito.

Havia fileiras de garotas em camas estreitas, a maioria com barrigas enormes sob os lençóis brancos. Algumas tinham o meio do corpo enfaixado. Uma tinha cicatrizes que serpenteavam pelo tronco, de um rosa escuro e inchadas. No canto oposto do quarto, outra garota se contorcia de dor, tentando libertar os pulsos. Sua boca estava aberta, gritando alguma coisa que eu não conseguia ouvir através do vidro.

As enfermeiras apareceram, entrando por portas que se estendiam pelo aposento comprido de aparência industrial. A Dra. Hertz veio logo atrás delas, com o cabelo grisalho e duro impossível de não se reconhecer. Era ela quem determinava as receitas de vitaminas que consumíamos todos os dias e nos examinava todo mês para verificar nossa saúde. Era ela quem nos colocava sobre a mesa e nos cutucava com instrumentos frios, sem nunca responder nossas perguntas, nunca olhando em nossos olhos.

O pescoço da garota chicoteava para a frente e para trás enquanto a médica se aproximava dela e pressionava uma das mãos em sua testa. A garota continuou gritando, e algumas pacientes adormecidas acordaram com o som. Elas se debatiam contra as amarras e berravam, e o coro baixo era quase inaudível. Então, em um movimento rápido, a médica enfiou uma agulha no braço da garota, que ficou terrivelmente imóvel. A Dra. Hertz ergueu a seringa para as outras garotas — uma ameaça —, e os gritos cessaram.

Acabei soltando o beiral da janela, e caí de costas, com o balde deslocando-se debaixo de mim. Agachei-me na terra dura, e minhas entranhas sufocavam. Tudo fazia sentido agora. As injeções dadas pela Dra. Hertz — as que nos deixavam enjoadas, irritadiças e doloridas. A diretora acariciando o meu cabelo enquanto eu tomava minhas vitaminas. O olhar vazio que a professora Agnes havia me dado quando falei do meu futuro como muralista.

Não haveria ofício algum, nem cidade, nem apartamento com cama *queen size* e uma janela voltada para a rua. Nada de comer nos restaurantes com os talheres polidos e toalhas de mesa brancas e engomadas. Haveria apenas aquele quarto, o fedor pútrido de penicos velhos, a pele esticando-se até rachar. Haveria apenas bebês sendo arrancados para fora do meu útero, tirados dos meus braços e levados para algum lugar além desses muros. Eu seria deixada gritando, sangrando, sozinha; e então mergulhada de volta em um sono sem sonhos, induzido por medicamentos.

Fiquei de pé e corri na direção da margem do lago. A noite estava mais escura, o ar mais frio, o lago muito maior e mais fundo do que antes. Ainda assim, não olhei para trás. Eu tinha de me afastar daquele prédio, daquele quarto, daquelas garotas com os olhos mortos.

Eu tinha de ir embora.

TRÊS

QUANDO VOLTEI PARA A ESCOLA, ESTAVA ENCHARCADA, COM SANgue pingando das minhas mãos. Não havia nem me dado o trabalho de enrolar as meias em volta das palmas enquanto atravessava o lago, tão focada estava em simplesmente aumentar a distância entre mim e aquele prédio. Eu havia deixado os espinhos perfurarem minha pele, com os olhos fixos na janela do meu quarto, insensível à dor.

Quando a guarda circulou pelos fundos do dormitório, corri pela margem do lago acima, com a camisola pesada de água. Algumas tochas ainda estavam acesas, mas o gramado estava escuro, e eu podia ouvir as corujas nas árvores, como grandes líderes de torcida, me estimulando a seguir em frente. Até aquela noite, eu nunca havia quebrado regra alguma. Estivera sentada antes que cada aula começasse, com os livros abertos sobre a mesa. Estudava duas horas a mais todas as noites. Até mesmo cortava minha comida cuidadosamente, como instruído, com o indicador apertando as costas da faca. Mas só uma regra importava agora. *Nunca ultrapassem o muro*, dissera a professora Agnes no seminário de Perigos de Meninos e Homens, quando explicara o ato do estupro. Ela ficara olhando para nós com os olhos aquosos e avermelhados até que repetíssemos de volta para ela, com nossas vozes em um uníssono induzido.

Nunca ultrapassem o muro.

Mas nenhuma gangue de homens ou matilha faminta de lobos do outro lado do muro poderia ser pior do que o destino que eu enfrentaria trancada do lado de dentro. Na selva haveria escolha — por mais perigosa e assustadora que fosse. Eu decidiria o que queria comer, aonde queria ir. O sol ainda aqueceria a minha pele.

Talvez eu conseguisse sair pelo portão, como Arden fizera. Esperar até de manhã quando o último carregamento de suprimentos chegaria para a comemoração. Uma janela seria mais difícil. A que ficava perto da biblioteca era próxima ao muro, mas ficava a uma altura de 15 metros do chão, e eu precisaria de corda, de um plano e de alguma maneira de descer.

Dentro do prédio, rastejei em direção à escadaria estreita e mal iluminada, tomando cuidado para não emitir nenhum som. Seria impossível salvar todo mundo, mas eu tinha de ir até o meu quarto e acordar Pip. Talvez conseguíssemos levar Ruby também. Não haveria muito tempo para explicar, mas prepararíamos uma bolsa com algumas roupas, figos e as balas embrulhadas em papel dourado que Pip adorava. Iríamos embora esta noite, para sempre. Não olharíamos para trás.

Subi correndo para o segundo andar e atravessei o corredor, passando por uma sequência de quartos com meninas enfiadas ordenadamente sob as roupas de cama. Através do vão de uma porta, pude ver Violet enroscada, sorrindo em seu sono, sem consciência do que a esperava no dia seguinte. Eu estava a passos do meu quarto quando o corredor brilhou com uma luz fantasmagórica.

— Quem está aí? — perguntou uma voz áspera.

Virei-me lentamente, com o sangue gelando em minhas veias. A professora Florence estava no fim do corredor, segurando uma lamparina de querosene, lançando sombras negras que se agigantavam na parede atrás dela.

— Eu só estava... — Deixei a frase morrer. A água do lago pingava da bainha da minha saia, formando uma poça em volta dos meus pés.

A professora Florence veio na minha direção, com o rosto manchado de sol contorcido em uma careta de desgosto.

— Você atravessou o lago — disse ela. — Viu as Formandas.

Eu confirmei, pensando de novo em Sophia em sua cama de hospital e em como os olhos retornaram aos buracos circulados de azul em seu rosto. Os hematomas nos pulsos e tornozelos, onde ela fazia força contra as correias de couro. A pressão estava crescendo dentro de mim, como uma chaleira logo antes da fervura. Eu queria gritar, fazer com que todo mundo acordasse de sobressalto, erguendo-se de suas camas. Pegar essa mulher frágil pelos ombros e enterrar meus dedos em seus braços até que ela entendesse a dor que eu entendia agora, o pânico e a confusão. A traição.

Mas todos aqueles anos sentando-me em silêncio com as mãos cruzadas ordenadamente sobre o colo, ouvindo e falando apenas quando me dirigissem a palavra me mantiveram em uma obediência treinada. E se eu gritasse agora, na noite silenciosa? Não haveria nada que eu pudesse dizer que convencesse as outras garotas. Elas nunca acreditariam que os ofícios eram uma mentira. Achariam que eu havia enlouquecido. Eva, a garota que surtou com o estresse da formatura. Eva, a louca que esbravejou sobre Formandas grávidas. *Formandas grávidas!* Elas ririam. Eu seria enviada para aquele prédio um dia antes de todo mundo, forçada a um silêncio permanente.

— Sinto muito — comecei. — Eu só estava... — As lágrimas escorreram dos meus olhos.

A professora Florence pegou a palma da minha mão nas suas, traçando os sulcos onde o sangue havia se acumulado e secado.

— Não posso deixá-la sair do complexo assim. — O cabelo duro e grisalho roçava meu queixo enquanto ela examinava a pele perfurada.

— Eu sei, sinto muito. Vou voltar para a cama e...

— Não — disse ela calmamente. Quando ergueu os olhos, eles estavam vidrados. — *Assim.* — Ela puxou um lenço do bolso de sua camisola e o enrolou em volta da minha mão. — Posso ajudar você, mas precisamos limpá-la. Rápido. Se a diretora descobrir, vai punir nós duas. Vá pegar suas coisas e encontre-me lá embaixo.

Eu a teria abraçado naquele momento, mas ela me empurrou na direção da minha porta. Eu estava entrando no quarto, preparando-me para chamar Pip e Ruby, quando a professora me chamou, e sua voz ainda era um sussurro:

— Eva, você vai sozinha; não deve acordar mais ninguém.

Comecei a protestar, mas ela foi firme.

— É a única maneira — falou solenemente, e então ela já estava na metade do corredor, com a lamparina balançando em sua mão.

Andei pelo quarto no escuro, preparando silenciosamente a única mochila que possuía. Pip estava imóvel na cama. *Você vai sozinha.* A ordem da professora ressoava em meus ouvidos. Mas eu passara uma vida inteira fazendo o que mandavam, apenas para ser enganada. Eu podia acordar Pip e implorar à professora para que ajudasse nós duas. Mas e se Pip não acreditasse em mim? E se ela acordasse as outras? E se a professora dissesse que não podia ajudar ambas, que duas de nós nunca conseguiriam fugir juntas sem serem notadas? Aí estaria tudo acabado para nós duas. Para sempre.

Pip rolou na cama e resmungou algo em seu sono. Peguei a calça que eu tinha por causa da aula de ginástica e a bolsinha de seda com as minhas coisas favoritas. Ela continha um minúsculo pássaro de plástico que eu encontrara havia anos enquanto cavava na lama; um invólucro dourado da primeira bala que a diretora me deu; a pulseirinha de prata oxidada que fora recuperada de quando eu cheguei à Escola pela primeira vez; e, finalmente, a única carta que eu tinha da minha mãe, com o papel amarelado rasgando-se em cada vinco.

Fechei o zíper da mochila, desejando ter mais tempo. O rosto lívido de Pip estava pressionado contra o travesseiro, com os lábios movendo-se a cada respiração. Eu havia lido uma vez, em um daqueles livros pré-praga na biblioteca, que amar era testemunhar. Que era o ato de observar a vida de outra pessoa, de simplesmente estar ali para dizer: *sua vida vale a pena ser vista.* Se isso é verdade, então eu nunca amei ninguém tanto quanto amei Pip, e ninguém também nunca me amou tanto quanto ela. Pois Pip estava lá quando torci o pulso plantando bananeira no gramado. Foi ela quem me abraçou depois que eu perdi meu broche azul favorito, que me disseram ter pertencido à minha mãe. E era ela quem cantava comigo no chuveiro as músicas que havíamos descoberto nos velhos discos, nos arquivos. *Let it be, let it be!,* berrava Pip, com espuma de xampu escorrendo pelo rosto e uma voz que estava sempre um pouco desafinada. *Whisper words of wisdom, let it beeee.*

Eu me dirigi à porta, olhando para ela uma última vez. Pip me ouvira chorar naquela primeira noite na Escola e deitara ao meu lado na cama e me deixara enterrar o rosto em seu pescoço. Ela havia acenado para o teto e me dito que, lá no céu, nossas mães estavam nos observando. Do céu, elas nos amavam.

— Vou voltar para buscá-la — falei e quase engasguei com as palavras. — Vou voltar — repeti.

Se eu não fosse embora naquele momento, porém, não iria nunca. Então atravessei correndo o corredor, desci a escadaria e me dirigi para o consultório médico, onde encontrei a professora esperando por mim com um saco cheio de comida.

Ela retirou os espinhos das minhas mãos com uma pinça, depois as enfaixou, com os olhos fixos na gaze enquanto a enrolava, camada por camada. Passou-se algum tempo até que falasse.

— Começou com médicos de fertilidade — disse a professora. — O Rei acreditava que ciência era a chave para repovoar a Terra rapidamente, com eficiência e sem todas as complicações de família, casamento e amor. Ele achava que, se recebessem uma educação, vocês estariam ocupadas e satisfeitas. Achava que, se temessem os homens, vocês se reproduziriam voluntariamente sem eles. E quando as primeiras Formandas entraram naquele prédio, algumas o fizeram. Mas o processo é extremo, e frequentemente há complicações em nascimentos múltiplos. Nesses últimos anos a coisa piorou, e tenho medo de que vá ficar ainda pior.

Olhei novamente para a gaveta onde a Dra. Hertz guardava nossas injeções semanais, as que deixavam nossos seios doloridos e faziam meninas se dobrarem de cólica. A bancada estava coberta de jarros de vidro com vitaminas, que eram organizadas em nossas caixinhas de comprimidos de acordo com os dias. Nós as engolíamos de manhã, de tarde e de noite, como venenos coloridos e cobertos de açúcar.

— Então você sempre soube... sobre as Formandas? — perguntei.

A professora espiou pelas venezianas. Quando teve certeza de que a guarda havia passado, fez um gesto para que eu a seguisse pela porta dos fundos e saísse para a noite. Cães selvagens uivavam ao longe, um som que fazia meu coração disparar. Andamos ao longo do perímetro do muro. A Professora virou-se, assegurando-se de que estávamos à frente da guarda o suficiente para que não pudéssemos ser vistas. Quando ela falou novamente, a voz estava muito mais baixa do que antes.

— A praga veio primeiro — começou —, e então a vacina a tornou muito pior. O mundo foi consumido pela morte, Eva. Não havia ordem alguma, as pessoas estavam confusas. Assustadas. O Rei assumiu o poder, e então era preciso fazer uma escolha: segui-lo ou ficar sozinha na selva.

Ela não olhou para mim enquanto falava, mas eu podia ver as lágrimas. Pensei nos discursos anuais, em como nos aglomerávamos no refeitório e ouvíamos o único rádio colocado na mesa diante da diretora. O Rei, Nosso Grande Líder, O Único Homem a Ser Respeitado, falava conosco através daqueles velhos alto-falantes. Ele nos contava sobre o progresso feito na Cidade de Areia, dos arranha-céus que estavam sendo construídos, do muro que podia manter exércitos, vírus e as ameaças do mundo selvagem do lado de fora. Dizia que a Nova América começava ali, que só haveria uma chance de reconstruí-la. Dizia que estaríamos a salvo.

— Eu já tinha cinquenta anos — retomou a professora. — Minha família havia morrido. Eu não tinha opção, não conseguiria sobreviver sozinha. Mas você tem a chance que eu não tive.

Chegamos à macieira que estendia os galhos na frente do muro. Pip e eu havíamos nos sentado sob ela centenas de vezes, comendo suas frutas e dando as maçãs podres para os esquilos.

— Para onde eu irei? — perguntei, com a voz tremendo.

— Se continuar em frente por três quilômetros, chegará a uma estrada. — Seus lábios finos moviam-se lentamente enquanto falava, com a pele escamosa e rachada. — Vai ser perigoso. Encontre as placas marcadas pelo número 80 e vá para o oeste, na direção do sol poente. Fique próxima à estrada, mas não nela.

— E depois o quê? — indaguei.

Ela enfiou a mão no bolso de sua camisola e puxou uma chave, segurando-a em suas mãos enrugadas como uma joia.

— Se continuar em frente, vai chegar ao mar. Do outro lado da ponte vermelha há um acampamento. Ouvi dizer que se chama *Califia*. Se conseguir chegar até lá, eles a protegerão.

— E quanto à Cidade de Areia? — perguntei enquanto ela tateava pelo muro. A conversa estava terminando, eu podia sentir, e as perguntas inundavam minha mente. — E quanto aos bebês que estão nascendo? Quem vai tomar conta deles? E as Formandas, algum dia irão sair daqui?

— Os bebês são levados para a Cidade. As Formandas... — Ela manteve a cabeça baixa, palmeando o muro. — Elas estão a serviço do Rei. Sairão daqui se e quando o Rei decidir que é a hora, se e quando crianças suficientes tiverem sido produzidas.

Atrás de alguns galhos havia um buraco tão pequeno que mal era perceptível. A professora Florence inseriu a chave e, com um giro, o muro se abriu, finalmente revelando uma porta. Então ela olhou para trás, para o outro lado do complexo.

— Supostamente é uma saída de emergência em caso de incêndio — explicou.

A floresta se derramou diante de mim, com suas colinas iluminadas apenas pela lua perfeita e cintilante. Era a isso que tudo se resumia. De onde eu viera e para onde estava indo. Meu passado e meu futuro. Eu queria perguntar mais à professora, sobre esse estranho lugar chamado Califia, sobre os perigos da estrada, mas, naquele exato instante, o feixe da lanterna da guarda dobrou a esquina do prédio do dormitório.

A professora Florence me empurrou para a frente.

— Vá, agora! — urgiu ela. — Vá!

E, tão rápido quanto a porta se abriu, ela se fechou atrás de mim, deixando-me sozinha na noite fria e sem estrelas.

QUATRO

A PRIMEIRA COISA QUE VI QUANDO ABRI OS OLHOS FOI O CÉU: uma coisa azul e infinita, que era muito maior do que eu jamais havia imaginado. Durante todos os 12 anos em que estivera na Escola, eu só vira a faixa de céu que havia entre um lado do muro e o outro. Agora eu estava debaixo dele, percebendo as faixas roxas e amarelas que apareciam no gigantesco guarda-chuva, visível agora, na primeira luz da manhã.

Na noite anterior eu havia corrido o mais longe e o mais rápido que podia, aterrorizada demais para parar. Passei por baixo de pontes em ruínas e através de desfiladeiros íngremes, até ver a linda placa 80 iluminada pela lua. Foi então que encontrei descanso em uma vala, as pernas simplesmente cansadas demais para me levar mais longe. A bainha da minha calça estava coberta de terra, e minha garganta estava seca.

Subi em uma colina dura e plana e observei a manhã. As encostas estavam cobertas por volumosos arbustos de flores, grama alta e espetacularmente verde e árvores que brotavam em ângulos incomuns, retorcendo-se para dentro e para fora e em volta umas das outras. Não pude conter o riso, lembrando-me das fotografias que vira do mundo antes da praga. Havia fotos de gramados elegantes e bem-tratados e fileiras de casas em ruas pavimentadas, com arbustos podados em quadrados perfeitos. Isto não se parecia nem um pouco com aquilo.

No horizonte, um cervo corria por um velho posto de gasolina. Antes da praga, o petróleo havia fornecido energia para quase tudo, mas, sem ninguém para trabalhar, as refinarias haviam fechado. Agora, o petróleo era usado apenas pelo governo do Rei, incluindo uma cota mensal determinada para cada Escola. O cervo parou para se banquetear na grama que havia nascido entre as bombas enferrujadas. Densas revoadas de pássaros mudavam de direção em meio ao céu, com as asas reluzindo na luz cintilante da manhã. Bati com os pés no chão, sentindo a plataforma abaixo de mim, tão dura e plana. A estrada estava coberta por quase três centímetros de musgo.

— Olá? — perguntou uma voz. — Olá?

Girei o corpo, procurando pela fonte, e meu medo retornou com o som da voz de um homem. Lembrei-me das histórias da floresta e das gangues de renegados que acampavam por lá, vivendo nas árvores. Meu olhar pousou sobre uma cabana surrada a alguns metros de distância. Estava coberta de hera, e a porta estava fechada. Esgueirei-me na direção dela, tentando me esconder.

A voz falou de novo.

— Cale a boca!

Eu gelei. Não tínhamos permissão para dizer essas palavras na Escola. Elas eram "inapropriadas", e só as conhecíamos através dos livros.

— Cale a boca! — gritou a voz novamente, de algum lugar acima de mim.

Virei meu rosto na direção do céu. Lá, um grande papagaio vermelho estava empoleirado no telhado da cabana, com a cabeça inclinada para um lado enquanto me estudava.

— Trim, trim! Trim, trim! Quem é? — Ele ciscou alguma coisa que estava no teto.

Eu já tinha visto um papagaio em um livro para crianças, sobre um pirata que roubava tesouros das pessoas. Pip e eu o havíamos lido nos arquivos, passando os dedos pelas ilustrações manchadas de água.

Pip. Em algum lugar, a quilômetros de distância, ela estava descobrindo minha cama vazia e os lençóis amarrotados e frios. Novos planos para a formatura seriam feitos às pressas. Ela e Ruby provavelmente estavam com medo que eu tivesse sido sequestrada, incapazes de imaginar que algum dia eu iria embora por vontade própria. Talvez Amelia, a segunda melhor aluna da classe, animada demais por fazer as saudações na cerimônia, fizesse o discurso em meu lugar e guiasse as outras meninas pela ponte. Quando perceberiam a verdade? Quando botassem os pés na margem nua do outro lado? Quando as portas se abrissem, expondo o quarto de cimento?

Estiquei a mão para o pássaro, mas ele se afastou.

— Qual é o seu nome? — perguntei. O som da minha voz me alarmou.

O pássaro olhou para mim com os olhos redondos e pretos.

— Peter! Onde você está, Peter? — disse ele, saltando pelo telhado.

— Peter era seu dono? — falei, ao que o papagaio se alisou com as garras. — De onde você veio?

Imaginei que Peter tivesse morrido havia muito tempo, durante a praga, ou abandonado o pássaro no caos que a seguiu. O papagaio sobrevivera, porém, por mais de uma década. Aquele simples fato me encheu de esperança.

Eu queria fazer mais perguntas para o pássaro, mas ele levantou voo e partiu, até se tornar um pontinho vermelho contra o céu azul. Segui seu caminho, observando-o desaparecer ao longe. Então meu olhar recaiu sobre as silhuetas que vinham na direção da estrada, por cima da encosta e em meio às árvores. Mesmo a 60 metros de distância, eu podia ver as armas atravessadas às costas.

Por um momento, fiquei pasma com essas criaturas estranhas e desconhecidas. Eles eram muito mais altos e largos do que as mulheres. Até o andar era diferente, mais pesado, como se lhes fosse preciso um grande esforço para darem apenas um passo. Todos usavam calça e botas, e alguns estavam sem camisa, revelando o peito moreno e grosso como couro.

As silhuetas andavam em bando, até que um deles levantou a arma e mirou no cervo que pastava perto das bombas de gasolina. Com um tiro, o animal caiu, e suas pernas convulsionavam de dor. Só então o pânico se instalou. Eu estava no meio da selva, sob uma luz diurna imperdoável. Havia uma gangue a apenas 30 metros. Tateei a porta da cabana, arranhando a hera até encontrar a fechadura enferrujada.

O bando chegou mais perto. Continuei tentando abrir o ferrolho, puxando e batendo com a palma da mão, esperando que quebrasse. *Por favor, abra,* implorei, *por favor.* Espiei pelo canto da cabana novamente e vi os homens sob a cobertura do posto de gasolina. Eles se aglomeraram em volta do cervo, e um deles esfaqueou o animal, arrancando sua pele como uma pessoa descascando uma fruta. Ele esperneou e se contorceu. Ainda estava vivo.

Forcei a porta, subitamente desejando que a diretora irrompesse pela estrada esburacada e que as guardas me puxassem para dentro da caçamba de um jipe do governo. Voltaríamos pelo caminho que eu traçara até aqui com os homens atirando em nossa direção, até que se tornassem apenas pontos pretos no horizonte. Até que eu estivesse a salvo.

Mas minha fantasia evaporou como neblina sendo dissipada pelo sol. A diretora não era minha protetora, e a Escola não era mais segura.

Nenhum lugar era seguro.

O trinco finalmente cedeu, e eu caí para a frente no interior da cabana escura. Puxei minha mochila para dentro e fechei a porta, seguindo por um corredor estreito que dava em um aposento maior. As janelas incrustadas de sujeira estavam cobertas por videiras, tornando impossível enxergar ali dentro. Apalpei meu caminho pela sala e percebi imediatamente que não se tratava de uma cabana, mas de uma casa comprida que se estendia para dentro da encosta, semicoberta pela grama. Continuei em frente, tateando mais para dentro do quarto. As paredes eram ásperas e mosqueadas, como se fossem feitas de pedra.

As vozes estranhas se aproximaram.

— Vamos, Raff. Jogue a pele na sacola de uma vez e vamos embora.

— Vá se ferrar, seu imbecil preguiçoso — gritou outro homem de volta. As vozes eram graves e rudes. Eles não falavam o mesmo inglês cuidadoso que havíamos aprendido na Escola.

Eu havia frequentado minha aula de Perigos de Meninos e Homens durante um ano inteiro, aprendendo todas as formas pelas quais as mulheres se tornavam vulneráveis ao sexo oposto. Primeiro foi a unidade de Manipulação e Mágoa. Fizemos uma leitura atenta de *Romeu e Julieta*, estudando a forma como Romeu seduzira Julieta e acabara levando-a à morte. A professora Mildred deu uma palestra sobre um relacionamento que ela tivera antes da praga e os momentos bons que se transformaram tão rapidamente em momentos ruins, desesperados e movidos a raiva. Ela chorou enquanto descrevia como seu "amor" a abandonara depois que ela deu à luz o primeiro filho, uma menininha, que posteriormente morrera durante a praga. Ele alegara algo chamado "confusão". Durante a unidade sobre Escravidão Doméstica, vimos antigos anúncios impressos de mulheres de avental. Mas a lição sobre Mentalidade de Gangue foi a mais aterrorizante de todas.

A professora Agnes nos mostrou imagens secretas tiradas por câmeras de segurança posicionadas no alto do muro. Elas estavam desfocadas, mas havia três silhuetas — três homens. Eles cercaram outro homem, roubaram os suprimentos em seu cinto e o executaram com uma espingarda. Durante semanas, acordei no meio da noite com a pele escorregadia de suor. Eu não parava de ver aquela explosão branca e o corpo flácido do homem esparramado no chão, com as pernas tortas.

— Você não precisava de mais um, seu carniceiro! — berrou outra voz.

Eu me afastei ainda mais para dentro da casa, recostando-me contra uma parede áspera e instável. O ar estava quente e denso, com um cheiro de mofo e algo mais pungente, algo químico. Puxei a blusa por cima do rosto, tentando abafar minha respiração enquanto os homens passavam por ali, batendo os pés.

Eles estavam mais perto agora. Eu podia ouvi-los, quebrando galhos caídos com estalos e estouros a cada passo que davam. Alguém parou ao lado da cabana, e a respiração era rascante e cheia de muco.

— O que tem aí? — gritou outro dos homens. Sua voz estava mais distante, mais ao alto. Talvez estivesse na estrada.

Ele limpou a garganta, e o terror preencheu meu peito. Segurei-me na parede de pedra, tentando me equilibrar enquanto fechava os olhos. *Vão embora, por favor, por favor*, pensei.

— A fechadura está quebrada! Vão em frente, vou dar uma olhadinha aqui.

Eu me empurrei o mais para trás que podia, desejando que as pedras frias cedessem, que eu pudesse me afundar nelas, desaparecer por trás de sua superfície escavada. Houvera tantas lições sobre o que havia além do muro... A professora Helene erguera as fotografias da mulher que tivera metade do rosto destroçado por um cão raivoso. Mas elas sempre sugeriram apenas uma coisa para o caso de nos encontrarmos do lado de fora, na selva. Elas não nos ensinaram métodos de sobrevivência. Eu não sabia fazer uma fogueira, não sabia caçar e não seria capaz de lutar contra esse homem. *Voltem para dentro*, dissera a professora, simplesmente. *Façam o que for preciso para voltar para a Escola.*

A porta se abriu de supetão. Eu estava pronta para que ele avançasse e me arrastasse, gritando, para fora. Mas, quando a luz inundou a comprida cabana, eu não me importei mais com o bando na estrada ou com as imagens da aula ou com a intenção do homem no canto da sala, a pouco mais de cinco metros de distância — pois a luz do sol revelou paredes feitas não de pedras ásperas, mas de centenas de crânios, com as cavidades oculares pretas e ocas olhando de volta para mim. Cobri a boca para não gritar.

— É só um necrotério — berrou o homem.

E então a porta se fechou atrás dele, deixando-me no escuro com os esqueletos. Fiquei ali, tremendo, durante horas, até que tivesse certeza de que os homens tinham ido embora.

CINCO

No oitavo dia, minhas pernas doíam e minha garganta queimava. Eu me movia devagar através de moitas densas ao lado da estrada, empurrando os ramos para trás com um galho quebrado que estava usando como bengala. Não parava de dizer a mim mesma que chegaria a Califia. Não parava de dizer a mim mesma que estaria a salvo em breve, que, desde que ficasse dentro do mato, fora de vista, as gangues não me encontrariam. Mas minha garrafa de água continuava totalmente seca havia dias. A fadiga estava me perseguindo. Em um momento eu estava suando, e no outro, tremendo de frio.

Fui para o oeste, como a professora Florence havia instruído, na direção do sol poente. À noite, quando a temperatura caía, eu dormia dentro dos armários de casas abandonadas ou em garagens, ao lado das carcaças de carros antigos. Quando encontrava um lugar que considerava seguro, eu me sentava por algum tempo, comendo as maçãs que a professora havia colocado na minha sacola e pensando na Escola. Não parava de repassar aquela noite na cabeça, imaginando se poderia ter sido diferente — se poderia ter salvado Pip também. Talvez eu devesse ter corrido o risco. Talvez devesse tê-la acordado. Talvez devesse ter ao menos tentado. Meu peito elevava-se com os soluços quando a visualizava amarrada a uma daquelas camas, sozinha e com medo, perguntando-se por que eu a havia abandonado.

Não demorou muito para que eu ficasse sem comida. As despensas das casas estavam vazias, saqueadas por sobreviventes da praga. Tentei catar frutas silvestres, mas alguns punhados não eram o bastante para aplacar a queimação no meu estômago. Fiquei cada vez mais fraca, os passos mais lentos, até que ficou difícil andar mais do que uns dois quilômetros sem ter de parar para descansar. Eu me sentava na base das árvores, com suas raízes retorcidas me segurando, e observava os cervos pularem pela grama alta.

Às vezes, logo antes do sol se pôr, eu tirava minhas coisas da mochila para observá-las. Eu não parava de voltar minha atenção para aquela pulseira, tão pequena que mal cabia ao redor de três dos meus dedos.

Como todas as garotas na Escola, eu era órfã. Chegara lá quando tinha 5 anos de idade, depois que minha mãe foi levada pela praga. Eu nunca conhecera meu pai. Aqueles itens eram as únicas coisas que haviam sobrado do meu passado, com a exceção de algumas lembranças — sensações, na verdade — de uma mãe penteando os nós do meu cabelo molhado ou o cheiro do seu perfume enquanto me embalava para dormir. Eu havia lido uma vez sobre pessoas que sofreram amputações, e sobre como elas sentiam dores onde os braços ou pernas costumavam estar. Membros fantasmas, era como eram chamados. Sempre achei que essa era a melhor maneira de descrever meus sentimentos em relação à minha mãe. Ela agora era apenas uma dor que eu sentia por alguma coisa que eu tivera e perdera.

Continuei em frente, colocando cada vez mais do meu peso sobre a bengala. Ao longe, vi uma minúscula piscina de plástico onde a água da chuva havia se acumulado, um oásis turquesa cintilante rodeado de mato. Pisquei duas vezes, imaginando se não estaria alucinando com o calor do dia. Corri até ela e caí, com os lábios tocando a água fria. Pensei em quanto tempo ela estivera ali e se era limpa o bastante para o consumo, mas proporcionava uma sensação tão boa em minha boca seca que não parei até que meu estômago estivesse dolorosamente cheio. Quando me sentei, percebi um reflexo na superfície da água. Ali, a alguns metros de distância, havia uma casa, com uma luz acesa do lado de dentro.

Caminhei na direção da luz brilhante enquanto o sol beijava o topo das árvores. Não sabia quem estava lá ou se poderiam me ajudar, mas precisava ao menos descobrir.

Um *playground* de madeira havia quase desabado no jardim. Videiras se enroscavam em torno das correntes enferrujadas de um balanço, puxando-as na direção da terra. Manobrando por baixo do escorregador quebrado, eu me aproximei de uma janela entreaberta e espiei para dentro. A sala de estar era pequena, com apenas um sofá apodrecido e algumas fotografias rachadas penduradas na parede. Uma silhueta encapuzada estava curvada sobre uma fogueira, cozinhando.

A fumaça subia em espirais até o teto e se espalhava para fora, provocando minhas narinas com a promessa de um jantar à base de carne. A silhueta apanhou uma pata de coelho, mordendo-a febrilmente no osso. Minha boca se encheu de saliva só de imaginar quão delicioso aquilo estaria.

Eu já vira um Perdido antes, passando por perto do muro na seção que se descortinava da janela de canto da biblioteca. Perdidos não faziam parte de gangues, não faziam parte do regime do Rei; em vez disso, eram autônomos que viviam na selva. Haviam nos dito que os Perdidos eram perigosos, mas este tinha a envergadura leve de uma mulher, o que diminuiu meu medo.

— Olá! — gritei pela janela. — Preciso de ajuda. Por favor!

A silhueta se levantou de sobressalto e encostou-se na parede, apontando a faca no ar.

— Mostre-se! — O capuz era tão grande que tapava seu rosto, mas os lábios delicados, gordurosos por causa da carne, estavam visíveis à luz da fogueira.

— Está bem, por favor — falei, erguendo as mãos à minha frente. Empurrei a janela, e as dobradiças enferrujadas se quebraram, quase fazendo com que ela se espatifasse dentro do aposento. Icei-me para dentro, mantendo as mãos onde ela podia vê-las.

— Minha comida acabou.

Ela manteve a faca esticada na minha direção. Trajava uma calça verde-escura como a que as funcionárias do governo usavam, e a camisa preta com capuz era grande demais. Eu não conseguia ver seus olhos.

Então, enquanto eu baixava as mãos ao lado do corpo, vi a mochila aberta com o uniforme da Escola dentro. O brasão da Nova América brilhava, vermelho e azul. Dei um passo para trás, absorvendo lentamente os coturnos pretos, a silhueta alta, a pinta elegante acima do lábio.

— *Arden?*

Ela puxou o capuz para trás. O cabelo preto e curto estava coberto de sujeira, e a pele branca estava queimada de sol, com o arco do nariz descascando em algumas partes.

Joguei os braços em volta dela, segurando-a firmemente, como se ela fosse a única coisa me impedindo de cair no chão. Respirei fundo, sem me incomodar por nós duas estarmos fedendo a roupas ensopadas de suor.

Arden estava aqui. Viva. Comigo.

— O que diabos você pensa que está fazendo? — perguntou ela, empurrando-me para longe. — Como chegou aqui? — Seu rosto se contorceu de raiva, e eu me lembrei, de repente, que ela me odiava.

Sentei-me no chão da sala, surpresa.

— Eu fugi. Você tinha razão. Eu também as vi. As garotas. Naquele quarto de cimento.

Arden andava de um lado para o outro na frente do fogo, com a faca apertada entre os dedos.

— Segui a placa que dizia "oitenta"... — continuei, mas deixei a frase morrer, percebendo que ela devia ter feito a mesma coisa.

— Califia não pode estar a mais de uma semana de distância, vamos encontrar a ponte vermelha em breve...

Arden batia com a parte de trás da faca contra a perna enquanto andava.

— Você não pode ficar comigo. Não posso deixar, sinto muito, mas você simplesmente vai ter de...

— Não! — Pensei apenas nos ratos gigantes que corriam por cima das minhas pernas à noite e em minha pífia tentativa de caçar coelhos. — Não pode fazer isso, Arden. Você não me poria para fora.

Arden arrastou a faca pela lareira de tijolos, produzindo um som de arranhado que fez minha coluna enrijecer.

— Isso não é um jogo, Eva. Não são feriazinhas que você está tirando da escola. — Ela apontou para fora da janela. — Há homens e cachorros e todo tipo de animal selvagem lá fora, e todos

querem nos matar. Você não vai conseguir me acompanhar. Eu...
eu não posso correr esse risco. É melhor se ficarmos por conta
própria.

Sentei-me sobre minhas mãos trêmulas, com as palmas afundando no tapete bolorento, e a crueldade de Arden me deixara
sóbria. Mesmo se eu encontrasse uma aluna da segunda série na
selva, e sua perna estivesse quebrada ao meio, eu não a deixaria lá;
não conseguiria. Era uma sentença de morte.

— Sei que não é um jogo. É por isso que devemos ficar juntas. — Eu precisava de Arden, mas não conseguia pensar direito
em por que *ela* precisaria de *mim*. Mesmo assim, vasculhei minha
mente tentando apelar para aquela parte fria e darwiniana dela.
— Eu posso ajudá-la.

Arden afundou-se no sofá velho, que tinha as almofadas parti-
das em alguns lugares por molas retorcidas e enferrujadas.

— E como você pode me ajudar? — Ela puxou um besouro
morto das pontas emaranhadas do cabelo e o lançou no fogo. Ele
emitiu um estalido alto.

— Eu sou esperta. Posso ajudar com mapas e bússolas. E vai
ser prático ter uma pessoa a mais, para ficar de vigia.

Arden soltou todo o ar em seus pulmões.

— Não há nenhum mapa ou bússola, Eva. E você é *culta* —
corrigiu ela, erguendo um dedo no ar. — Isso não vale de nada
aqui. Você sabe pescar? Sabe caçar? Mataria alguém se fosse eu
contra eles?

Engoli em seco, sabendo qual era a resposta: *não*. É claro
que não. Eu nunca matara sequer uma lesma. Havia contado à
professora sobre as garotas que colocavam sal nas lesmas só para
vê-las se contorcendo. Mas eu queria provar a Arden que cada um
daqueles anos que eu passara na biblioteca enquanto ela arremes-
sava ferraduras no gramado havia valido a pena.

— A diretora me deu a Medalha da Conquista...

Arden jogou a cabeça para trás e riu.

— Você *é* engraçada. Mas tenho me virado bem sozinha. Você, no entanto...

Olhei para baixo, enxergando-me através dos olhos dela. Meu vestido da Escola fora rasgado por um galho de árvore. As palmas das minhas mãos estavam incrustadas de sangue, e meus braços estavam nus, apesar de ser uma noite fria de primavera. Eu me sentia fraca, mais fraca do que jamais estivera na Escola, sem comida e sem água e nenhum sustento pelo qual esperar. Meus olhos se encheram de lágrimas.

— Você não entende. Você tem pais, um lugar para ir. Não sabe como é estar completamente sozinha aqui fora.

Apoiei o rosto em minhas mãos e chorei. Eu não queria apodrecer, sozinha, na floresta. Eu não queria passar fome ou ser capturada por um homem. Eu não queria *morrer*.

Passou-se um bom minuto antes de eu perceber que Arden havia saído de seu lugar no sofá e colocado outro pedaço de coelho no fogo.

— Não precisa ficar choramingando — disse ela, passando o espeto para mim.

Eu o devorei, deixando o suco escorrer pelo meu queixo, esquecendo meus modos uma vez na vida.

— Não posso perder mais tempo. A essa altura, meus pais já devem ter ouvido que eu saí da Escola... Devem estar procurando por mim — disse Arden quando eu finalmente terminei.

Senti o ímpeto de revirar os olhos, mas me contive. Mesmo agora, perdida na selva, Arden estava se vangloriando de seus pais. Logo estaria me contando sobre a casa de quatro andares na qual moravam juntos, sobre como ela dormia em uma cama *king size*, mesmo quando criança. Como fora difícil dar adeus a tudo aquilo, mesmo que apenas por alguns anos. Ela sentia falta das empregadas, dos jantares servidos em pratos de porcelana, dos pais, que a levavam a peças de teatro e a deixavam recostar o queixo no beiral do camarote para ter uma visão melhor do palco.

— Você pode ficar esta noite. Depois disso, veremos — avisou Arden e jogou um cobertor cinza esfarrapado para mim.

Enrolei-o em volta dos ombros enquanto o fogo diminuía para uma pilha de cinzas ardentes.

— Obrigada.

— Sem problemas. — Arden revirou-se em sua pilha de colchas dispostas no sofá e circulando-a como um gigante ninho de passarinho. — Eu o encontrei em um esqueleto, alguns quilômetros atrás. — Ela soltou uma risadinha.

Eu o joguei para longe dos ombros e recostei-me na quina da parede. Não me importava se meus dentes batessem de frio como haviam feito todas as outras noites.

Sob a luz da lua crescente, eu podia ver fotos na parede. Uma família jovem estava posando na frente da casa. Estavam sorrindo, com os braços em volta uns dos outros, tão ignorantes de seu futuro quanto eu estava do meu.

SEIS

Na tarde seguinte, segui Arden por um campo de girassóis, empurrando os gigantescos monstros de olho preto para longe do meu rosto. Mal havíamos nos falado, a não ser para concordar com um café da manhã de coelho assado, e tomei isso como um bom sinal. Metade de mim esperava acordar sem comida, sem cobertores e sem Arden. Mas ela não havia me deixado, e fiquei me perguntando se seu silêncio significava que continuaríamos juntas. Eu esperava que sim, nem que fosse só pelo bem do meu estômago.

Caminhamos pela alameda coberta de relva de um bairro abandonado. Os tetos das casas estavam despencados, e algumas cestas de basquete margeavam a trilha, com videiras transformando-as em topiarias floridas e exuberantes. Passamos por carcaças de carros velhos, com os para-brisas estilhaçados e as portas seladas pela ferrugem. Dois caixões apodrecidos descansavam em uma entrada de garagem coberta de mato: um para um adulto e outro para uma criança.

Nos últimos dias de minha mãe, eu brincava do lado de fora, sozinha. Ela havia me trancado para fora de seu quarto, com medo de que eu pegasse sua doença. Eu deitava minha boneca no degrau de pedra do nosso quintal e cuidava dela com poções de folhas esmigalhadas e lama. *Você vai se sentir melhor logo, logo*, dizia a ela enquanto ouvia os gritos da minha mãe pela janela aberta. *O médico está vindo*, eu sussurrava. *Ele vai salvá-la. Só está muito ocupado agora.*

— Você é mórbida, hein? — disse Arden, puxando-me pelo braço. Eu havia parado perto dos caixões de madeira, com o olhar fixo no menor.

— Desculpe.

Segui pela estrada, tentando afastar minha melancolia. Eu me sentia pior, de certa forma até mais sozinha, sabendo que Arden não entendia. Catei algumas flores selvagens, agarrando-me ao buquê colorido.

— Decidi que podemos viajar juntas para Califia — anunciou Arden, abrindo caminho pela grama alta a pontapés. — Mas depois disso você ficará por sua própria conta. Vou descansar lá, mas depois vou ter de continuar em frente para encontrar um jeito de achar meus pais dentro da Cidade.

— Sério? — perguntei, e minha tristeza deu lugar ao alívio. — Ah, Arden, eu...

Arden girou o corpo na minha direção, apertando os olhos contra a luz do sol.

— Não força. Ainda posso mudar de ideia...

Andamos em silêncio por algum tempo. Meus pensamentos voltaram à Escola, à noite em que eu fora embora. Aos boatos de que Arden fora vista nadando pelo lago. Eles não pareciam tão implausíveis agora, depois de comer a carne que ela havia caçado, esfolado e cozinhado.

— É verdade que você sabe nadar? — perguntei por fim.

— Onde ouviu isso? — Arden despiu o moletom preto de capuz, expondo os braços pálidos. Os ombros eram salpicados de sardas.

— Alguém a viu. — Não mencionei que eu levara uma hora para atravessar o lago, agarrando-me àqueles galhos espinhentos.

Arden sorriu, como se estivesse se lembrando de algo engraçado.

— Eu aprendi sozinha. Você nunca imaginaria, hein, Srta. Oradora?

Eu a ignorei.

— Não teve medo que elas pegassem você?

Mais à frente, um coelho cinza atravessou a estrada, saltitando.

— As guardas normalmente não ficam do lado de fora depois da meia-noite, a não ser que estejam em alguma tarefa especial. Na maioria das noites, o complexo fica bastante calmo.

Arden foi atrás do coelho, com a faca esticada à sua frente. O animal congelou conforme ela se esgueirava mais para perto.

Eu não conseguia tirar a imagem de Arden nadando da minha cabeça. Nunca vira ninguém fazer isso antes. Será que ela havia entrado na água e balançado os braços? Ela se segurou em alguma coisa? Um galho de árvore, uma corda?

— Mas não teve medo de se afogar?

Ao som da minha voz, o coelho disparou para dentro dos restos supercrescidos de um jardim.

— Boa, Eva. — Arden bufou enquanto enfiava a faca de volta no cinto. — Eu adoraria me abrir com você, de verdade, mas preciso caçar nosso jantar. — Ela partiu por entre as casas, sem se preocupar em olhar para trás.

56

— Eu acho meu próprio jantar! — gritei para ela. — Encontro você no chalé?

Ela não respondeu. Comecei a descer a trilha, seguindo-a para fora do bairro e de volta na direção de uma fileira de lojas decrépitas. Um velho restaurante estava coberto de grama alta, com um gigantesco *M* amarelo muito pouco visível através de trepadeiras e musgo. Um prédio enorme ficava no fim do quarteirão. A fachada ainda estava firme, mas algumas letras haviam caído da placa. Ela dizia: WALMAT. Rabiscadas com tinta spray por cima das janelas quebradas estavam as palavras: ÁREA DE QUARENTENA. ENTRE POR SUA PRÓPRIA CONTA E RISCO.

Quando o caminhão chegou através das barricadas para recolher qualquer criança saudável que houvesse sobrado, minha mãe implorara para que me levassem. Eu me joguei na caixa de correio, com os braços magros envolvendo o pé de madeira, desesperada para ficar. Foi inútil. Ela apareceu no vão da porta quando eles me colocaram na caçamba do caminhão, com sangue escorrendo do nariz. Seus olhos estavam fundos, da cor de ameixa podre. O esterno se projetava do peito como um colar de sacrifício. Ficou parada ali e se despediu de mim com um aceno. Então soprou um beijo na minha direção.

Agora, andando pela cidade abandonada, tentei não olhar para as gigantescas cruzes de madeira no estacionamento ou para as pilhas de ossos embaixo delas, cobertas de limo. Mas para todos os lugares que me virava havia sinais de morte. Do outro lado da rua, as janelas de uma loja abandonada chamada Imobiliária do Norte da Califórnia estavam fechadas com tapumes. Havia caixões empilhados dentro de um lugar chamado Unhas da Suzy. Eu estava olhando para o *X* vermelho pintado na lateral de uma caçamba de lixo quando algo passou na minha frente. Um filhote de urso cruzou a trilha e olhou para mim, depois voltou a atenção para uma lata enferrujada de comida, que tentou abrir com as patas.

Pensei em *O Ursinho Pooh*, o livro arquivado que a professora Florence lia para nós quando éramos crianças, sobre o urso e seu bom amigo Christopher Robin. Ela nos advertira de que a maioria dos ursos não era tão amigável, mas esse filhote parecia pequeno demais para ser perigoso. Imaginei se queria mel ou se isso era apenas uma invenção esquisita da história.

Estiquei a mão na direção dele, tomando cuidado para não assustá-lo. O urso cheirou o meu braço com o focinho molhado. Eu fiz um carinho no pelo macio e marrom daquela coisinha, gostando da forma como ele arranhava de leve a minha pele.

— É, você é igualzinho ao Pooh — falei.

Ele andou até a lateral da trilha para cheirar mais latas velhas. Eu me perguntei se Arden deixaria que eu o levasse de volta para casa. Talvez pudéssemos mantê-lo lá por algum tempo. Eu nunca tivera um bicho de estimação antes.

Estiquei o braço para ele de novo, mas puxei a mão de volta quando ouvi um rosnado ensurdecedor. Uma ursa gigantesca estava de pé sobre as patas traseiras logo ao lado da estrada. Ela agigantou-se à minha frente.

O filhote engatinhou até ela, que abriu a boca novamente, mostrando os dentes. Fiquei ereta, com os pelos da nuca eriçados de medo. Tremores sacudiam as minhas mãos. A ursa lançou-se para a frente com a cabeça abaixada, e meus baços magros se ergueram em um bloqueio patético. Eu me preparei para o ataque quando algo a atingiu na cabeça.

Uma pedra. Enquanto a ursa rosnava novamente, outra pedra atingiu sua cabeça, e ela caiu para trás, com o traseiro gigantesco indo de encontro à estrada. Eu me virei. Um garoto imundo, coberto de terra, estava montado em um cavalo preto.

segurando um estilingue na mão. A pele era bronzeada, com um tom castanho-avermelhado, e o peito musculoso estava salpicado de lama.

— É melhor subir aqui — disse ele, enfiando o estilingue no bolso de trás de sua calça. — Ainda não acabou.

Olhei de volta para a ursa, que estava sacudindo a cabeça, momentaneamente atordoada. Não sabia o que era pior: ser morta por um animal bruto ou ser levada por um neandertal selvagem a cavalo. O garoto esticou a mão para mim, e as unhas tinham crostas pretas.

— Venha! — insistiu ele.

Peguei a mão com a minha, e ele me puxou para que eu me sentasse atrás dele, sobre a garupa nua do cavalo. Ele cheirava a suor e fumaça.

Com um *iá!*, nós disparamos pela estrada coberta de musgo. Mantive uma das mãos em volta do seu peito e me virei para olhar a ursa. Ela havia levantado e estava correndo atrás de nós, com o gigantesco corpo marrom subindo e descendo com o esforço.

O garoto segurava as rédeas de couro rachado, guiando o cavalo para fora da rua principal e para dentro de um campo largo. A ursa estava tão perto que mordiscou o rabo do cavalo.

— Mais rápido! Você tem de ir mais rápido! — gritei.

O cavalo aumentou a velocidade, mas a ursa ainda estava perto demais, sem dar qualquer sinal de cansaço. Podia sentir minhas pernas escorregando, molhadas de suor, então me agarrei ao garoto, e minhas unhas afundaram-se em sua pele. Ele se inclinou para a frente, e o vento bateu forte sobre nossa cabeça. A ursa estalou a cruel mandíbula de novo.

Olhei por cima do ombro do garoto e vi uma ravina à frente. Tinha quase um metro e meio de largura e parecia um antigo canal de esgoto, com uns cinco metros de profundidade.

— Cuidado! — gritei, mas o garoto continuou indo em frente, até mais rápido do que antes.

— Por que você não deixa que eu me preocupe com a direção? — berrou ele por cima do ombro.

Atrás de nós, a ursa corria a toda velocidade, com os olhos escuros fixos na traseira do cavalo.

— Não — falei baixinho enquanto corríamos na direção da ravina. Se não conseguíssemos saltar, a ursa certamente nos estraçalharia vivos. Estaríamos encurralados no fundo do canal sem nenhum lugar para nos escondermos. — Por favor, não! —, mas o cavalo já estava se erguendo, com as patas da frente esticando-se em direção ao outro lado da escarpa.

Meu estômago subiu e desceu. Por um momento, eu não tinha peso algum, e então senti o impacto forte de cascos no chão. Olhei para o campo de malmequeres que nos cercava. Havíamos conseguido atravessar o canal.

Virei-me uma última vez, temendo que a ursa estivesse atrás de nós, mas ela havia escorregado no desfiladeiro. A última coisa que ouvi foi seu rugido zangado enquanto deslizava pela escarpa de cascalho e caía, com força, no fundo lamacento da ravina.

SETE

Bastante tempo se passou antes que um de nós falasse alguma coisa. Agora, fora de perigo, eu me empurrei para trás do cavalo, tentando ficar o mais longe possível do garoto. Ele era uma espécie estranha de homem, parte selvagem. Não era o tipo sofisticado que adornava as páginas de *O grande Gatsby*, nem parecia ser como os homens violentos que eu encontrara em meu primeiro dia na selva. Havia me salvado, pelo menos. Só me restava esperar que não fosse por algum motivo nefasto.

Ele usava uma calça manchada e rasgada nos joelhos, e o cabelo, na altura do ombro, estava enrolado em *dreadlocks*. Diferentemente dos integrantes de gangues, ele não trazia nenhuma arma consigo, o que era de pouco consolo; era tão largo e musculoso quanto eles. Eu não tinha certeza de que pensamentos perversos ele poderia estar tendo sobre mim, uma garota que encontrara sozinha na floresta. Puxei a camiseta para longe dos seios.

— O que quer que esteja planejando, não vai funcionar — falei, esticando as costas para me fazer parecer mais alta do que era.

Espiei os três coelhos mortos que estavam pendurados no pescoço do cavalo, com as patas amarradas com barbante. O garoto virou a cabeça para me olhar e sorriu. Apesar de sua pouca higiene, os dentes eram perfeitos: bastante retos e brancos.

— E o que é que eu estou planejando? Sério, eu adoraria ouvir.

Agora estávamos trotando por uma autoestrada, com as muretas de metal quase invisíveis por baixo das trepadeiras. Ao longe, havia uma ponte semidesmoronada.

— Você quer ter relações sexuais comigo — falei, com naturalidade.

O garoto riu uma gargalhada alta e rouca, batendo a mão no pescoço do cavalo.

— Eu quero ter relações sexuais com você? — repetiu ele, como se não tivesse escutado direito da primeira vez.

— Isso mesmo — falei, ainda mais alto. — E lhe digo agora, não vou deixar isso acontecer. Nem mesmo se... — procurei pela metáfora correta.

— ...eu fosse o último homem na Terra? — Ele olhou para aquela paisagem vasta e despovoada e deu um sorriso largo, cheio de malícia. Os olhos tinham o tom verde-claro das uvas.

— Precisamente — assenti. Estava feliz que ele pelo menos podia falar e entender um inglês correto. Eu não estava tendo nem de perto tanto problema para me comunicar quanto havia esperado.

— Bem, isso é bom — disse o garoto —, porque, de qualquer forma, eu não quero ter relações sexuais com você mesmo. Você não faz o meu tipo.

Então eu também ri, até perceber que ele não estava brincando. Ele manteve os olhos fixos à frente enquanto manobrava o cavalo para fora da autoestrada e entrava em uma rua coberta de musgo, instigando-o a contornar buracos no asfalto.

— Como assim, "não sou o seu tipo"? — perguntei.

A praga havia matado muito mais mulheres do que homens. Como uma das poucas mulheres na Nova América, especialmente sendo culta e civilizada, sempre achei que era o tipo de todos os homens.

O garoto lançou um rápido olhar para mim e deu de ombros.

— Mmh — resmungou.

Mmh? Eu era inteligente, havia me esforçado bastante. Os outros me diziam que eu era linda. Era Eva, a oradora da Escola. E tudo o que ele conseguia dizer era *Mmh?*

Os ombros dele sacudiram um pouco. Olhei para seu rosto e percebi, pela primeira vez durante a cavalgada, que ele estava me provocando. Estava brincando.

— Você se considera muito engraçado, não é? — perguntei, virando o rosto para que ele não visse o súbito rubor nas minhas bochechas.

Ele deu um puxão nas rédeas, guiando o cavalo pela ponte e na direção do crepúsculo. Conforme o sol se pôs, o céu foi assumindo o tom azul-arroxeado dos hematomas. Algumas nuvens cinza foram se aproximando, acompanhadas do distante retumbar dos trovões.

— Bem, agora é melhor você me levar de volta para onde me encontrou. Meu... amigo muito grande está me esperando lá. Ele é muito assustador e... carniceiro — acrescentei, repetindo a expressão que ouvira a gangue usar.

O garoto continuou rindo sozinho.

— Eu estou levando você de volta.

— É, eu sabia que estava — menti, olhando ao redor. Não tinha muita certeza de onde estávamos. Ainda não havíamos chegado ao WALMAT. A estrada não estava em nenhum lugar à vista. Duas traves amareladas subiam do chão à nossa esquerda, marcando um antigo campo de futebol americano que agora estava cheio de espigas de milho.

— Há alguma coisa que você não saiba? — provocou o garoto, com um sorriso aparecendo no rosto. Eu me virei, fingindo não notar a covinha que se formou em sua bochecha direita ou a forma como os olhos brilhavam profundamente, como se estivessem acesos por dentro. A Ilusão da Ligação, como a professora Agnes havia chamado uma vez. Seria isso?

Ficamos em silêncio por algum tempo, ouvindo o céu trovejante, até que entramos no bairro onde eu vira Arden pela última vez. Reconheci um balanço surrado feito de pneu, com a borracha rachada em alguns lugares. Um gato selvagem perambulava pela rua, com a barriga arrastando no chão.

O garoto examinou um jardim cheio de mato e apontou para uma pequena silhueta escondida atrás de algumas folhas.

— Suponho que este seja seu "amigo muito grande".

Arden lentamente saiu do esconderijo. Os joelhos da calça estavam molhados e enlameados, como se ela tivesse engatinhado no chão.

Pulei da garupa do cavalo esperando que me interrogasse, mas ela estava ocupada demais estudando o garoto para sequer demonstrar ter percebido minha presença. Ficamos todos em silêncio por um momento, apenas com a barulhenta respiração do cavalo preenchendo o ar. Ela manteve uma das mãos na faca.

O garoto sacudiu a cabeça.

— Você também é paranoica? Deixe-me adivinhar, as duas acabaram de sair da Escola? — Ele desmontou em um movimento rápido. O céu rugiu novamente, e ele acariciou o pescoço do cavalo, tentando reconfortá-lo. — Shh, Lila — sussurrou.

— O que você sabe sobre a Escola? — perguntou Arden.

— Mais do que você pensa. Meu nome é Caleb — respondeu, estendendo a mão para que Arden a apertasse.

Ela ficou imóvel por um tempo, olhando para o barro incrustado sob as unhas dele e nas dobras dos nós de seus dedos. Então, lentamente, ela relaxou os ombros e deixou a mão escorregar para longe da faca. Meus olhos ficaram indo de um para o outro.

Ele a estava seduzindo.

— Arden — sussurrei, desejando que ela não o estivesse tocando. Seu olhar repousou sobre uma tatuagem que ele tinha na frente do ombro: um círculo envolvendo o brasão da Nova América. — Venha, vamos preparar o jantar.

Eu sabia que essa súbita presença masculina era tão surpreendente para ela quanto para mim, mas não podíamos mais ficar paradas ali, a centímetros dele. Expostas. Comecei a descer a estrada, gesticulando para que Arden me seguisse, mas ela não se mexeu.

— Não consegui pegar nada — disse ela, finalmente afastando-se de Caleb. Olhou para os três coelhos que estavam pendurados no pescoço do cavalo, então abriu o saco que carregava na cintura e me mostrou o interior vazio.

As nuvens de tempestade estavam se aproximando. Um estrondo de trovão sacudiu o ar. Chutei uma pedra estrada abaixo, desejando ter pensado em tomar aquelas latas enferrujadas do bebê urso. Esta seria mais uma noite gélida e chuvosa sem nada para comer.

Caleb montou de volta no cavalo.

— Há comida suficiente no meu acampamento se quiserem vir comigo.

Eu ri da sugestão, mas Arden olhou de mim para Caleb e, então, para os coelhos.

— Não... — murmurei baixinho. Agarrei seu braço, puxando-a para trás e para longe do garoto. Os pés dela estavam firmemente cravados na terra.

— Que tipo de comida? — indagou ela.

— Tudo. Javali, coelhos, frutas selvagens. Eu matei um cervo alguns dias atrás. — Ele apontou para o horizonte acinzentado, esticando os dedos na direção de algum lugar ao longe. — É uma cavalgada de menos de uma hora.

Continuei andando para trás, passo a passo, mas a cabeça de Arden estava inclinada, e os dedos estavam ocupados com um nó no cabelo curto e preto. Ela resistiu ao meu puxão.

— Como vamos saber se podemos confiar em você? — perguntou ela.

Caleb deu de ombros.

— Não vão. Mas vocês não têm um cavalo, não têm nada para comer, e a tempestade está chegando. Vale a pena arriscar.

Arden olhou primeiro para o céu cinza, depois de volta para o saco vazio ao seu lado.

Após um momento, ela se soltou da minha mão com uma sacudida, circulou a traseira do cavalo e montou atrás de Caleb.

— Vou aceitar a oferta — disse ela, ajeitando-se.

Sacudi a cabeça, recusando-me a me mover.

— De jeito nenhum. Não vamos para o seu "acampamento". — Fiz sinais de aspas no ar. Aquilo certamente era uma armadilha.

— Como quiser. Mas eu não gostaria de ficar sozinho por aqui, se fosse você. Principalmente com esse tempo. — Caleb apontou para as nuvens densas da tempestade, que estavam se movendo mais rápido, alastrando-se, prontas para derramar água sobre a floresta; então virou o cavalo, e eles partiram pela estrada. Arden se despediu de mim com um aceno, sem se dar o trabalho de virar a cabeça.

Olhei de volta para o campo pelo qual viéramos. Os girassóis se inclinavam para um lado, empurrados para baixo pelo vento. Não tinha certeza da direção em que a casa ficava ou quão longe estava. Não sabia acender minha própria fogueira, não sabia caçar e não tinha uma faca para chamar de minha.

Enterrei as unhas na palma da mão.

— Esperem! — gritei, correndo atrás do cavalo. — Esperem por mim!

OITO

Era a noite mais escura que eu já vira, iluminada apenas por clarões de raios contra o céu negro. Estávamos viajando havia mais de duas horas. Eu me agarrei a Arden, grata pelo espaço extra entre mim e Caleb. Enquanto avançávamos por uma estrada lamacenta, mantive-me em silêncio, revisando todas as formas através das quais poderíamos morrer pelas mãos de Caleb, ou sermos manipuladas a fazer coisas que não devíamos. No meio de todas as mentiras que as professoras nos contaram, devia haver algumas verdades. Depois de ver a forma como a gangue havia esfolado aquele animal vivo, eu sabia que os homens eram tão violentos e insensíveis quanto tinham nos dito. Pensei na inocente Anna Karenina e em como fora oprimida pelo marido, Alexei, e então seduzida pelo amante, Vronsky. A professora Agnes lera a cena do suicídio em voz alta, sacudindo a cabeça em decepção. *Se ao menos ela soubesse o que vocês sabem*, dissera ela. *Se ao menos soubesse.*

Eu não seria enganada. Assim que chegássemos ao acampamento de Caleb, iríamos comer e esperar a tempestade passar. Eu não iria dormir. Não, ficaria acordada e alerta, com minhas costas apoiadas na parede. Então, pela manhã, quando o céu tivesse voltado ao seu azul-celeste perfeito, nós partiríamos. Eu e Arden. Sozinhas.

— Então, como sabe sobre a Escola? — perguntou Arden. Ela não falara muito, a não ser para perguntar a Caleb sobre o caminho que estava tomando.

Ergui a bochecha das costas de Arden, subitamente interessada na conversa.

— Sei mais sobre Escolas do que eu gostaria. — Caleb manteve os olhos na estrada à frente. — Eu também era um órfão.

— Então há Escolas para garotos — concluiu Arden. — Eu sabia. Onde?

— Uns cento e cinquenta quilômetros ao norte. Mas não são exatamente Escolas, estão mais para campos de trabalho forçado. Sei das coisas que vocês viram na Escola, sei o quanto são indescritíveis, as garotas que estão sendo usadas para procriação. Mas posso lhes dizer... — Caleb parou por um momento, então falou lenta e decididamente, como se soubesse desses segredos havia anos. — Posso lhes dizer que os garotos também sofreram, talvez até mais.

Não pude conter minha bufada de incredulidade. Eram sempre as mulheres que sofriam nas mãos dos homens. Eram os homens que começavam as guerras. Os homens haviam poluído o ar e o mar com fumaça e óleo, arruinado a economia e enchido os antigos sistemas penitenciários até o limite. Mas Arden esticou a mão e beliscou minha coxa com tanta força que guinchei.

— Vai precisar desculpá-la — falou —, ela era a melhor aluna da Escola.

Caleb assentiu, como se isso explicasse alguma verdade profunda sobre mim, depois se inclinou para a frente, incitando o cavalo a aumentar o ritmo. Galopamos por um longo aclive, com o topo da colina a apenas uns 400 metros de distância. As árvores estendiam os galhos por cima do terreno gramado, criando sombras ameaçadoras. Agora a chuva caía com mais força, e as gotas pareciam pedrinhas minúsculas batendo na minha pele.

— Ah, não. — Caleb parou o cavalo na lama.

Eu segui seu olhar. Ali, apenas a cem metros à nossa frente, estava um jipe do governo. Até mesmo com a chuva, eu podia distinguir as duas lanternas vermelhas traseiras.

Caleb tentou virar o cavalo para o outro lado, mas era tarde demais. Um feixe de luz estendeu-se através da escuridão, iluminando nossos rostos.

— Parem! Por ordem do Rei da Nova América! — berrou uma voz através de um megafone.

— Vá! — urgiu Arden. — Agora!

Caleb girou o cavalo na outra direção, e nós disparamos pelo caminho por onde viemos. Eu não pude evitar olhar para trás. O jipe também estava girando, com lama espirrando dos pneus traseiros. Veio na nossa direção, e nossas costas foram iluminadas pelos olhos constantes dos faróis dianteiros.

— Parem em nome do Rei, ou vamos usar a força!

— Não — sussurrei para mim mesma, agarrando-me às costas escorregadias de Arden. — Não, isso não pode estar acontecendo.

Talvez fosse a tempestade, ou a lama, ou o peso da terceira pessoa, mas o cavalo estava mais lento do que antes. O jipe estava nos alcançando.

— Não podemos ficar nesta estrada — disse Caleb. — Vão nos pegar! — Ele apontou para o lado, na direção de uma floresta intensamente arborizada, e o cavalo correu na direção dela. — Segurem-se! — gritou.

Agarrei Arden desesperadamente. O cavalo pulou para o lado da estrada, e em segundos estávamos na densa floresta. Os grossos galhos das árvores chicoteavam meus braços e costas.

— Mantenham a cabeça abaixada! — berrou Caleb.

As luzes do jipe desapareceram atrás de nós. O veículo havia parado na estrada.

— Ele está só mais um pouco à frente — assegurou-nos Caleb enquanto nossos corpos subiam e desciam sobre o terreno irregular.

Eu não sabia o que "ele" era, mas torcia para que o alcançássemos em breve.

O cavalo serpenteou por entre as árvores, finalmente parando na frente de um rio de quase dez metros de largura. Caleb pulou para o chão, ajudando-nos a descer. Ele deu um tapa no traseiro da égua, que foi embora. Por um instante, a floresta ficou em silêncio.

Olhei para trás. Os faróis do jipe iluminavam a noite nevoenta. Os homens bateram a porta do carro.

— Por aqui! — gritou um deles.

— Por que estão atrás de você? — perguntei.

Caleb nos puxou para trás de uma rocha na beira do rio, e todos nos agachamos bem rente ao chão.

— Não estão — disse ele. Ergui os olhos para ele, confusa. — Estão atrás de vocês. — Ele retirou um pedaço de papel do bolso traseiro.

Arden puxou-o das mãos dele. Ali, olhando de volta para nós, estava uma foto em preto e branco de uma garota com cabelo comprido escuro e uma boca carnuda em formato de coração. Eva, dizia o papel. 1,70 Metro, olhos azuis e cabelos casta-

NHOS. A SER CAPTURADA E ENTREGUE, VIVA, AO REI. SE AVISTADA, ALERTAR O POSTO DE VIGILÂNCIA DO NOROESTE. Arden o segurou nas mãos até que uma gigantesca gota de chuva caiu sobre ele, respingando por cima do meu nome.

Caleb espiou o outro lado da rocha, para onde o jipe estava parado.

— Eu o encontrei na estrada hoje de manhã.

Tomei a folha da mão de Arden e olhei de volta para meu próprio rosto. Era minha foto de formatura, a única foto tirada na Escola. No mês anterior, uma mulher do governo viera e colocara todas as trinta de nós enfileiradas do lado de fora, fotografando uma a uma. Na foto, eu estava na frente do lago, com o prédio sem janelas quase invisível ao fundo.

— Mas por que estão atrás de mim? Arden também fugiu.

Caleb olhou para baixo, com o rosto semiescondido pelo cabelo castanho emaranhado.

— O quê? — perguntou Arden. — O que é?

Ele enxugou a chuva das bochechas.

— Tem havido rumores da Cidade de Areia, Originalmente pensamos que era só um boato. — Lentamente, seus olhos encontraram os meus. — O Rei quer um herdeiro.

Arden sacudiu a cabeça, mantendo o olhar fixo na foto.

— Ah, não... — murmurou.

— O quê? O que é? — perguntei, sentindo o pânico crescer em meu peito.

Ela olhou de volta para a estrada, onde alguns feixes de lanterna agora investigavam as árvores.

— *"Eva se mostrou uma das melhores e mais brilhantes alunas que já vimos na Escola. Tão linda, tão inteligente, tão obediente."* — As palavras da diretora Burns soavam diferentes vindas da boca de Arden. Sinistras, até. — É isso que se ganha com a Medalha da Conquista, Eva. Você não ia para aquele prédio, no fim das contas. Você pertence ao Rei.

Meu estômago foi tomado pela náusea.

— O que você quer dizer com... *pertence?*

— Você teria os filhos dele, Eva. — Arden praticamente riu.

As fotos do Rei estavam nos corredores da nossa Escola. Ele era muito mais velho do que nós, com o cabelo grisalho nas têmporas, e lábios secos e finos. Rugas marcavam sua testa. Lembrei-me que Maxine havia falado sobre a suposta visita do Rei na formatura. De repente parecia possível que ele realmente fosse até lá... para me buscar.

— É claro que ia. Você é o espécime perfeito. Toda aquela educação e todos os elogios das professoras... — continuou Arden, apertando a testa com os dedos.

Amassei o cartaz em minhas mãos. Minha respiração estava curta, meus pulmões apertados. Eu não queria ter os filhos de ninguém, especialmente do Rei. Mas, aparentemente, a escolha já havia sido feita por mim.

Caleb empoleirou-se perto da borda da rocha, com os olhos fixos nos homens do Rei. Eles abriram caminho pela floresta, e os sons de suas botas esmigalhando as folhas preenchia o ar.

— Não estamos seguros aqui — constatou, olhando para trás, na direção do rio. — Venham, agora. — Ele disparou na direção da margem e entrou na água corrente, com a chuva batendo nas costas nuas. Arden o seguiu de perto. Levei um momento para perceber: ele queria que atravessássemos a nado.

Agachei-me, imóvel na margem do rio, enquanto Arden mergulhava com facilidade. Atrás de mim, as lanternas varriam a floresta fechada, e as vozes da tropa ficavam mais altas.

— Venha! — gritou Caleb. Ele parou, com a água na altura do peito, deixando Arden passar à sua frente. Ela continuou nadando, subindo apenas para respirar.

Caleb correu de volta para mim, na margem.

— Rápido — urgiu ele, agarrando meu braço.

O rio espumava com uma água branca. Arden movia-se rio abaixo, sendo arrastada pela correnteza.

— Não sei nadar — falei, tirando o cabelo molhado de cima das bochechas.

Meu rosto se crispou enquanto Arden se esforçava para chegar à outra margem. Ela estava de pé, com as roupas e a mochila encharcadas, mas ilesa.

— Não sei como atravessar — admiti, com a voz trêmula.

Atrás de nós, as tropas do Rei estavam chegando mais perto, e os feixes de luz das lanternas já alcançavam a água.

— Pode ir — falei emocionada. Eu não pude impedir que os soluços viessem, e meu peito arfava com a derrota. Empurrei Caleb para a frente. — Vá.

Mas ele não se mexeu. Olhou de volta para as sombras na floresta, depois para mim, e segurou minha mão.

— Está tudo bem, Eva.

Parei de chorar, surpresa pelo calor de sua pele contra a minha. Ele estava tão perto que eu podia sentir cada uma de suas respirações suaves. Os olhos verdes estavam claros, iluminados pelo súbito brilho da lanterna.

— Não vou deixar você para trás.

NOVE

CALEB ME PUXOU PARA MAIS ADIANTE AO LONGO DA MARGEM, segurando minha mão na sua com firmeza. Corremos sobre pedras e galhos de árvore quebrados, e eu podia ouvir os homens atrás de nós lutando para atravessar a floresta.

— Eles estão indo margem acima! — gritou um deles.

Caleb continuou em frente, parecendo sentir cada fenda das pedras escorregadias, cada pedaço de musgo ou tronco podre. Eu observei as pernas dele, tomando o cuidado de colocar as minhas sobre os fantasmas de seus passos.

Contornamos uma curva do rio e as lanternas desapareceram. Em meio à chuva, pude distinguir levemente uma estrutura à nossa frente, desabada sobre a margem. Parecia uma barata morta gigante. Caleb correu até ela. Eu só vira um helicóptero uma vez, nas páginas de um livro arquivado, mas reconheci as hélices dobradas e a cabine em forma de casulo.

— Rápido, entre aqui! — Ele derrubou os resquícios estilhaçados de uma janela.

Abaixei-me para dentro de sua concha enferrujada, e as sombras me engoliram por inteiro. Caleb entrou rápido atrás de mim, e seus pés chocaram-se violentamente contra o chão.

— Eles estão vindo — sussurrou enquanto me puxava para os bancos da frente. A chuva surrava o para-brisa rachado, enchendo a cabine com um tamborilar incessante.

— Precisamos nos esconder — constatei. Minhas mãos vagaram pelo interior bolorento da cabine. Senti um objeto estofado, com metade da minha altura. O assento do passageiro deve ter se soltado em um acidente. Rastejamos para baixo dele, e o barulho da chuva abafou nossa respiração.

No escuro, sob o assento mofado, aconcheguei-me ao lado de Caleb, prestando atenção aos lugares em que meu corpo tocava o dele. Meu ombro pressionava seu ombro, a lateral da minha perna recostava-se à dele. A proximidade era alarmante, mas não ousava me afastar.

As vozes da tropa ficaram mais altas conforme ela descia pela margem. Um feixe de lanterna atingiu o topo do helicóptero, e o vidro quebrado cintilou. Caleb, praticamente invisível sob o brilho da luz, apertou os dedos contra os lábios.

— Eles correram de volta pela floresta. Vou fazer uma busca pela margem e encontro vocês na estrada — disse um homem a pouca distância.

A lanterna dele iluminou o helicóptero, reluzindo primeiro sobre uma pilha de folhas. O feixe percorreu as paredes amassadas e passou por cima do esqueleto do piloto, ainda preso no assento pelo cinto de segurança, finalmente pousando sobre o meu sapato direito, a única parte de mim que não estava escondida.

Vá embora, pensei, desejando que o raio de luz saísse do meu pé. *Não é nada*. Fechei os olhos e ouvi outra voz, ao longe, gritando alguma coisa. Soava como uma pergunta.

— Não — respondeu o homem depois de um momento. A luz da lanterna desapareceu do meu pé. — Nada.

Ouvi passos através do para-brisa, e então a floresta ficou em silêncio. Permanecemos ali, agachados debaixo do assento quebrado, até a tempestade diminuir.

— Pode ter comida por aqui — disse Caleb por fim. Ele esticou as pernas e então empurrou o assento de cima de nós. — Ajude-me a procurar.

Tateei pelas sombras, tomando o cuidado de passar longe do esqueleto do piloto. Depois de algum tempo, encontrei o que parecia ser uma corda e uma caixa grande feita de lata.

— Isto? — perguntei, passando-a para Caleb.

Ele vasculhou a caixa. Houve um barulho de metal, seguido de uma luz súbita.

— Sim. Deu-me um sorriso. — Uma lanterna. Viu? — Ele segurou a alça na lateral e a girou, e a luz ficou mais forte.

Enquanto ele esvaziava o conteúdo da caixa no chão, procurando por comida entre latas de alumínio e saquinhos prateados, eu estudei seu rosto. O rio havia lavado a maior parte da sujeira de sua pele, que agora estava brilhante e macia, com algumas sardas cobrindo a estrutura achatada do nariz. Meus olhos ficavam voltando para os traços fortes e angulosos, com os ossos empurrando a pele. Sabia que devia ter medo dele, mas, naquele momento, eu estava simplesmente fascinada. Qual era a palavra mesmo, a que a professora havia usado para descrever o marido? A que eu e Pip havíamos usado para fazer piadas na Escola? Caleb, mesmo com as unhas marrons e cabelo embaraçado, parecia quase... *bonito*.

Ele me passou um saquinho prateado.

— Por que está sorrindo? — perguntou, erguendo uma sobrancelha inquisitivamente.

— Por nada — falei rapidamente, depois ergui o saquinho até a boca e suguei a água morna que havia nele.

— Gosta de ser perseguida por tropas armadas? — Ele passou as mãos pela pele bronzeada, enxugando a água da chuva dos braços, ombros e peito. — É essa sua ideia de diversão?

— Esquece.

Caleb abriu uma lata de uma gororoba marrom.

— Ou... — começou ele, lambendo a tampa da lata — você estava sorrindo para *mim*?

— Definitivamente não — observei enquanto ele levava a lata até a boca e esvaziava o interior com a língua. Mastigou ruidosamente, com a boca se abrindo. Imediatamente o vislumbre de beleza sumiu.

Virei a cabeça para o outro lado.

— Nojento — murmurei.

— Isso não parece apetitoso para você? Pode ficar com as ervilhas desidratadas então. — Ele me jogou outro saquinho, e comi as bolinhas secas em silêncio, mas ele continuou olhando para mim. — Então, você e Arden... — Ele inclinou a cabeça de lado. — ...amigas? Ou nem tanto?

Joguei outra ervilha na boca e a mantive ali, esperando para que amolecesse. Eu podia me lembrar do exato momento em que decidira que Arden era tão diferente de mim que jamais poderíamos ser amigas. Estávamos apostando corridas no jardim. Era nosso sexto ano na Escola, e Pip ficara menstruada pela primeira vez naquela manhã. Ela estivera insegura quanto a usar os absorventes que a Dra. Hertz havia lhe dado, mas Ruby e eu a havíamos convencido a ir correr mesmo a contragosto. Enquanto ela estava em pé perto do lago, esperando a sua vez, Arden abaixou seu *short*.

Antes daquele momento, eu tinha dado tantas chances a Arden. Depois que ela brigou com Maxine no banheiro, cortando seu lábio, eu havia jurado que fora um acidente. Eu a defendera para as outras garotas quando ela respondeu atravessado à professora Florence, dizendo que ela não era sua mãe, que já tinha uma, viva, do outro lado dos muros, e que não precisava de outra. Eu até mesmo levara frutinhas escondido para ela na sala da solitária. Mas o que ela fez com Pip foi demais. *Aposto como está muito orgulhosa de si mesma*, eu havia gritado enquanto Pip saía correndo para os dormitórios com os olhos inchados e cor-de-rosa. *Por um segundo da sua vida alguém foi mais patética do que você*. Depois disso, deixei claro para todo mundo quão pouco eu gostava dela, e como ela sempre parecera digna de pena para mim. Logo ninguém mais falava com Arden, na verdade. Nem mesmo para ouvir histórias sobre sua mansão ou sobre os pais que trabalhavam na Cidade.

Engoli a comida insossa, finalmente macia o bastante para descer.

— Não... eu não diria que somos amigas.

Caleb sentou-se apoiado nas costas do assento do piloto, coçando a nuca.

— Então foi por isso que ela saiu nadando. Ela não está nem...

— Não — vociferei. — Arden só se importa consigo mesma. Sempre foi assim.

Caleb ficou olhando para mim por um momento, surpreso, então colocou as latas vazias de volta na caixa, enfiou a cabeça para fora da janela estilhaçada e olhou em volta.

— Bem, é melhor passarmos a noite aqui. Pode chover mais, e, de qualquer forma, as tropas não vão voltar para esta área até que pare mesmo. Talvez Arden apareça amanhã.

— Ela não vai aparecer — resmunguei baixinho. Eu mal havia conseguido fazer Arden ficar comigo antes. Agora que ela sabia que eu tinha um alvo pintado nas costas, provavelmente estava correndo pela floresta, desesperada para colocar o máximo de distância possível entre nós.

Puxamos os finos cobertores prateados de dentro da caixa e nos acomodamos em cantos opostos da cabine úmida.

— Em apenas algumas horas partiremos de novo — acrescentou Caleb. — Não fique com medo.

— Não estou — assegurei-lhe.

A lanterna ficou mais fraca, então finalmente apagou.

— Ótimo — disse ele.

Mas, enquanto ele adormecia, pensei novamente na Cidade de Areia e no homem que me esperava lá. O Rei sempre fora uma presença reconfortante para nós, um símbolo de força e proteção. Mas o retrato na Escola agora parecia ameaçador, com as bochechas flácidas e os olhos redondos que pareciam sempre me seguir. Por que ele havia escolhido a mim, mais de trinta anos mais nova do que ele, para procriar? Por que eu, de todas as garotas na Escola? As professoras falavam que ele era a exceção, o único homem em quem podíamos confiar. Era mais uma mentira.

Eu sabia que o Rei continuaria me procurando. Sabia que ele não iria parar. Não depois das histórias que me contaram sobre o compromisso obstinado com a Nova América. A diretora Burns havia posto as mãos em cima do coração quando falou sobre a forma como ele havia salvado as pessoas da incerteza depois da praga. Ele disse que não tínhamos tempo para debater, que tínhamos de avançar implacavelmente, sem parar. *Uma chance*, repetira a diretora, com os olhos embaçados por lágrimas patrióticas. *Nós temos apenas uma chance de nos reerguermos.*

Minhas roupas ainda estavam molhadas. Torci a barra da camisa e da calça lenta e cuidadosamente, deixando a água pingar para o chão. Quando eu era pequena, certa vez Ruby correu atrás de mim pelos corredores, fingindo ser um monstro com garras afiadas e dentes que rangiam. Eu gritei, escondendo-me atrás de latas de lixo e batendo portas pelo caminho, tentando escapar. Implorei para que parasse, gritando em pânico por cima do ombro, mas ela achou que a piada era engraçada demais. Quando ela me pegou, meu peito estava arfando. A brincadeira era tão real que nunca esqueci o terror de ser perseguida.

Puxei o cobertor fino até o pescoço e fechei os olhos, ansiando pelo conforto da minha velha cama, pelos lençóis engomados sempre arrumados, convidando-me a dormir. Desejei sentir o cheiro familiar de um jantar com carne de veado, ou os bancos sob as janelas da biblioteca onde Pip, Ruby e eu nos sentávamos, ouvindo a fita cassete proibida da Madonna, que estava escondida atrás de *Arte americana: uma história cultural*. Senti o velho toca-fitas a pilha na minha mão e os fones de espuma nas orelhas enquanto tentava me lembrar daquela letra, sobre o homem na ilha. Eu estava pensando em Pip sacudindo-se de um lado para o outro, em uma dança secreta, quando ouvi um barulho do lado de fora.

Empurrei-me ainda mais para o canto. Caleb ainda estava dormindo, com o rosto frouxo de exaustão. Ouvi de novo — o estalido de galhos de árvores.

— Caleb? — sussurrei.

Ele não acordou.

Fechei os olhos quando o barulho chegou mais perto e cobri o rosto com o cobertor, sentindo meu corpo enrijecer de medo. Farfalhar. Gravetos se partindo. O esguicho inconfundível de passos na lama. Quando puxei o cobertor de cima do rosto, minha respiração parou. Eu não podia me mexer. Uma silhueta estava do lado de fora do helicóptero, a apenas alguns metros de distância, contornada pela lua.

Estava olhando diretamente para mim.

DEZ

O COBERTOR CAIU DE CIMA DO MEU ROSTO. EU NÃO OUSAVA esticar a mão para pegá-lo, não ousava me mover, com medo de ser vista. Do outro lado da cabine, Caleb se virou, balançando a gigantesca concha de metal. A figura deu mais um passo à frente e pousou uma das mãos sobre a porta quebrada. Eu me encolhi, já sentindo o que estava por vir: a arma fria que seria puxada de seu cinto, as algemas que beliscariam meus pulsos.

— Eva? — sussurrou, por fim, uma voz familiar.

Espiei pela janela estilhaçada. As roupas de Arden estavam encharcadas, e o cabelo preto estava colado em sua cabeça. Sob a luz fraca, eu podia ver seu rosto, tenso de preocupação.

— Você está aí? Está bem?

— Sim, sou eu. — Eu me movi para ficar sob o luar. — Estou bem.

Ela entrou no helicóptero, com as botas afundando nas folhas, e olhou de mim para o corpo enroscado de Caleb, como se uma pergunta em sua cabeça tivesse finalmente sido respondida. Então ela se acomodou em um assento.

— Você voltou... — Dei corda na lanterna de plástico, olhando fixamente para Arden. Ela estava tremendo de frio, pingando, como se tivesse emergido novamente do rio. Eu lhe dei meu cobertor.

Arden vasculhou a caixa, rasgando um saquinho de comida desidratada para abri-lo.

— Bem — ela encolheu os ombros —, eu *tenho* de comer. — Ela mordiscou uma cenoura desidratada, já voltando a me ignorar.

— Você estava — inclinei-me para perto enquanto falava — *preocupada* comigo?

Arden parou de comer e olhou de novo para Caleb, por cima do ombro.

— Não — apressou-se em dizer. — Apenas não sabia se você estava segura com ele.

Queria dizer a ela que, se estava preocupada com a minha segurança, então tecnicamente a resposta era *sim*, ela *estava* preocupada comigo, mas me segurei. Enquanto analisava as roupas ensopadas de Arden, fiquei imaginando se a julgara mal, se ela era mais do que a garota que insistira durante todos aqueles anos que preferia comer sozinha a estar com o resto de nós.

Ela jogou os saquinhos prateados vazios no chão e soltou um ligeiro arroto.

— Suponho que queira seu cobertor de volta... sugeriu, entregando-o para mim. Ele ficou ali por um instante, uma cortina prateada entre nós.

Sacudi a cabeça.

— Fique com ele.

A lanterna ficou mais fraca, a bateria estava acabando. O rosto pálido de Arden foi a última coisa que vi antes que a luz se apagasse e eu adormecesse.

Na manhã seguinte, Caleb afastou a grama alta à nossa frente, abrindo uma trilha com um galho. Esperamos o cavalo voltar para a margem do rio, mas quando o sol nasceu nós tivemos de ir embora.

— Fica a um dia de caminhada daqui — disse ele. — Com um pouco de sorte, chegaremos ao acampamento antes do anoitecer.

Andamos ao longo de uma rua coberta de limo. O sol havia surgido da aurora amarelo-rosada, e agora o céu estava banhado de branco.

— Não podemos ficar muito tempo no acampamento — falei, ficando para trás para conversar com Arden. — Podemos arrumar suprimentos, mas aí temos de ir embora rumo a Califia.

O encontro com as tropas do Rei ainda ficava passando na minha cabeça. Mesmo naquelas primeiras horas da manhã, sem sinais do jipe, eu olhava para trás a cada poucos metros e me encolhia com os gritos agudos dos pássaros acima de mim.

Arden espantou uma mosca que circulava ao seu redor.

— Nem me fala — resmungou e então tossiu, em um som molhado e catarrento. — Esta trilha fica mais fácil? — perguntou, empurrando um galho espinhoso para longe do rosto.

— Logo devemos chegar a um bairro. — Caleb agachou para passar por um galho baixo. — Cuidado. — Ele ergueu os olhos para o céu novamente, como estivera fazendo ao longo do dia inteiro.

Antes de partirmos, Arden e eu havíamos ficamos esperando enquanto ele mexia com gravetos no chão, medindo as sombras com os minutos que passavam. Depois disso, soube aonde ir, como se tivesse se comunicado com a terra em uma língua estranha que não conseguíamos entender.

— Você está olhando para ele como se fosse um relógio — falei agora, apontando para o sol.

— *É* o meu relógio. E minha bússola e meu calendário. — Ele levou o dedo ao queixo para fingir surpresa. — Parece que existem algumas coisas que você não sabe, no fim das contas...

Olhei para trás, em direção a Arden. Ela estava tirando a sujeira de debaixo das unhas, sem prestar atenção. Eu sabia que Caleb era nossa melhor chance de continuarmos em segurança. Ele havia ficado comigo no rio, escondera-me no helicóptero tombado; por qual motivo, eu não tinha certeza. Ainda não entendia sua motivação, nem acreditava que podíamos confiar nele completamente. Não gostava da forma como sempre parecia estar caçoando de mim, ou como havia me pressionado na noite anterior com perguntas que eu não queria responder.

— Olhe, *Caleb* — falei, enunciando seu nome. — Agradecemos a ajuda, mas nunca pedimos por ela.

— É — disse ele. — Você já me lembrou disso. Há uma hora... e hoje de manhã... e quando concordou em ir comigo para o acampamento. Vocês vão ficar por uma noite, pegar nossa comida, e então eu devo acompanhá-las de volta à Estrada Oitenta para que possam seguir para Califia. Já entendi.

Ele nos guiou por outra estrada, que acabava em uma fileira de casas decrépitas. Uma enchente havia passado por ali, deixando uma marca marrom nas telhas cerca de trinta centímetros acima das portas. Uma mensagem fora pichada em uma fachada de tijolos: MORRENDO. POR FAVOR, AJUDEM.

— Quem está com fome? — perguntou Caleb.

Antes que pudéssemos responder, ele correu pelos degraus lascados da entrada e desapareceu dentro da casa.

— Acho que esta é a nossa parada para o almoço... — murmurou Arden, seguindo-o.

Lá dentro, as tábuas do chão estavam empenadas e quebradas, e havia mofo nascendo nas paredes, deixando um rastro preto. Cobri o nariz com a camiseta, tentando bloquear o cheiro. No canto do aposento havia uma espécie de moldura gigantesca, com a frente estilhaçada criando um desenho como o de uma estrela.

— O que é isso? — perguntei, apontando para ela.

Caleb atravessou a sala de estar, passando por cima de livros encharcados e pilhas de lixo podre e bolorento. Arden e eu o seguimos lentamente.

— Uma televisão — disse ele, quando chegamos à porta que dava para a cozinha.

Assenti, mas reconhecia o termo apenas vagamente. O centro dela parecia que podia ter contido algo valioso. O sofá apodrecido estava de frente para ela, como se uma família inteira se sentasse ali para olhá-la.

Todos os armários da cozinha estavam abertos, com as prateleiras cheias de garfos de plástico sujos e latas vazias espalhadas. Algumas cadeiras caídas no chão, com os assentos arrancados, expunham o interior cinza embolorado. O teto estava caindo aos pedaços.

— Cuidado. — Arden me puxou para perto dela. Apontou para um buraco no chão no qual eu quase havia caído.

Caleb pulou por cima do vão e se dirigiu a uma escada, que levava a um porão escuro.

— Vou ver se há alguma coisa no subsolo.

Enquanto Arden perambulava pela sala, eu me aproximei da geladeira que havia no canto da cozinha. Estava coberta de fotos antigas e desenhos. Uma das fotos era de um jovem casal, com um bebê aninhado nos braços. A franja da mulher estava colada na testa suada, mas a luz cintilava nos olhos largos e brilhantes. Abaixo dela havia um desenho colorido de uma família de bonecos de palito. Todas as três pessoas, mãe, pai e filho, estavam cercadas por fantasmas sinistros rabiscados em lápis de cera preto.

Naqueles últimos dias, eu desenhava o máximo que podia. Ficava sentada no andar de baixo à minha mesa de plástico azul e usava uma pilha inteira de papéis, rabiscando para minha mãe. Eu fazia para ela imagens de nós no velho parquinho que havia perto da nossa casa, o que tinha um carrossel no qual ela me girava e girava e girava. Eu a desenhava na cama com o médico ao seu lado, segurando uma varinha mágica que a fazia ficar boa. Mostrei-lhe a nossa casa, rodeada por uma cerca para manter o vírus malvado do lado de fora. Enfiava os desenhos por baixo de sua porta, para que pudesse recebê-los — os presentes especiais. *Beijos*, dizia ela, acariciando o outro lado da madeira. *Eu lhe daria um milhão de beijos se pudesse.*

Olhei para o rosto da jovem mulher uma última vez antes de me voltar para o aposento vazio. Ouvi um rangido em algum lugar acima de mim e o segui.

— Arden? — chamei, atravessando o corredor silencioso. O chão gemia com cada passo. A brisa fria soprava pelas janelas quebradas. — Onde você está?

Espiei dentro de um banheiro minúsculo, com o chão esburacado, onde lhe faltavam azulejos.

— Arden? — gritei. Minha voz ecoou.

No fim do corredor, uma porta estava ligeiramente aberta. Fui em sua direção, passando por um quarto que tinha uma cama apodrecida, com as molas pulando para fora da estrutura.

Esgueirei-me para perto, seguindo pelo canto do corredor. O papel de parede estava descascando em algumas partes, arranhando meus ombros nus. Minha pulsação acelerou, e a base da nuca ficou molhada de suor. Havíamos entrado na casa às pressas, mas devíamos tê-la revistado antes de nos separarmos. Sempre havia a possibilidade de estarmos sendo observados.

A porta estava rachada. Olhei para dentro. Era o quarto de uma criança, com um baú de brinquedos empoeirados e paredes azul-claras. Alguns bichos de pelúcia esfarrapados estavam sentados na cama em miniatura. Entrei, pegando um ursinho com um braço só que parecia ter sido arruinado muito antes da praga.

Tudo aconteceu muito rápido: ouvi passos atrás de mim; meu corpo caiu no chão com um baque; gritei enquanto uma figura com uma máscara de palhaço me segurava, com o sorriso torto e carmesim me provocando.

— Por favor, não me mate! — gritei. — Por favor!

O palhaço parou por um instante, com as mãos prendendo meus ombros no piso lascado. Então eu ouvi risos abafados. Arden tirou a máscara do rosto e caiu, com o corpo sacudindo-se em meio às risadas.

— O que há com você? — berrei, ficando de pé. — Por que faria uma coisa dessa?

Caleb apareceu à porta, com o rosto pálido.

— O que houve? Ouvi você gritar. — Ele segurava uma lata enferrujada em cada mão.

Apontei para Arden, que rolou de lado, soltando gargalhadas profundas e roucas. Ela enxugou os olhos com a bainha da camisa.

— Arden me deu um susto. De propósito. Foi isso que aconteceu.

Caleb olhou para ela e de volta para mim. A boca estava aberta, mas nenhuma palavra saiu. Meu coração batia forte contra as costelas.

— Não é engraçado — consegui finalmente dizer. — Eu poderia ter uma faca na mão. Poderia tê-la matado! — Andei de um lado para o outro, batendo com uma mão na outra para enfatizar minhas palavras. Ela se ajoelhou, com as costas arqueadas e o rosto na direção do chão. — Arden, olhe para mim. Quer se virar e olhar para mim de uma vez? — berrei.

Caleb agarrou meu braço, puxando-me para trás.

Mas Arden manteve a cabeça baixa, e o cabelo curto estava totalmente emaranhado. Ela estava se contorcendo, batendo com a palma da mão no chão.

— Arden? — falei novamente, mais baixo dessa vez. Seus olhos estavam bem apertados, e as bochechas estavam cor-de-rosa e contorcidas.

Ela virou de barriga para cima, com o peito arfando. Fiquei em pé e estendi a mão para ela, mas ela não se moveu. Em vez disso, o corpo se enroscou em posição fetal, apertando-se com um esforço tremendo. Ela tossiu alto, e o som cortou o ar. Lancei-me no chão, e minha mão pousou em suas costas enquanto ela se jogava para a frente, tentando libertar os pulmões. Quando se afastou de mim, ambas olhamos para baixo.

Suas mãos estavam cobertas de sangue.

ONZE

— Ela estava encharcada ontem à noite — contei a Caleb quando finalmente chegamos à floresta que rodeava seu acampamento.

A cada quilômetro que percorríamos, a tosse de Arden ficava mais alta, seu passo mais lento, até que ela não podia mais andar. Caleb e eu tivemos de nos revezar para puxá-la em um carrinho que havíamos encontrado, com Radio Flyer rabiscado na lateral. Em um minuto os dentes dela batiam, e no seguinte ela estava pendurada por cima da lateral da carroça, tentando expelir o catarro sangrento dos pulmões. Arden havia conseguido dormir, e o corpo abraçava as latas de comida saqueadas.

— Deve ser por causa do rio e da chuva — especulei.

— Certa vez eu conheci um garoto que ficou doente desse jeito — disse Caleb.

Nós a erguemos, passando seus braços por sobre nossos ombros.

— E o que aconteceu? — perguntei. Caleb não respondeu. — Caleb?

— Provavelmente é outra coisa — disse ele, mas seu rosto parecia tenso, mesmo sob a luz fraca do céu noturno.

— Estou bem — balbuciou Arden, tentando endireitar-se. Os cantos de sua boca estavam incrustados de cuspe seco.

Abrimos caminho pela densa floresta cinzenta, e as folhas faziam cócegas no meu pescoço enquanto andávamos. Animais farfalhavam os arbustos. Ao longe, uma matilha de cães selvagens uivou, faminta por sua próxima refeição. Por fim, a floresta se abriu em uma clareira, revelando a visão mais deslumbrante que eu já vira. Ali, diante de nós, havia um lago gigantesco, cuja superfície escura refletia milhares de estrelas.

— O lago Tahoe — disse Caleb.

Olhei para cima, estudando os agrupamentos brancos cintilantes. Alguns eram tão claros que pareciam ser quase azuis, outros esvaneciam ao longe como se fossem apenas poeira brilhante.

— É magnífico. — Contudo, essa palavra nem começava a descrever o deslumbre que experimentei naquele momento, sentindo-me diminuída diante da presença do céu. — Olhe, Arden! — Cutuquei o braço dela. Eu desejei ter minhas tintas e pincéis para tentar capturar até mesmo a mais pálida impressão da cena. Havia somente nós, o círculo negro de terra e aquela abóbada cintilante.

Mas Arden apenas se encolheu de dor.

— Onde fica o acampamento? — perguntei, sentindo minha admiração dar lugar ao pavor. — Precisamos tirá-la do relento.

— Você está olhando para ele — respondeu Caleb, aproximando-se do declive íngreme e lamacento coberto de mato e galhos caídos.

Assisti, confusa, enquanto Caleb pegava uma tora podre aninhada na terra e a puxava, mostrando uma tábua larga do tamanho de uma porta. Ele a abriu, revelando um buraco negro, cavado profundamente no lateral da montanha.

— Venha — chamou ele, fazendo um gesto para que eu entrasse.

Meu estômago tremeu. Minha cabeça ficou anuviada. Olhando para dentro da escuridão, meus temores voltaram. Já era bastante perigoso ficar na selva com Caleb. Eu não havia imaginado o acampamento como um covil subterrâneo. Acima do chão, eu sempre poderia sair correndo, mas lá embaixo, no escuro...

Dei um passo para trás.

— Não... — murmurei baixinho. — Eu não posso.

— Eva. — Caleb me ofereceu a mão. — Arden precisa de ajuda. Agora. Entre. Nós não vamos machucá-las.

Arden tremia ao meu lado. Tossiu e abriu os olhos apenas por tempo suficiente para dizer algo que soava como "escute". Ela se apoiou em mim enquanto eu a guiava pelo túnel mal iluminado, com as mãos tremendo. Caleb fechou a porta depois que entrei.

— Venha por aqui — disse ele, abaixando-se sob o outro braço de Arden para me ajudar a carregá-la. Enquanto andávamos no escuro, a parede fria de terra roçava meu ombro. O chão parecia sólido abaixo de meus pés.

— Este túnel... Vocês o encontraram? — perguntei, e minha voz ecoou pela cavidade.

Caleb deu uma virada brusca à direita e nos guiou por outro túnel, tateando o caminho no escuro.

— Nós o fizemos.

Ao longe, eu podia ouvir os sons de um grupo de pessoas. Murmúrios distantes, o som de panelas, alguns gritos baixinhos.

— Vocês o construíram dentro da montanha? — indaguei. Arden tossiu novamente, com os pés balançando inertes sob si.

Caleb não disse nada por bastante tempo.

— Sim. — Eu podia ouvi-lo respirando enquanto andávamos. — Depois da praga, fui levado a um orfanato improvisado, em uma igreja abandonada. Crianças, meninos e meninas, dormiam nos bancos e em armários; às vezes cinco de nós ficávamos todos embolados juntos para nos mantermos aquecidos. Só me lembro de um adulto: a mulher que abria as latas de comida para nós. Ela nos chamava de "sobras". Depois de alguns meses, os caminhões apareceram e levaram as meninas para as Escolas. Os meninos foram para campos de trabalho forçado, onde construíamos coisas o dia inteiro, todos os dias. — Cada uma de suas palavras era entrecortada. Ele manteve os olhos no chão à nossa frente.

— Quando você fugiu? — perguntei. Avançamos pelo túnel, em direção a uma luz que brilhava mais forte conforme nos aproximávamos.

— Há cinco anos. A escavação estava bem no começo quando cheguei aqui — respondeu Caleb. Eu queria saber mais, sobre quem estava organizando isso e como, mas tinha medo de pressioná-lo.

Fizemos uma curva, e a passagem se abriu em um aposento grande e circular, com uma fogueira no centro. A caverna me lembrava uma toca de animal. As paredes de barro eram incrustadas de pedras gordas e cinzentas, e outros quatro túneis serpenteavam para fora desse centro extenso. Antes que pudéssemos dar mais um passo, uma flecha zumbiu pelo meu rosto, quase acertando minha orelha.

— Olhe para onde vai! — Um garoto com músculos grandes e largos riu. Ele andou até a parede ao nosso lado, onde dois cír-

94

culos gigantescos estavam gravados, formando um alvo. Os olhos se fixaram em mim enquanto ele tirava a flecha com um puxão certeiro.

Um grupo de garotos estava reunido em volta da fogueira, com os peitos nus. Quando viram Caleb, eles bradaram enlouquecidamente.

— Estávamos nos perguntando onde você poderia estar! — gritou um garoto de cabelo preto e grosso em forma de cuia. Eles bateram com os punhos no peito, em uma espécie de sinal primitivo de boas-vindas. Minha coluna enrijeceu quando os meninos se viraram para olhar para mim.

— Pelo menos a caça foi um sucesso — sibilou o garoto da flecha. Ele examinou minhas pernas nuas e a camisa de manga comprida solta por cima dos meus seios. Cruzei os braços à minha frente, desejando estar mais coberta. — Vejam o que temos aqui, meninos! Uma moça... — Deu um passo em minha direção, mas Caleb esticou a palma da mão à frente, para impedi-lo de chegar mais perto.

— Já chega, Charlie — advertiu.

Outros dois garotos, por volta dos 15 anos, carregavam um javali selvagem para dentro por um túnel lateral. Colocaram a presa no chão, fazendo jorrar um esguicho de sangue coagulado das entranhas do animal.

— Leif sabe sobre isso? — perguntou um deles. Era alto e magro, com um óculos rachado pousando torto sobre o nariz.

— Ele vai saber logo, logo — respondeu Caleb.

Um dos garotos se ajoelhou ao lado da carcaça do javali. Passou duas lâminas de faca uma contra a outra, produzindo um som agudo e arranhado que fez com que os pelos do meu braço ficassem arrepiados. Os olhos passearam pelo corpo de Arden, e então, quando se satisfez, ele começou a trabalhar no javali, talhando o pescoço. Pedaços de osso voaram em seu rosto. Era selvagem a forma como a faca aterrissava repetidas vezes no lugar onde a cabeça do animal se ligava ao corpo. Eu me encolhi a cada golpe.

O garoto não parou até que a cabeça se soltasse e rolasse pelo chão. O javali ficou olhando para mim, as pupilas cobertas por uma película cinza. Eu queria sair correndo pela passagem, de volta pelo caminho de onde viemos, sem parar até que o céu aberto me abraçasse, mas senti o corpo flácido de Arden ao meu lado e me lembrei de por que estávamos aqui. Assim que ela estivesse melhor, iríamos embora, para longe deste buraco frio e úmido com esses garotos que olhavam para mim como se eu fosse algo a ser devorado.

Um menino robusto com cabelos louros e emaranhados jogou um pouco de madeira no fogo. Ele inspecionou a estrutura miúda de Arden.

— Elas podem ficar no meu quarto — ele riu. Agarrei Arden com força. — Ficarei feliz em dividir minha cama.

— Elas não vão ficar no quarto de ninguém — interrompeu uma voz áspera. — Não vão ficar em lugar algum.

Um garoto mais velho apareceu de um dos túneis, do outro lado da fogueira. Vestia um *short* comprido, que passava do joelho, e de seu peito despontavam pelos escuros. O cabelo preto estava preso em um coque, revelando cicatrizes largas e cruzadas no alto das costas. Um grupo de meninos mais velhos emergiu em uma fila atrás dele, transbordando para o aposento. Minha pele se arrepiou de medo. Havia pelo menos mais dez deles, todos mais altos e mais largos do que eu. E pareciam furiosos.

— Isso não é nada bom — ofegou Arden.

Caleb colocou-se entre nós e eles.

— Não há discussão, Leif. Eu as encontrei na floresta. Ela foi atacada por um urso.

Baixei os olhos para o chão de terra, tentando evitar os olhares.

— Elas precisam ficar aqui — continuou.

Os olhos de Leif eram marrom-escuros, e as bordas eram cercadas por uma cortina grossa de cílios pretos.

— É perigoso demais. Você sabe como o Rei é em relação às parideiras. Provavelmente já está procurando por elas. — Ele veio em nossa direção, e o rosto parou a apenas meio metro do de Caleb. Estava tão perto que eu podia ver os pedaços de folhas enterrados em seu cabelo e os borrões de cinzas nos braços rígidos e musculosos.

— Parideiras? — sussurrou Arden, e a respiração era quente sobre meu pescoço. — É isso que somos?

— Isso pode ser do que somos *chamadas* — respondi —, mas não é o que somos.

O bando de garotos nos circulou. O grupo se fechou ao nosso redor, bloqueando nossa rota de fuga. Arden tossiu, e o corpo tremeu com o esforço.

— Ela está doente? — perguntou um garoto com os dentes espaçados, e seu rosto se suavizou. Reparei que tinha uma tatuagem no ombro: um círculo ao redor do brasão da Nova América. Era a mesma de Caleb, exatamente no mesmo lugar. Olhei em volta, percebendo que todos os garotos eram tatuados.

— Muito — falei. Eles recuaram ao me ouvir, caindo em sussurros, e um menino baixinho e mais gorducho murmurou algo que soava como "praga". A cabeça da Arden pendeu para o lado e pousou sobre meu ombro.

Os olhos do Caleb ainda estavam fixos nos de Leif.

— Se as pusermos para fora, elas vão morrer. Não vou aceitar isso.

O canto da boca de Leif se curvou em desprazer, lembrando o rosnado de um cão.

— Elas têm de ficar no quarto oeste, longe dos outros — disse ele por fim. Arden mal era capaz de erguer o olhar, então, em vez de se dirigir a ela, Leif fixou os olhos estreitos, quase negros, em mim. — Você não pode ir à superfície sem permissão. E tem de ficar fora do nosso caminho. Entendeu bem?

Leif olhou para o garoto ao lado, que carregava uma pequena pilha de tigelas. Instintivamente, o garoto ajoelhou-se, encheu duas das tigelas com feijão de uma panela que estava perto do fogo e as entregou a Leif. Eu dei um passo à frente. Os ombros gigantescos de Leif estavam quase na altura dos meus olhos. Ele me entregou uma tigela. Eu a segurei, mas ele não soltou; seus dedos ainda a agarravam.

— Bem-vindas — disse ele em uma voz que deixava claro que éramos qualquer coisa, menos isso. Ele me manteve ali, presa em seu olhar, com os olhos vagando pelo meu rosto até baixarem para meus seios, minha cintura, minhas pernas. Senti uma onda de pânico e puxei a tigela, tentando me libertar. Ele soltou o pote de repente, fazendo-me tropeçar para trás. O feijão derramou na frente da minha camisa. Um outro garoto soltou uma gargalhada alta e rude.

Sequei a mancha, com as bochechas quentes e vermelhas. Não bastava que eu estivesse desprotegida nesse acampamento, não bastava que Leif me aterrorizasse. Ele também tinha de me humilhar.

— Venha — disse Caleb, pegando o jantar de Arden com Leif. — Vou mostrar onde vocês vão ficar. — Ele passou um dos braços em volta de Arden, e partimos por um túnel iluminado por uma fileira de lanternas dispostas sobre o chão de terra.

— Então, esse é Leif — sussurrou Caleb.

Virei para trás no exato momento em que Leif chutava furiosamente a cabeça do javali. Os garotos retomaram suas atividades. O grandão lançou mais uma flecha, dois meninos mais magros lutavam, e alguns outros trabalhavam fervorosamente para enfiar pedaços de carne em espetos afiados. Pensei na mesma hora em *O senhor das moscas*, e no dia em que a professora Florence leu a cena em que Simon é assassinado pelo bando de garotos selvagens, citando Mentalidade de Gangue como sendo a motivação. *É quando eles estão isolados, encorajados apenas pela violência uns dos outros, que os homens são mais perigosos*, dissera ela, sentada na beira de sua mesa com o livro aberto no colo.

Lembrando-me do coro de urras, dos olhos que vagavam desavergonhadamente pelo meu corpo, dos sussurros entre eles, eu soube: algumas coisas que ela nos dissera *eram* verdade. Até mesmo agora.

DOZE

— Mais? — perguntei, segurando a colher cheia de feijão na frente dos lábios rachados de Arden.

Ela resmungou algo que soou como "não", depois rolou de lado novamente, chutando a colcha que estava sobre as pernas marcadas. Os olhos se fecharam.

Fora assim a noite toda. Ela acordava ocasionalmente, pedindo água ou comida, então se enroscava de novo no colchão afundado. Às vezes se contorcia, reclamando de uma dor que subia pela coluna. Caleb arrastara para dentro uma tina cheia de água do lago, e eu a mantivera acordada por tempo suficiente para lavar o suor de sua pele e tirar as folhas de seu cabelo com um pente quebrado.

A caverna de terra ficava ao fim de um dos túneis principais, um aposento pequeno com apenas um colchão e uma escrivaninha coberta de livros infantis amarelados. Eu havia vasculhado as gavetas, desejando, contra toda a lógica, encontrar remédios. Nunca havia realmente percebido o valor deles. Na Escola, parecia que tinham um suprimento ilimitado.

Não dávamos valor para a facilidade com que qualquer coisa — uma tosse, uma infecção, a pele cortada por uma lanterna quebrada — era tratada. Um comprimido aqui, uma injeção para deixar a carne dormente antes de tomar pontos, um xarope doce e cor-de-rosa como chiclete pingando pela garganta abaixo. Quando Ruby se dobrou no jardim, tomada por uma dor cortante na lateral do corpo, fora levada embora e emergira dias depois, com uma linha preta marcando o abdômen no lugar em que seu apêndice havia sido extraído. *O que teria acontecido na selva?*, nós nos perguntávamos em voz alta enquanto inspecionávamos aquela cicatriz. Maxine perguntou-me se ela teria de removê-lo sozinha, provavelmente com tesouras enferrujadas. *Não*, corrigira a diretora. Ela estivera andando por trás da nossa mesa no refeitório, assegurando-se de que havíamos tomado todas as nossas vitaminas. *Ela simplesmente teria morrido.*

Penteei os grossos cabelos pretos de Arden para trás, sentindo o calor em sua pele. Lembrei-me da primeira vez em que a vi. Naqueles anos que sucederam a praga, novas alunas chegavam regularmente. Algumas encontradas na floresta, outras deixadas por adultos que não conseguiam mais sustentá-las. Ela era a garota alta de vestido azul desbotado que havia aparecido na Escola três anos depois de mim, uma menina de 8 anos de idade guiada apressadamente para dentro pelo portão lateral. Ela ficou de quarentena em um quarto separado por um mês, sozinha, como todas nós fizemos quando chegamos. Pip e eu havíamos nos aglomerado perto da minúscula janela de vidro da porta, observando enquanto ela escovava os dentes. Arden cuspiu a espuma branca na lata de lixo, e nós nos perguntamos em voz alta se ela parecia diferente em alguma coisa. Era uma brincadeira entre as alunas. Nós todas parávamos ali sempre que passávamos pelo corredor, espiando para ver se os denunciadores hematomas azuis apareceriam sob a superfície de sua pele. Esperamos o branco dos olhos assumir o tom amarelado do catarro. Isso nunca aconteceu.

Arden rolou para o lado e gemeu, emitindo um barulho profundo e gutural que me aterrorizou. Ela soava como minha mãe naqueles dias finais. Agora, naquele quarto frio e úmido, fiz uma lista mental dos sintomas da minha mãe. Arden havia perdido um pouco de peso, mas não era grave. Ela não tinha sangramentos nasais, e as pernas não inchavam e pingavam, inchavam e pingavam, deixando poças em volta dos pés. Ainda assim, a maneira como Arden tossia, a forma como tremia com calafrios, o jeito como os olhos rolavam para trás, de forma que eu podia ver apenas a parte branca...

Apertei a mão fria, desejando que ela se sentasse na cama de supetão, acordada e mais viva do que nunca, que me dissesse para parar de rondá-la e me dispensasse com um revirar de olhos. Mas nada. Tudo que fez foi dar mais um chute com a perna, emitir outro gemido. Eu disse as palavras que não poderia ter dito à minha mãe, as palavras que coagularam em minha garganta naquele dia de julho quando os caminhões irromperam da barricada, as palavras que desde então haviam ficado presas ali, perto do meu coração, transformando-se em algo sólido.

Eu tinha 5 anos de novo, e meus passos eram leves sobre a escada. Ela havia parado de esperar pelos médicos, tinha ouvido os relatos de que eles só ajudariam os ricos. Ela abrira a porta do quarto. Eu fui abraçá-la, mas ela colocou o plástico por cima da minha boca e me arrastou para a rua, gritando com a voz falhada, gritando para que eles parassem. Tentei me agarrar à caixa de correio enquanto ela corria de volta, com medo até de me beijar.

Tentei manter meus braços em volta do poste de madeira, mas fui carregada e posta na caçamba do caminhão, o corpo largado nos braços de uma velha.

— Por favor — implorei a Arden agora, fechando meus olhos, acalentando-me com o som da minha própria voz. Apertei sua mão novamente, virando-a. — Não me deixe. Eu preciso de você.

Quando Arden não se mexeu, coloquei minha cabeça de volta no travesseiro e aceitei as lágrimas. Talvez ela não fosse melhorar nunca. Talvez nunca voltássemos a viajar, juntas, em direção a Califia.

Horas mais tarde, acordei com uma luz cegante.

Alguém estava parado no vão da porta do quarto, apontando uma lanterna para o meu rosto. A silhueta mudou de posição, e o feixe de luz recaiu sobre o chão. Esfreguei os olhos, tentando distinguir a minúscula figura que estava diante de mim; a pessoa não podia ser mais alta do que meu quadril. O cabelo despenteado chegava aos ombros, e a extensão larga e fofa de uma saia de bailarina se espalhava ao redor da cintura.

Pisquei em meio à escuridão, mas a figura ainda estava ali, real, não era o resquício enevoado de um sonho.

— Qual é o seu nome? — sussurrei para a menininha, esperando que minha visão se ajustasse à escuridão, mas ela deu um passo para trás. — Venha aqui, venha até mim. — Ergui o braço, sinalizando para que se aproximasse, mas, antes que eu pudesse dizer qualquer outra coisa, ela disparou pelo corredor mal iluminado.

Sentei-me na cama, agora completamente acordada. Não sabia como uma menininha chegara até esse acampamento só de homens, mas sabia que tinha de segui-la. Corri na direção do vão da porta, observando enquanto ela corria ao longo do túnel, quase invisível sob os feixes da lanterna.

— Espere! — gritei. — Volte aqui!

Ela desapareceu atrás de uma curva repentina.

Olhei ao longo do corredor vazio. O túnel serpenteava, e eu o segui, tentando me manter longe dos buracos escuros que havia dos dois lados, onde os meninos dormiam. Ela ainda estava à minha frente, seguindo pelas curvas do corredor, com o saiote subindo e descendo enquanto corria. O túnel se dividiu, e ela virou subitamente, disparando por um caminho sem iluminação. Segui atrás dela, e minhas pernas se moviam rapidamente.

— Não vou machucá-la — sussurrei com urgência. — Por favor, pare!

Corri rápido, com facilidade, e meus passos eram mais leves do que haviam estado em dias. Era bom estar de pé, movendo-me, e, a cada passo que eu dava, minha mente se aquietava, deixando apenas o som da minha própria respiração. Em pouco tempo, pude ver a silhueta turva à minha frente, a alguns passos de distância. Então o túnel serpenteou mais uma vez e se abriu sob o céu salpicado de estrelas.

Ela correu para o meio das árvores, soltando um gritinho rouco, como se aquilo fosse uma brincadeira engraçada. Mantive o ritmo, até que ela correu para o outro lado da colina e se enfiou debaixo de uma grande extensão de arbustos altos. Arqueei o corpo à frente para respirar, com o esforço finalmente me atingindo. Quando, por fim, ergui a cabeça, percebi que ela havia sumido. Eu estava sozinha. No escuro. Fora da caverna.

Eu não podia ir mais longe do que isso; seria tolice vagar pela floresta, seguindo a menina pelas colinas. Se conseguisse voltar para dentro do túnel, poderia encontrar Caleb, dizer a ele que a garota havia saído e estava sozinha. Mas, ao me virar, só enxerguei sombras. Andei de volta na direção das árvores, mas a floresta era densa. Folhas farfalhavam sob meus pés. Galhos rangiam acima de mim. Quando cheguei ao local onde achei que ficava a saída, não havia colina alguma, apenas uma inclinação rochosa em direção ao lago.

Dei meia-volta e corri para o lado oposto da floresta, com a respiração acelerando. Lembrei-me daquele momento perto do rio, com a chuva caindo pesadamente sobre a pele e as tropas vindo para cima de mim com as armas prontas. Vi as costas de Caleb na minha frente, o rosto no panfleto, as palavras que Arden dissera em voz alta: *Você pertence ao Rei.* Como pude ter sido tão burra a ponto de sair da caverna, vir para fora no meio da noite, com os soldados ainda à minha procura? Eu havia sido advertida.

À minha frente, um penhasco se agigantava por três metros acima da minha cabeça. Eu corria tão rápido que quase colidi com ele. Devia estar do outro lado da colina, mas estava escuro demais para ter certeza. Segui acompanhando o penhasco, esperando contorná-lo até chegar ao monte cheio de musgo onde ficava a entrada, quando ouvi algo atrás de mim. Não tive tempo de me virar, nem de correr. Em um instante, uma mão forte desceu sobre meu braço.

— O que diabos você está fazendo aqui? — sibilou Leif, empurrando-me para a frente. Seu rosto contorcido mal era visível sob a luz espalhada das estrelas. Tentei me desvencilhar, mas ele me apertou com mais força. — Avisei para não sair da caverna.

— Eu sei — consegui dizer, encolhendo-me sob a dor no meu pulso. — Sinto muito. — Não ousava dizer mais nada. Não ousava respirar.

— Quem disse que podia sair? — vociferou ele. O lábio superior se levantou de desgosto, revelando um dente da frente lascado. — Foi Caleb?

— Não, eu estava seguindo uma menininha. Ela correu para fora e desapareceu em algum lugar por ali, mas eu...

— Uma menininha? — Leif riu, embora tenha soado mais como um rosnado. — Não há menininhas no acampamento.

— Você está me machucando — falei, mas a mão dele continuou fechada em volta do meu pulso delicado.

Ele me sacudiu para a frente, e os passos recaíam ruidosamente sobre a trilha.

— Foi burrice sua ter vindo aqui para fora. Há um motivo para eu estar de vigia. Ficamos mais vulneráveis durante essas horas; especialmente com você aqui.

— Eu sei — retruquei, odiando a forma com que ele me segurava. Enquanto ele me puxava para o outro lado da colina, eu podia sentir o sangue esfriando em minha mão, do outro lado da obstrução que os dedos dele faziam onde me apertavam até o osso.

Finalmente ele soltou meu pulso. Tateou a lateral de um montinho coberto de musgo, e meu estômago tremeu pensando no que ele poderia fazer comigo; mas então ele puxou uma tora, revelando outra entrada para a caverna.

— Eu vi as tropas esta noite — disse Leif lentamente, para que eu pudesse processar cada palavra. — Não os via nesta área há meses. Mas lá estavam eles, andando pela beira da ravina. — Gesticulou para uma montanha além das árvores.

Ele esperou que eu dissesse alguma coisa, que eu reagisse, que pedisse desculpas, talvez, mas, quando abri a boca, não emiti nenhuma palavra.

106

— Vai, entra — rosnou. — Não queremos que nada aconteça com a nossa preciosa Eva, não é? — Os olhos eram bolas de gude pretas e frias enterradas em seu crânio.

— Não — concordei, virando-me de costas para o seu olhar.

— Não queremos. — Enfiei-me dentro do túnel, aliviada por me livrar dele.

— A sua é a quarta porta à direita — avisou enquanto a tábua coberta de musgo descia atrás de mim, fechando-me no corredor estreito novamente.

Quando cheguei à caverna, fiquei feliz em ver o rosto familiar de Arden brilhando sob a luz baixa da lanterna. Ainda assim eu tremia, com as mãos chacoalhando e o coração martelando o peito. Ele havia indicado onde meu quarto ficava muito rápido. Rápido demais.

Fiquei tentando escutar ecos no túnel, sentada com as costas esticadas contra a parede da caverna, com medo de que aqueles olhos negros e redondos viessem quando eu menos esperava, para me encontrar.

TREZE

CALEB E EU CAVALGAMOS PELA FLORESTA, SERPENTEANDO AO REDOR das árvores. Depois que as tropas foram avistadas na noite anterior, os meninos mais velhos ficaram de vigília o dia inteiro, assegurando-se de que os soldados haviam deixado a área. Ninguém falou comigo, ninguém ousava olhar para mim. Só depois que descobriram marcas frescas de pneus na estrada, na direção oposta à do lago, o confinamento terminou. Caleb aparecera à nossa porta enquanto eu cuidava de Arden e me convidara para caçar com ele. Não me incomodei por ter de usar roupas de menino — um *short* de algodão rasgado e uma camisa larga —, ou amarrar o cabelo para me disfarçar; estava apenas grata de sair para o ar fresco, longe daquela caverna escura. Longe do covil subterrâneo e daquele animal, Leif.

Quando chegamos a uma clareira coberta de grama, os olhos de Caleb percorreram a fileira de árvores, baixando em seguida para a margem rochosa.

— Nada por aqui. — Ele virou o cavalo para o outro lado. — Vamos ter de encontrar um ponto de observação.

O céu estava laranja-escuro, com nuvens revoltas, cujas barrigas eram contornadas de vermelho. Havíamos rastreado um javali selvagem por um campo, chegando a uma pedreira, até ele se assustar com uma pedra caindo. Agora estávamos à espreita de cervos. Deslizei de volta para cima do cavalo, tentando aproveitar a liberdade de estar na superfície, mas o encontro da noite anterior ainda consumia meus pensamentos.

— Seu amigo Leif... — comecei, tentando entender o relacionamento de Caleb com ele, como ele podia viver e trabalhar, todos os dias, com aquele brutamontes. Eu conhecera Caleb havia dois dias, e ele ainda não fizera nada que eu pudesse considerar suspeito. Não me deixara no rio. Trouxera café da manhã e almoço para mim e Arden, além de toalhas e água fresca da chuva para tomarmos banho. Até mesmo varrera o quarto para nós enquanto estávamos dormindo. — Ele é tão encantador — terminei, incapaz de esconder a irritação na minha voz.

Caleb manteve os olhos no despenhadeiro rochoso acima de nós, com a aljava de flechas pendendo do ombro.

— Sinto muito que ele a tenha assustado ontem à noite. Estava furioso por causa dos soldados. — Uma de suas mãos passou pelo pescoço do cavalo, penteando os nós da espessa crina negra. — Ele está convencido de que você inventou a história sobre a menininha. Não dá para argumentar com ele.

— Por que eu mentiria a respeito disso? Eu a vi — falei para as costas de Caleb. — Eu estava sozinha lá fora, e ele praticamente me ameaçou.

Caleb sacudiu a cabeça enquanto subíamos pela lateral da colina, com os passos desiguais do cavalo nos jogando de um lado para o outro. Ele também não achava que eu tinha visto uma menininha, mas acreditava que eu tinha visto *alguém*.

— Leif não foi sempre assim. Costumava ser... — Caleb fez uma pausa, procurando a expressão ideal — melhor.

Nós passamos sob um galho baixo.

— Isso é difícil de imaginar. — As folhas roçaram por cima da minha coluna enquanto me inclinava para a frente, tomando o cuidado de deixar um espaço entre nós.

Caleb ficou em silêncio.

— Leif era divertido, antigamente — disse ele por fim. — Muito divertido. Passávamos o dia inteiro desconstruindo prédios, tijolo por tijolo, e carregando o material em caminhões para ser levado à Cidade de Areia. Leif costumava inventar umas canções enquanto trabalhávamos. — Caleb olhou para trás, e as bochechas coraram em um sorriso repentino.

— Que canções? Do que você está rindo?

Ele se virou de novo para a frente.

— Você não quer saber.

— Vejamos.

— Tudo bem, mas não diga que eu não lhe avisei. — Ele limpou a garganta, fingindo seriedade. — Minhas — cantou, com a voz completamente desafinada — bolas estão suando, minhas bolas estão suando, não consigo fazer minhas bolas pararem de suar, nááão, nááão, nááão!

Inclinei-me para a frente, notando as dobras nos cantos de seus olhos e as pintas marrom-claras que cobriam as maçãs do rosto.

— Por que isso é engraçado? O que são "bolas"?

Caleb puxou as rédeas do cavalo e se jogou para a frente, e as costas subiam e desciam com as gargalhadas.

— O quê? O que foi?

Ele levou um momento para se recompor.

— São... — disse ele, com o rosto retorcido. — Tipo, essas coisas que... — Fez uma pausa, como se estivesse perdido em seus pensamentos, e então sacudiu a cabeça de repente. — Não, sinto muito, não posso. É simplesmente engraçado, Eva. Acredite em mim.

Eu queria pressioná-lo até que ele respondesse a pergunta, mas algo me dizia que era melhor deixar a piada sem explicação.

O cavalo subiu penosamente o resto da colina e chegou a um platô. O lago se estendia diante de nós, refletindo o céu tangerina. Lá de cima, podíamos ver o campo onde havíamos encontrado o javali, pedaços de floresta e uma faixa rochosa de praia.

— Lá estão eles. — Caleb apontou para a manada de cervos que bebia água na margem do lago. Mesmo de cima do despenhadeiro, eu podia distinguir o pelo dourado e os chifres que subiam na direção do topo das árvores.

Caleb guiou o cavalo trilha abaixo novamente.

— Então, o que aconteceu com ele? — finalmente perguntei quando estávamos na metade do caminho para a floresta. — Com Leif?

O corpo ágil de Caleb se movia em sintonia com o do cavalo, como se fossem um só. Fiquei observando as costas da camiseta cinza, focando em um lugar onde a costura estava se desfazendo. Tive o súbito impulso de estender a mão e tocá-lo, mas mantive as mãos firmes em Lila.

— Na época, Leif tinha um irmão gêmeo, Asher. Para qualquer coisa que você dissesse, sempre olhavam de esguelha um para o outro antes de responder, como se Leif estivesse verificando o que Asher faria primeiro, ou se Asher estivesse decidindo se ria ou não. — Seguimos de volta pela floresta, descendo em direção à margem rochosa. — Um dia fomos trabalhar, e Asher estava doente. Lembrando agora, não acho que tenha sido nada sério, não podia ser. Mas os guardas ficaram apavorados. Foi apenas alguns anos depois da praga. — Ele enterrou a mão no cabelo castanho. — Quando voltamos, o beliche dele estava vazio. Ele se fora.

— Morreu? — perguntei. O cavalo mudou de posição sob mim, e eu acariciei seu flanco, subitamente grata pela presença tranquila e calorosa.

— Não. — Caleb sacudiu a cabeça. — Eles o levaram para a floresta e o deixaram lá.

— Quem?

— Os guardas. Prenderam as pernas dele com pedras. Naquela noite, nós os ouvimos se gabando de como tinham salvado a todos nós do retorno da praga.

Levei a mão à boca, imaginando um dos meninos do acampamento sozinho na floresta, doente, com as pernas presas ao chão.

— Foi como se algo dentro de Leif tivesse quebrado. Nunca mais o vi de novo, o velho Leif. Virou uma pessoa diferente depois daquela noite. — Caleb desmontou e sacou o arco e flecha, movendo-se lentamente na direção dos cervos à margem. Alguns ergueram a cabeça, mas, vendo Caleb tão calmo, tão imóvel, voltaram-se novamente para a água.

Ele deu mais alguns passos antes de mirar em uma fêmea que estava mais para a lateral do grupo. A flecha deixou o arco e, um instante depois, mergulhou fundo no pescoço carnudo do cervo. Os outros animais debandaram enquanto a corça cambaleava para trás, surpresa. Em segundos, Caleb soltou outra flecha, que a atingiu na lateral. Em pânico, ela correu para a água, então tentou subir de volta para a margem, deixando uma trilha de sangue para trás.

— Pare! — gritei, descendo desajeitadamente do cavalo, os olhos fixos nos ferimentos do cervo. — Ela está sentindo dor.

Caleb aproximou-se, sem pressa.

— Está tudo bem — sussurrou ele para o animal. Tomou o pescoço nas mãos e desembainhou a faca. — Vai ficar tudo bem. — Sussurrou algo repetidamente, o que pareceu diminuir o pânico da corça, então posicionou a faca. Em um movimento rápido, cortou sua garganta, e o sangue escorreu pela margem coberta de seixos, turvando a água do lago de vermelho.

As lágrimas vieram quentes e rápidas, e meu corpo estremeceu enquanto eu assisti à vida deixar os olhos do animal.

Eu havia crescido com a morte. Eu a vira à minha volta no rosto dos vizinhos, carregando sacos de dormir para os quintais para enterrá-los. Eu a vira através das janelas do carro, nas fileiras de pessoas se revoltando do lado de fora das farmácias, com a pele manchada e vermelha. Eu a vira em minha própria mãe, na porta de casa, com sangue pingando de seu nariz.

Mas por 12 anos, dentro da Escola, eu estivera a salvo. As paredes me protegiam, os médicos estavam lá para nos curar, eu usava o apito de alarme em volta do pescoço. Enquanto Caleb aninhava a cabeça do cervo nas mãos, chorei mais do que jamais havia chorado. Pois aqui estava ela, esperando por mim o tempo todo: a morte, a morte inescapável, em todos os lugares. Sempre.

QUATORZE

Na manhã seguinte, a imagem da matança invadiu meus pensamentos antes que pudesse levantar a cabeça do colchão. Os meninos tinham esperado que o cervo chegasse e o haviam carregado para dentro da caverna, amarrando os membros a um galho quebrado. Eu me retirei rapidamente para a caverna, de volta a uma Arden adormecida. Não aguentaria vê-la ser aberta e a pele retirada, a carne macia exposta.

Liguei a lanterna ao lado de nossa cama, enchendo o quarto com um brilho branco suave. Caleb havia nos trazido uma pilha de roupas, recém-lavadas no lago. Levantei-me e vesti uma camisa de botão. Ainda não sabia onde estava o dono dos livros infantis, ou por que ele abandonara seu quarto. Ao lado da escrivaninha havia um bloco de notas. Puxei-o para fora, absorvendo as quatro palavras simples: *Meu nome é Paul.* A caligrafia era trêmula, e as letras tinham um espaçamento irregular. Pensei no que Caleb dissera sobre os meninos, sobre como, de certa forma, sua situação era pior do que a das meninas. Fechei os olhos e imaginei Ruby sendo guiada para dentro daquele quarto com as camas estreitas. Eu a ouvi questionando as médicas, daquela forma inocente que só ela conseguia. *Onde estão nossos livros? Quando vai ser nossa primeira viagem à Cidade de Areia? Por que estamos sendo amarradas?* Eles haviam tomado tanto de nós, mas tínhamos recebido pelo menos uma coisa. Eu sempre saberia ler, escrever, soletrar meu próprio nome.

Atrás de mim, pés descalços bateram contra o chão de barro. Eu me virei bem a tempo de ver uma pessoa minúscula disparar na minha direção e arrancar o bloco de notas da minha mão. O menino tinha um cabelo castanho-claro emaranhado e usava um macacão coberto de lama, sem camiseta por baixo.

— De onde você veio? — perguntei baixinho, sem querer assustá-lo. — Quem é você?

— Isso é do meu irmão. — Ele ergueu o bloco como se fosse um prêmio.

— Eu não estava tentando bisbilhotar — falei devagar, sem tirar os olhos do corpo pequeno.

Lembrei-me das menininhas que estavam na Escola: um ano atrás de nós, então dois anos depois, três, com as turmas diminuindo até zero conforme o Rei organizava as pessoas na Cidade, separando os órfãos. De vez em quando algumas crianças eram encontradas na floresta, nascidas de Perdidos ao fim da praga, mas era raro. Eu não via uma criança tão jovem assim há muito tempo. E não me lembrava de jamais ter visto uma criança do sexo masculino.

— Eu só...

— Ele estava aprendendo a ler — disse o menino. Seu dedo do pé tocou o chão, chutando uma pedrinha pelo piso de terra. Não parecia ter mais do que 6 anos e tinha a expressão de alguém que raramente sorria. — Ele ia me ensinar, mas aí morreu.

Olhei para o canto onde Arden estava deitada, imóvel, sobre o colchão, a pele brilhando de suor. Um prato cheio de legumes descansava ao seu lado, da noite anterior.

— O que havia de errado com ele? Estava doente? — As palavras ficaram presas na minha garganta enquanto observava o rosto dela.

— Ele havia acabado de começar a caçar. Caleb disse que foi uma enchente relâmpago. — Folheou o bloco enquanto falava, revelando páginas e mais páginas de rabiscos trêmulos. — Paul cuidou de mim quando nossos pais desapareceram. Foi ele quem me trouxe para cá.

— Sinto muito.

— Não entendo por que todo mundo diz isso. — Quando ele ergueu o olhar para mim, os olhos refletiram a luz. — Não é como se fosse culpa sua.

— Acho que não...

Pensei nas visões que eu tinha toda vez em que era arrastada pelo sono. Pip em uma estreita cama branca, com a barriga sobressaindo por cima das pernas. Às vezes ela estava se contorcendo contra o aperto das tiras de couro, gritando para as outras que estavam deitadas ao seu lado, tentando pegar mãos que não podia segurar. Outras vezes estava como me lembrava dela, em sua escrivaninha, resolvendo problemas de matemática, batendo o lápis em um ritmo familiar e contínuo na madeira. Ela se virava de repente, com o rosto cheio de raiva enquanto expunha a saliência grávida de seu perfil. *Por que isso está acontecendo?*, perguntava Rip, dando um passo na minha direção, e mais outro. *Por quê?* Eu continuava dizendo as mesmas palavras — *eu sinto muito, eu sinto muito* — até ela se jogar em cima de mim e eu acordar.

Limpei a garganta e olhei nos olhos do menino.

— ...às vezes é como dizer *estou triste*. Ou *estou sofrendo por você*. Talvez seja bobagem. Talvez seja só o que as pessoas costumam dizer.

O menino me estudou, olhando o cabelo que passava dos meus ombros, com as pontas secas. Eu o penteava com os dedos para impedir que embaraçasse.

— Me disseram que você é uma menina.

Eu confirmei.

— Você é minha mãe?

— Não — expliquei. — Não sou.

Um silêncio se seguiu. O garoto ficou puxando a pele rachada dos lábios por um instante.

— Eu sou Benny — disse ele por fim enquanto andava em direção à porta. — Quer ver meu quarto? Você pode conhecer meu colega de beliche, Silas.

Hesitei. Meu olhar migrou para Arden. Ela estava enroscada, os olhos fechados, como haviam estado desde a noite anterior.

— Está bem — falei para o menininho, feliz por ter alguém com quem conversar. — Vamos.

Eu o segui pelos corredores sinuosos até um quarto pequeno e estreito. Dois colchões repousavam sobre o chão, e carrinhos de mão e latas cobertos de lama estavam espalhados pela terra. Um outro menino de pele castanha estava desenhando com um graveto no chão duro. O cabelo preto era de vários comprimentos diferentes, revelando pedaços de couro cabeludo, e ele usava uma camiseta comprida enfiada para dentro de um acessório familiar — um saiote de bailarina roxo.

Então este era Silas. A menininha que eu seguira pelos túneis era, na verdade, um menininho.

— Eu conheço você — falei, dando um passo em sua direção.

— Você me assustou naquela noite. Por que não parou de correr quando eu chamei?

Silas congelou sob meu olhar.

— Eu estava correndo — disse ele, largando o graveto no chão — porque você estava me perseguindo. — Os pés estavam dobrados debaixo do corpo, fazendo com que parecesse ainda menor do que era.

— Há mais de vocês? — perguntei. Silas pegou o graveto e entalhou mais círculos na terra. Ele me ignorou, concentrando-se em seus desenhos. — Vocês são os mais novos?

Benny se jogou ao lado dele. Ele se virou e, pela primeira vez, percebi uma cicatriz longa e cor-de-rosa subindo de sua nuca até a orelha, semiescondida pelo cabelo emaranhado.

— É. Aí vem Huxley. Ele tem 11 anos. Ele brinca com a gente às vezes, mas todos os outros estão sempre fazendo tarefas ou em treinamento.

— Treinamento para quê?

Silas manteve o olhar no chão. Ele desenhou algo que parecia um cervo, fazendo *X*s no lugar dos chifres.

— Os meninos mais velhos viram caçadores quando fazem quinze anos — explicou Benny.

— Então seu irmão tinha 15 anos — falei. Eu presumira, pelos livros ilustrados, que Paul fosse uma criança, mas ele deve ter começado com as coisas mais simples que conseguiu encontrar.

— E estava aprendendo a ler sozinho?

Benny confirmou.

— Você sabe ler? — perguntou.

— Sei.

— Pode me ensinar?

— Sim — falei. — Posso.

Pela primeira vez desde que eu o conhecera, Benny sorriu para mim, revelando a falta de um dente da frente. Com uma inspiração repentina, agarrei o graveto de Silas e me ajoelhei no chão. Rabisquei a palavra rapidamente, sem pensar, na terra dura; então, em um gesto rápido, eu a sublinhei.

— Sabe o que é isto? — perguntei.

Silas ficou olhando para as letras, depois para mim, como se estivesse surpreso que minhas mãos as tivessem feito aparecer. Ele sacudiu a cabeça.

— É o seu nome — falei, apontando para as letras uma a uma. — S-I-L-A-S. — Então rabisquei outra palavra abaixo dela. — E é assim que se escreve Benny.

Benny sorriu, com o único dente da frente projetando-se angulosamente para fora.

Silas ficou olhando para mim, com a boca formando um pequeno *O*.

— Silas — repetiu, pressionando os dedos contra o chão.

Larguei o graveto e fiquei de pé, ruborizada de prazer.

— Esperem aqui, só um minuto — falei, pensando em todos aqueles livros que repousavam, sem terem sido lidos, na velha escrivaninha de Paul. — Volto já.

———+ +———

Benny estava na frente da parede de barro, rabiscando as letras com um graveto.

— Sim, é isso mesmo — falei enquanto o quarto cheio de meninos observava em silêncio. Ele terminou o Y e chegou para trás, soletrando a palavra escrita em letra de forma.

— Benny — leu ele, com o rosto explodindo em um sorriso banguela.

— Muito bom — elogiei, pegando a pilha de livros infantis da mesa.

O que havia começado com dois menininhos desenhando suas letras no chão crescera quando alguns dos meninos mais velhos enfiaram a cabeça para dentro do quarto e se sentaram.

— Vamos ler um livro — anunciei, puxando um do topo da pilha. Quando eu os pegara, havia ficado encantada por reconhecer alguns da Escola. — Era uma vez uma árvore — eu li, mostrando a página ao redor para que todos a pudessem ver. — E ela amava um garotinho. E todos os dias o menino vinha... — Fiz uma pausa. A mão de Silas estava erguida. Foi a primeira coisa que ensinei a eles, depois de ter começado a lição e de eles todos terem tentado gritar uns por cima dos outros.

— O que você quer dizer com ela o amava? O que é isso? — perguntou.

Kevin, o menino com os óculos rachados, soltou um suspiro irritado.

— Significa que ele quer beijar uma menina. Era o que acontecia antes da praga. — Ele sorriu para mim, com as bochechas coradas, envergonhado.

— Beijar uma menina? — perguntou Silas, incrédulo.

Huxley se aprumou.

— Não, não é isso. É uma árvore. A árvore não vai beijar o menino.

— Do que vocês estão falando? — Silas retorceu o rosto, confuso.

— Você pode amar qualquer um — interrompi, olhando para o grupo. — O amor é só... — procurei as palavras certas

— gostar muito de alguém. Sentir que aquela pessoa tem importância para você, como se o seu mundo fosse ser mais triste sem ela. — Pensei na risada em *staccato* de Pip, ou em pular de cama em cama com Ruby, como sempre fazíamos aos sábados de manhã quando estávamos esperando por nossa vez de tomar banho.

Depois de uma longa pausa, Benny olhou para cima.

— Eu amava meu irmão — disse ele.

— Eu amava minha mãe — acrescentou um garoto de 15 anos chamado Michael.

— Eu também amava minha mãe — falei. — Ainda amo. Essa é a questão: o amor nunca vai embora, mesmo que a pessoa vá. — Esperei por um instante, depois abri o livro novamente.

— Então todos os dias o menino vinha e juntava suas folhas e as transformava em uma coroa...

— Kevin! Michael! Aaron! Onde vocês estão? — A voz de Leif retumbou pelo corredor. Ele dobrou a esquina, com o corpo musculoso sujo de cinzas e lama. Aqueles olhos pretos, que pareciam bolas de gude, olharam para mim de novo, sem revelar qualquer sentimento. — Onde estão os baldes?

Alguns dos garotos mais velhos se levantaram do chão em um pulo.

— Nós íamos fazer isso depois... depois que terminássemos o livro.

— O *livro*? — perguntou Leif, andando com passos pesados na direção deles. Ele não olhou para mim, manteve a cabeça virada, como se eu fosse a mesa, uma cadeira, o chão debaixo de seus pés. — Vocês vão fazer isso agora, porque deviam ter feito hoje de manhã. Quero todos os baldes de água da chuva aqui dentro, em volta da fogueira.

— Não pode esperar alguns minutos? Estamos quase acabando — falei, antes que pudesse me conter.

Os meninos se viraram, surpresos com o som da minha voz.

Leif deu um passo na minha direção, e seu cheiro almiscarado preencheu o espaço que havia entre nós.

— Esperar pelo quê? — Ele arrancou o livro da minha mão. — Isto? Estes garotos não precisam ler livros de criança. Eles precisam aprender a se defender sozinhos.

— E serão capazes disso. — Endireitei as costas. — Mas também deveriam ser capazes de entender uma placa básica em uma estrada, ou como escrever o próprio nome.

Leif olhou ao redor da turma, quase uma dúzia de garotos amontoados no espaço pequeno. A boca se abriu e se fechou lentamente, como a de um peixe jogado em terra firme, lutando para respirar. Então os olhos encontraram os de Kevin, o mais velho no quarto, e ele assentiu.

— Podem encher os baldes imediatamente depois da aula. Quanto a você... — Ele se virou para mim. Apesar do olhar frio, eu podia jurar ter percebido uma leveza em sua expressão, um suave relaxamento em volta dos lábios, o mais perto que eu jamais vira de um sorriso vindo dele. — Se vai ficar aqui e ensinar estes meninos, então precisa saber sobre eles. Os mais velhos — ele apontou o dedo grosso para Kevin e Aaron, que estavam refrescando as costas na parede de barro — vão sair em breve da toca, em serviços de caça e vigia. A cerimônia de iniciação começa depois de amanhã, ao pôr do sol. — Em seguida ele saiu pela porta, abaixando-se para que a cabeça não batesse na concavidade do teto.

Olhei de volta para a turma, com o livro ainda em minhas mãos. Podia sentir a mudança de poder, tão real quanto se a terra sob mim tivesse mudado. A energia subiu como uma onda pelo meu corpo, e comecei a recitar as palavras, com a caverna agora parecendo maior.

— E todos os dias o menino vinha e juntava suas folhas...

QUINZE

Mais tarde, à noite, quando as tossidas engasgadas de Arden deram lugar à respiração rítmica do sono, peguei a lanterna de seu ninho no chão e comecei a andar pelos túneis. O acampamento estava silencioso. O corredor sinuoso estava vazio. Depois de alguns dias ali dentro, eu começara a entender a estrutura subterrânea básica, os cinco caminhos que saíam daquele aposento circular principal, criando uma formação parecida com uma estrela embaixo da enorme colina. Virei e continuei pelo segundo túnel, contando as portas no escuro.

Eu não parava de pensar no irmão de Benny, Paul, que havia se sentado àquela mesa no canto da caverna praticando suas letras, que havia se espreguiçado no mesmo colchão que eu, observando as rachaduras no teto de barro. Talvez, no dia em que morreu, ele tenha pressentido, como uma tempestade iminente. Ou talvez tenha passado o arco pelo ombro, como fazia todas as manhãs, e saído para caçar. Talvez tivesse passado pelo quarto de Benny, sem querer acordá-lo, sem saber que era a última vez que o faria — até estar preso no turbilhão da onda, revirando-se na água espumante, puxando o rio para dentro dos pulmões.

O som de roncos preenchia o corredor mal iluminado enquanto eu me esgueirava adiante, tateando as pedras na parede. Eu ainda tinha tantas perguntas... O que havia acontecido nos acampamentos além do trabalho, do transporte de tijolos e pedras? Como crianças tão novas, como Benny e Silas, foram parar no acampamento? Não me bastava ouvir detalhes superficiais. Eu me mantinha acordada pelo mesmo desejo que frequentemente me tomava na Escola. A diretora uma vez o chamara de "a sede de conhecimento".

Virei uma curva na sexta porta, e lá estava ele diante de mim, com a camisa amassada e o *short* rasgado. As pernas estavam penduradas sobre um dos braços de uma poltrona funda e estofada, e a cabeça pendia por cima do outro.

— Caleb? — chamei. — Está dormindo?

Ele acordou de sobressalto, olhando em volta rapidamente, como se para lembrar-se de onde estava, depois esfregou o rosto, alisou o cabelo para trás e sorriu.

— Bem-vinda à minha humilde morada. — Ele gesticulou para o colchão no chão, coberto apenas por um edredom, cujas penas estavam saindo pelas costuras. Na mesa ao lado havia um rádio de metal e um microfone parecido com os que eu vira na Escola. Havia mapas presos com tachinhas na parede, e suas bordas estavam enroladas por causa da umidade.

— O que está fazendo com todos esses livros? — perguntei, aproximando-me de uma pilha alta que havia no chão. Passei os dedos pelas lombadas, reconhecendo alguns títulos familiares da Escola. *O coração das trevas*, *O grande Gatsby* e *Rumo ao farol*.

Caleb veio para o meu lado, e o ombro cálido roçou contra o meu.

— Eu faço um negócio engraçado, às vezes — disse ele, lançando-me um sorriso travesso. — Eu abro um livro e olho para cada página. Chama-se ler.

— Eu sei o que é ler! — ri. O calor subiu pelo meu pescoço e rosto, acomodando-se em minhas bochechas. Passei os dedos pelo cabelo. Não via um espelho desde que fugi da Escola. — Mas como? Benny falou que ninguém aqui havia aprendido a ler.

— Então você conheceu Benny? — perguntou-me Caleb. Os olhos pareciam estar analisando meu rosto, passando por meus lábios, testa e bochechas.

— Hoje, mais cedo. E Silas e alguns dos outros meninos também. Silas era a menininha que eu achei ter visto. Ele estava usando aquele saiote.

Caleb riu.

— Ele encontrou aquela saia em caixas que saqueamos de um armazém. Leif e alguns dos garotos mais velhos sabiam o que era, mas como poderíamos contar a ele? Ele gosta demais daquela coisa.

Sorri, com os nervos subitamente despertos no corpo. Peguei *O coração das trevas*, grata por ter seu peso nas mãos, estabilizando os dedos trêmulos.

— Comecei a ensiná-los a ler. Você nunca lhes mostrou o alfabeto, ou os nomes deles?

Fui para o campo de trabalho forçado aos 7 anos, então havia aprendido um pouco antes da praga. Minha mãe tinha me ensinado algumas coisas básicas antes de morrer: palavras menores e seus sons. E depois, por aqui, eu lia à noite para... — Ele ficou olhando para o teto. A barba por fazer em seu rosto estava ficando mais grossa, criando sombras escuras ao longo do queixo e do pescoço. — Para escapar, eu acho. Nunca foi uma opção ensinar os meninos, principalmente não com Leif por perto. Sendo os mais velhos, nós precisamos caçar, pescar, estudar o terreno e ficar atentos a tropas na área. O dia todo, todos os dias. Eles precisam mais de comida do que de livros. Infelizmente. — Ele suspirou, e os olhos encontraram os meus. — Mas fico feliz que você os esteja ensinando.

Ele prendeu o meu olhar até eu finalmente ter de desviar os olhos.

— Você leu tudo isso? — Olhei para *Anna Karenina* e *Pé na estrada*, que pareciam estranhos ali colocados entre *História da Arte para leigos* e *O livro completo da natação*.

— Cada palavra. — Caleb riu. — Não sou tão homem das cavernas no fim das contas, não é?

A camisa cinza comprida e esfarrapada de Caleb estava desabotoada, revelando um vislumbre ocasional do peito bronzeado.

— Eu nunca disse isso de verdade, disse?

— Não precisava dizer — retrucou.

Atravessei o quarto até outra pilha de livros, e Caleb me seguiu, os passos logo atrás dos meus, como se estivesse me acompanhando em uma dança.

— Eu estava errada — falei. Tão perto dele assim, podia ver as pintinhas marrons em sua íris verde-clara.

Caleb me circundou, rindo, como se eu fosse alguma criatura encantadora que havia descoberto no mato.

— Ah, é mesmo? — Foi tudo o que ele disse.

— Ah, este aqui... — peguei *Rumo ao farol*. Os cantos das páginas estavam enrolados. — Charles Tansley! Que pesadelo. Quem é ele para dizer que as mulheres não podem pintar, não podem escrever? E a forma como o Sr. Ramsay simplesmente esquece da esposa depois que ela morre... Ele está praticamente se jogando em cima de Lily no fim!

Caleb inclinou a cabeça.

— Presumi que sua educação tenha sido distorcida, mas nunca percebi quanto.

— Como assim? — perguntei.

Caleb deu um passo mais para perto, e eu podia sentir o cheiro de fumaça em sua pele.

— O Sr. Ramsay está de luto, ele está arrasado. É por isso que leva James para o farol; ainda está pensando naquela discussão que teve com a esposa há anos.

Franzi as sobrancelhas, tentando processar o que Caleb dissera.

— O livro mostra o que acontece sem a Sra. Ramsay, quanto o papel da mãe é importante, quão rápido as coisas desmoronaram sem ela — continuou. — Todos a amavam.

Lembrei-me daquela aula na Escola, com a professora Agnes nos fazendo um discurso sobre o desejo dos homens por mulheres mais jovens ou a incapacidade dos homens de preencher as necessidades emocionais daqueles à sua volta. Tudo pareceu tão claro na época...

— É só sua opinião — tentei, sacudindo a cabeça.

Mas Caleb não desviou o olhar. O rosto estava semi-iluminado pelo brilho da lanterna, suavizando seus traços.

— É o que acontece no livro, Eva. — Ele tamborilou os dedos na capa dura.

Soltei o livro e sentei-me na poltrona, sem me importar, pela primeira vez, com o cheiro de mofo que parecia ser inescapável no acampamento.

— É só... — falei, sentido uma súbita onda de vergonha.

Pensei naquela noite no consultório médico, pouco antes de eu ir embora da Escola. A professora Florence me contara que o

Rei queria repovoar a Terra de forma eficiente, sem todas as complicações de famílias, casamento e amor. Ela dissera que, no começo, as meninas o haviam feito por vontade própria. Fazia um certo sentido, mesmo que doentio. Eles devem ter pensado que, se tivéssemos medo dos homens, nunca os desejaríamos. Nunca iríamos querer amor, ou ter nossas próprias famílias. Aí então estaríamos mais dispostas a fazer o que quer que nos pedissem.

— Não foi assim que eu aprendi.

Virei-me para o outro lado, esperando que Caleb não visse meus olhos tomados pela emoção. Eu havia me esforçado tanto na Escola, feito anotações detalhadas sobre cada lição, rabiscando as margens dos cadernos até que meus dedos ficassem com câimbra. E para quê? Para encher minha cabeça de mentiras?

— Às vezes parece que tudo o que preciso saber eu não sei. E todas as coisas que sei estão completamente erradas. — Enterrei as unhas na palma da mão, tomada por uma súbita frustração. A raiva cresceu dentro de mim. Comecei a andar em direção à saída, mas Caleb agarrou minha mão, puxando-me de volta.

— Espere. — Ele enroscou meus dedos em volta dos dele por um instante, antes de soltá-los. — O que você quer dizer?

— Doze anos na Escola e eu... nem sei nadar — consegui dizer, lembrando-me do pânico que senti àquela noite no rio. Não sabia caçar ou pescar, nem mesmo sabia onde diabos no mundo eu *estava*. Eu era completamente inútil.

Ele ficou de pé, levando-me até o vão da porta.

— Aqui, Eva — disse ele enquanto apanhava *Rumo ao farol* no chão. — Fique com meu livro. Você pode lê-lo de novo... por si própria.

Ficamos na soleira de barro por um instante, com a cabeça dele quase roçando o teto. Passei os dedos pela capa rachada, pensando no que ele dissera. Talvez aqui, nesta caverna, longe da professora e de seus discursos, o livro fosse diferente. Talvez *eu* fosse diferente. Fiquei ouvindo nossa respiração, agora sincronizada.

— Isso ainda não resolve meus problemas de natação — falei. Não pude deixar de sorrir quando meus olhos encontraram os de Caleb.

— Essa é a parte fácil. — Ele pousou a mão na parede, centímetros acima de minha cabeça. Uma barba curta e serrilhada se espalhava pelo seu queixo, cintilando sob a luz da lanterna. — Posso ensiná-la a nadar em apenas um dia.

— Um dia? — perguntei, imaginando se ele podia ouvir os batimentos do meu coração. — Não acredito.

— Acredite — desafiou. Ele nivelou os olhos verde-claros com os meus novamente. Estávamos competindo para ver quem desviaria o olhar primeiro. *Um*, contei em minha cabeça. *Dois, três...*

Cedi, por fim, agachando por sob o braço dele e saindo pelo túnel.

— Bem, então está combinado — falei, começando a voltar na direção do meu quarto. Quando me virei, os olhos dele ainda estavam fixos em mim. — Boa noite — gritei por cima do ombro, sentindo o calor de seu olhar enquanto eu descia o corredor úmido e bolorento e me acomodava novamente em minha cama.

DEZESSEIS

Quando chegamos à margem, Caleb tirou a camiseta e mergulhou no lago, as pernas juntas, chutando logo acima da superfície reluzente. Ele disparou em direção ao fundo até desaparecer sob a escuridão negra como tinta.

Esperei. Um minuto se passou. E outro. Procurei por toda a vasta extensão de azul, mas ele não estava em lugar algum.

— Caleb? — chamei. Comecei a andar pela margem, procurando por qualquer sinal dele, mas o lago estava sinistramente parado.

Finalmente ele irrompeu na superfície, a quase cem metros de distância, lançando jatos brancos de água ao redor da cabeça. Suspirei profundamente, arfando em sincronia com ele, como se estivesse prendendo a respiração.

— Exibido! — gritei.

Larguei a toalha embolada que carregava nos ombros, revelando a "roupa de banho" que eu criara para nadar: um short de jeans sob meu vestido gasto da Escola, com o tecido rasgado onde costumava ficar o brasão. Eu o havia arrancado naquela manhã com uma faca, pensando em Pip.

Afundei os dedos dos pés, e minha pulsação acelerou. A água estava fria. O sol caía por trás das árvores, e o ar era mais cortante do que o normal. Senti-me tonta enquanto olhava para o ponto onde o lago ficava mais profundo e escuro. Deixei as pedras lisas massagearem a sola dos pés e tentei acalmar os nervos. Eu estava me sentindo mais confortável, mais confiante, até mesmo mais corajosa. Arden havia apresentado melhoras. Ela continuava de cama, mas estava bebendo e comendo mais, e a cor tinha voltado ao seu rosto. Eu não me encolhia mais quando cruzava com Leif no corredor e não tinha mais medo de explorar o acampamento. Lenta e seguramente, estava me acomodando em nosso lar temporário.

Caleb nadou de volta, com o corpo musculoso virando de um lado para o outro conforme cada braço erguia-se antes de mergulhar outra vez em direção ao fundo. Quando chegou à parte rasa, ele jogou a cabeça para trás.

— Agora é uma hora tão boa quanto qualquer outra para começarmos — disse ele, gesticulando com uma das mãos. — Não é fundo aqui.

A água batia apenas em sua cintura. Mas eu me lembrei daquela noite na Escola, da sensação de asfixia que tive quando o fundo do lago sumiu embaixo de mim. Andei para a frente devagar, cuidadosamente, deixando o lago frio me cobrir centímetro por centímetro. Caleb se aproximou e me ofereceu a mão.

Peguei-a sem pensar, sendo tomada pelo mesmo calor que sentira em seu quarto. Minha pele vibrava com a proximidade.

— Viu? — Ele sorriu, e a água formava gotas no peito bronzeado e sardento. — Não é tão ruim assim.

Depois de alguns passos, o lago chegou à minha cintura. Olhei para baixo, sobressaltando-me com o súbito desaparecimento dos meus pés. Queria voltar, retornar à margem e ficar em terra firme, mas Caleb agarrou minha outra mão e ficou olhando para mim, seus olhos verde-claros exigindo que eu olhasse para eles. Andamos juntos em direção ao fundo.

— Você está bem? — perguntou Caleb quando a água estava chegando aos meus ombros. Eu assenti, esperando que meu coração desacelerasse. — Muito bem, então. Agora vamos mergulhar. Um, dois...

— Espere! — gritei. — Você quer que eu fique debaixo d'água? — Eu precisava de mais tempo: para me adaptar à temperatura, para me preparar.

— É. Vamos ficar debaixo d'água o máximo de tempo que você conseguir. No três. — Eu estava prestes a protestar, mas Caleb começou a contagem novamente. — Um, dois, três — disse ele, e eu respirei fundo, apertando firmemente os lábios enquanto escorregávamos para debaixo da superfície.

Eu estava completamente submersa, sentindo o coração martelar nos ouvidos. Podia ouvir meus pulmões soltarem o ar, e as bolhas flutuavam até o céu, deixando-me para trás na água fria. Caleb estava meio metro à minha frente, com os olhos abertos e as mãos nas minhas. O rosto era tão suave, tão sincero e doce que eu me esqueci, mesmo que só por um instante, que éramos diferentes. Que ele era do outro sexo, o mesmo sobre o qual eu fora advertida. O mesmo que eu passara a vida inteira temendo.

Naquele momento ele era apenas Caleb. Eu sorri, e ele sorriu, com nossos braços formando um círculo em meio ao silêncio da água.

Ficamos do lado de fora até o céu ficar mais escuro. Treinei prender a respiração, submergindo repetidamente, até não me encolher mais quando o lago me engolia. Caleb me ensinou a pairar e a bater os pés sob a água. Ele me mostrou como boiar, repousando seus dedos na curva das minhas costas enquanto eu enchia a barriga de ar. Cerrei os olhos, tentando fingir que minhas pernas pálidas não estavam expostas, que o vestido molhado não estava agarrado às curvas do meu corpo.

O céu já estava passando de roxo para cinza quando caminhamos de volta pela floresta, com as agulhas secas dos pinheiros se quebrando sob os pés. Prendi a toalha em volta dos ombros, mas não conseguia parar de tremer. Caleb tirou o moletom e o ofereceu para mim, dobrando as mangas para que eu pudesse enfiar as mãos nelas.

— Terminei o livro. Fiquei acordada a noite inteira lendo — falei enquanto puxava o tecido grosso e macio para baixo. Ele ainda continha um pouco do calor de Caleb, e já me sentia mais aquecida. — Você tinha razão. Não é bem a história que me contaram.

— Imaginei que poderia ser melhor da segunda vez. — A água pingava de seus *dreadlocks*, descendo pelas costas e serpenteando pelos músculos encorpados dos ombros.

— Estive pensando... — comecei. — Como você aprendeu tanto sobre o mundo que havia do lado de fora dos campos de trabalho forçado? Como chegou até aqui? Como sabia aonde ir? Conte-me tudo.

Caleb esperou que eu o alcançasse. Começamos a andar por uma trilha estreita, agachando-nos para evitar os galhos baixos das árvores. Ele andava à minha frente, levantando os ramos para eu poder passar por baixo deles e se adiantando novamente para fazê-lo de novo.

— As semanas depois que Asher morreu foram estranhas — disse ele, mantendo os olhos na trilha. — Leif recusava-se a trabalhar e passava a maior parte das noites em confinamento na solitária. Todos os outros garotos tinham medo de fazer qualquer coisa que enfurecesse os guardas. A única coisa a que tínhamos direito nos campos de trabalho eram uns rádios pretos de metal, e todos os meninos se deitavam nos beliches escutando o noticiário da Cidade de Areia.

— Eu também ouvi alguns desses programas na Escola — falei, torcendo o cabelo comprido para retirar a água. Uma vez por mês, nós nos reuníamos no auditório e ouvíamos histórias sobre o que estava acontecendo na Cidade. O Rei contava sobre os arranha-céus gigantescos que estavam sendo construídos, ou sobre as novas Escolas que estavam sendo inauguradas para as crianças que viviam dentro dos muros da Cidade. Ele estava construindo no deserto, *algo a partir de nada*, como ele dizia, e a Cidade seria cercada por muros tão altos que todo mundo estaria protegido dos rebeldes, das doenças, dos perigos do mundo. Naquela época, eu encontrara conforto em suas palavras. — O Rei fazia tudo parecer tão nobre, tão emocionante.

Caleb chutou uma pedrinha com os pés descalços.

— Eu me lembro daquela voz. Vou me lembrar para sempre. — Caleb lançou a pedra em direção à floresta, e a expressão foi ficando mais sombria. A pele, ruborizada. — Ele nunca mencionou os órfãos que trabalhavam na Cidade. Como meninos de até mesmo 7 anos de idade estavam desmontando prédios durante catorze horas por dia, sob um calor de quarenta graus; como alguns eram esmagados por paredes que desmoronavam ou caíam de arranha-céus. Ou as meninas que estavam sendo usadas como éguas parideiras. Ele fazia parecer que a Nova América era para todo mundo, que todos estaríamos incluídos, mas foi tudo construído nas costas dos órfãos. O único lugar para nós era debaixo dos pés deles.

Enquanto andávamos, deixei minhas mãos roçarem a grama alta que crescia pelos lados da trilha.

— Então quem está cuidando das crianças? Os sobreviventes da Cidade?

— Neste momento, estão sentados em suas novas casas, com vista para os canais que meninos de 14 anos abriram, e estão alimentando os bebês que meninas de 18 anos pariram, ou estão esquiando nas pistas artificiais e comendo em restaurantes no topo dos arranha-céus, onde os órfãos trabalham de graça. É repugnante. — Ele fez uma careta.

— Como você fugiu? — perguntei de novo. Pensei nos horrores daquele campo de trabalho forçado, em Asher sozinho no meio do mato com as pernas presas ao chão, em meninos tão pequenos quanto Silas carregando pedras nas costas.

— Aconteceu certa noite, depois de um discurso especialmente enfurecedor sobre o novo palácio real — começou ele enquanto estendia uma das mãos para mim, ajudando-me a passar por cima de uma rocha. — Eu não conseguia dormir. Não parava de olhar para as camas vazias de Asher e Leif. Os guardas haviam encontrado um menino de 2 anos na floresta. Tinha acabado de ficar órfão e estava soluçando. Não foi só a praga que deixou órfãos. — Caleb fez uma pausa. — As condições de vida eram tão ruins depois da doença, o mundo estava mergulhado em um caos tão grande, que muitas crianças perderam os pais mesmo depois que ela passou. Eu estava tão insensível que fiquei ouvindo-o chorar por duas horas. Uma gangue havia atirado em sua mãe. Eu não me importava. Sentia-me oco. Aquilo não podia me atingir, porque não havia nada dentro de mim para ser atingido. Eu estava tão... — Caleb parou na trilha e se virou para mim. Limpou a garganta, selecionando cautelosamente as palavras. — Estava tão frio... Ainda me sinto envergonhado. — Eu não conseguia imaginá-lo sendo tão indiferente, não após a forma como havia aninhado a cabeça do cervo nas mãos, acariciando o pelo macio em seu pescoço até que ele morresse.

Caleb segurou um galho, esfregando os dedos por cima da casca áspera.

— Comecei a pensar a respeito de tudo e sabia que não podia viver ali por muito mais tempo. Não era viver, não era uma vida. Eu estava apavorado e desesperado. Tinha o rádio nas mãos e estava girando o *dial*, apenas brincando com ele. — Caleb soltou um suspiro profundo, e os dedos pararam de se mexer. — Então eu ouvi uma voz, falando coisas totalmente sem sentido.

— O que dizia? — perguntei, dando um passo à frente para diminuir o espaço que havia entre nós.

— Sempre vou me lembrar daquela primeira frase. Ele falou: "O sol observa cansado o rio rolando ondas, Eloise sabe tudo amável, a que unifica inconsciente."

Eu me inclinei para perto, como se chegar mais perto dele fosse me ajudar a decifrar o significado.

— Quem é Eloise? Não estou entendendo.

Uma rajada de vento soprou pelas montanhas, fazendo com que as árvores se inclinassem. Sombras passaram pelo rosto de Caleb.

— Eu também não tive certeza no começo. O homem apenas continuou falando assim. Disse isso algumas vezes e depois outras frases criptografadas, sempre repetindo as palavras com aquela voz fantasmagórica. Eu não parava de olhar em volta, imaginando se não havia me descolado da realidade, se entrara em um sonho ou algo assim. E então, depois da décima vez que ele se repetiu, parei de tentar entender a frase e comecei a escutar a forma como ele a falava. O homem estava tentando me dizer alguma coisa, o tom em sua voz era quase suplicante. — Caleb olhou para cima, e seus olhos encontraram os meus. Estavam vermelhos e molhados. — O sol observa cansado o rio rolando ondas, Eloise sabe tudo amável, a que unifica inconsciente. O sol observa cansado...

— O — interrompi-o, sentindo minha garganta contrair de emoção. — S-O-C-O-R-R-O E-S-T-Á A-Q-U-I.

Caleb sorriu, e eu senti o resto do mundo se desfazer, as árvores, a trilha, as montanhas, o céu, deixando apenas nós dois.

— Sim — confirmou. — O socorro está aqui. — Ele estendeu a mão para mim, e eu a apertei entre as minhas. — A voz continuou. Durante as noites seguintes, revelou um lugar na selva onde, se conseguisse escapar, você o encontraria. Levou alguns meses, e eu esperei que Leif voltasse para fazermos um plano juntos. Estudamos a rotina dos guardas e descobrimos uma falha. Certa noite, fomos embora, só nós três.

— Vocês três?

Caleb olhou para nossas mãos, juntas, e sorriu vagamente, como se a visão lhe agradasse.

— Nós trouxemos o menininho cuja mãe havia sido morta. Silas. — Os dedos de Caleb se entrelaçaram nos meus, apertando-os fortemente enquanto voltávamos a subir a trilha.

— E vieram para cá — falei, mantendo os olhos nos dele enquanto nos aproximávamos da clareira que havia do outro lado da caverna.

— Isso foi há cinco anos. O acampamento já estava sendo construído por um pequeno grupo de meninos, liderados pelo homem cuja voz eu ouvira durante todas aquelas noites. Moss.

Ele começou a Trilha. Há abrigos por todo o oeste, todos levando a cavernas como esta. Leif, Silas e eu viajamos por dois meses até chegarmos aqui, dormindo em casas de rebeldes. As pessoas ainda estão por aí, vivendo fora da Cidade. Também não acreditam no que o Rei está fazendo e ajudam meninas e meninos a escapar.

Ele segurou uma tora na encosta da colina e a puxou, expondo a porta escondida. Lá dentro, o acampamento estava silencioso e escuro. Fui me acalmando com o som de nossos pés descalços sobre o chão, andando ritmadamente.

— Então era disso que a professora estava falando. Califia... o lugar para onde eu e Arden iremos. Perto da água. — Observei Caleb enquanto falava, esperando que ele se encolhesse, fizesse uma careta, qualquer coisa que revelasse os sentimentos sobre eu ir embora, mas sua expressão não denunciou nada. Agora que Arden já conseguia andar, mesmo que fosse só pelo nosso quartinho minúsculo, era apenas uma questão de uma ou duas semanas antes que partíssemos. Fiquei imaginando se eu seria capaz de ir embora, de simplesmente deixar a caverna e ir para oeste como havia planejado. Caleb estava bem ao meu lado, e eu já sentia falta dele.

— Sim, é outro abrigo para órfãos e Perdidos, o maior de todos. — Foi tudo que ele disse.

— E Moss? — perguntei. — Onde está agora?

Caleb me guiou pelo túnel mal iluminado.

— Houve rumores de que ele estaria dentro da Cidade, mas nada é certo. Na maior parte dos boatos, estaria mantendo a localização em segredo e se movendo tanto pela Trilha que seria impossível rastreá-lo. Ele ainda está mandando as mensagens, mas não o vemos há mais de um ano.

Eu queria ter sabido sobre os contatos via rádio e sobre a Trilha antes de ter deixado a Escola. Antes de ter saído do quarto, deixando Ruby e Pip naquelas camas estreitas, em seu último sono agradável. Talvez houvesse uma chance de lhes mandar um recado a partir de Califia, uma chance de alcançá-las.

Senti a mão de Caleb afrouxar um pouco ao redor da minha quando chegamos à minha porta, e o cheiro doce de suor e fumaça emanando de sua pele. Reparei nas sardas que se espalhavam por cima de seu nariz e testa, onde a pele era bronzeada pelo sol. Nenhum de nós falou. Em vez disso, apenas passei minha mão por cima da dele, circulando os nós dos dedos e as unhas com meus dedos, sem me importar, pela primeira vez, por estarem cobertos de terra. Ele pousou o queixo no topo da minha cabeça, e eu respirei fundo, consciente daqueles meros centímetros que separavam o meu nariz do peito dele.

— Você se saiu muito bem hoje — falou Caleb depois de um longo tempo. Ele apertou a minha mão em despedida.

— Obrigada de novo por me ensinar. — Entrei a passos largos no quarto, mas não pude me conter. Dei meia-volta. Ele ainda estava ali, preenchendo o vão da porta.

Eu escutara o que a professora Agnes dissera. Havia aprendido sobre a Ilusão da Ligação e os Perigos de Meninos e Homens e lera sobre todos os tipos de Manipulação Sutil. Mas sob tudo aquilo, em algum lugar dentro de mim, havia um conhecimento mais profundo. Ele continha um lugar que nem o medo e uma educação cuidadosamente planejada podiam tocar. Era a forma como Caleb cantara desafinado naquele dia na floresta — apenas jogara a cabeça para trás e cantara, com a voz ecoando em meio às árvores. Era a comida posta para nós todas as manhãs e todas as noites, as toalhas e camisas mal dobradas, a água de banho que ele arrastava para dentro da caverna para Arden, sem que ninguém jamais tenha pedido por isso.

140

Eu sabia, talvez com mais certeza do que tinha sobre qualquer outra coisa, que este era um homem bom.

— Boa noite, Eva. — Ele baixou os olhos, quase que envergonhadamente, e então desapareceu na escuridão.

DEZESSETE

— Aposto como Aaron nada mais rápido — disse Benny, apertando minha mão. — Ele parece um peixe.

Estávamos juntos em um patamar bem ao norte da caverna, com os olhos varrendo o lago por qualquer sinal dos novos Caçadores. A febre de Arden passara, e a cor em suas bochechas havia voltado. As pernas ainda estavam fracas, mas ela insistira em se juntar a nós, e eu estava feliz em tê-la aqui, ao meu lado.

Arden se desvencilhou da mãozinha minúscula de Silas.

— Sua pele está suada — disse ela, enxugando a palma da mão no *short* de brim esgarçado. — É como segurar uma lesma. — Arden enxugou a mão várias vezes, o nariz pálido enrugado de nojo. — O que foi? — perguntou. — O que é tão engraçado?

— Você está mesmo se sentindo melhor. — Eu ri. Ela saíra da cama havia menos de uma hora, e a paciência já tinha se reduzido a zero. Tomei isso como um bom sinal.

142

O dia todo, enquanto eu estava lá dentro ensinando os meninos que haviam sobrado, Caleb e Leif vasculharam a floresta atrás de tropas. Quando a área foi considerada segura, levaram os novos Caçadores para o outro lado do lago, onde começaram uma árdua trilha. Os novos Caçadores deveriam correr 15 quilômetros pelas margens rochosas, mergulhando por fim nas profundezas geladas da água. Agora, a qualquer momento, eles iriam nadar em volta da barreira de árvores e correr praia acima até o lugar onde quatro lanças esperavam por eles, com as lâminas de pedra reluzindo brancas como ossos sob o que restava da luz do dia.

Fiquei observando aquele ponto em terra firme onde as árvores se inclinavam por cima da água, o lugar onde Caleb me ensinara a nadar. Na noite anterior, eu havia sonhado que estávamos no lago novamente, com a água nos envolvendo e as mãos dele nas minhas. Durante todo o dia, enquanto eu acompanhava Arden pela caverna ou corrigia as palavras que Benny escrevera no barro, ele preencheu meus pensamentos. O sorriso, os dedos tocando a curvatura das minhas costas, o cheiro de sua pele no moletom...

Kyler, um garoto alto com cachos ruivos, correu na direção da beira do penhasco.

— Lá estão eles! Estou vendo! — gritou ele. Estava segurando um binóculo rachado, e Benny e Silas pularam, tentando pegá-lo, desesperados para olhar. Lá onde a água beijava o céu, havia um pontinho se movendo.

Logo depois, os meninos apareceram além das árvores, os corpos subindo e descendo na água, como grandes peixes saltando. Michael vinha na frente, o cabelo afro visível até mesmo do platô rochoso onde eu estava.

— Eles são super-rápidos! — exclamou Silas. A pintura do rosto havia borrado, deixando rastros dourados em suas mãos. — Vejam só o Aaron!

— Vai, vai, vai! — incentivou Benny. A multidão atrás de nós correu para o penhasco, banhada pelo brilho cor-de-rosa do sol que se punha. Alguns dos meninos de 12 anos batiam gravetos em uníssono, fazendo um som de *tec! tec! tec!* que ficava cada vez mais alto.

Conforme os garotos se aproximavam da margem, uma canoa velha circundou as árvores atrás deles, com Leif e Caleb remando cada um de um lado. Os meninos mais velhos do acampamento seguiam em outros quatro barcos. Tinham o rosto pintado de preto, com linhas atravessando as bochechas e descendo pelo arco do nariz. Vendo Caleb, com os braços lutando contra a corrente, meu corpo encheu-se de uma breve alegria.

De todas as coisas que a professora Agnes havia adulterado, eu só reconhecia uma como estando errada na época. *A felicidade é a antecipação da felicidade futura*, explicara ela enquanto segurava uma cópia de *Grandes esperanças* nas mãos. Eu me lembrei, então, do dia em que Ruby encontrara um gatinho nos arbustos, e de como havíamos nos revezado acariciando o pelo macio de sua barriga ou deixando-o se enroscar no nosso colo. Lembrei-me de como havíamos empilhado nossos colchões depois que a diretora fora dormir, com a torre se estendendo muito acima da cama de Pip. Eu conhecia aquela sensação de pular dali, sentindo as molas cederem sob meus pés e a maneira como meu corpo quicava, relaxado com as risadas. *Não*, pensei, na época e agora, observando enquanto Caleb erguia os olhos para mim e sorria com aquele sorriso gentil e brilhante. *A felicidade é um momento.*

Aaron chegou à parte rasa do lago e correu, a água espirrando em volta dos joelhos. Michael veio em seguida, depois Charlie e, por fim, Kevin. Ele franziu os olhos sob o sol, dando passos inseguros, sem os óculos. Dispararam até alguns galhos de árvore esbranquiçados, onde quatro lanças estavam de pé, as hastes mergulhadas na areia.

— Vejam só como correm! — gritou Silas, agarrando seu saiote.

Michael alcançou sua lança primeiro, arremessando-a no ar em seguida. Uma a uma, todas as lanças voaram, e os novos Caçadores se curvaram de exaustão. Silas e Benny saíram correndo do nosso lado e seguiram os meninos mais novos pela trilha que descia a encosta, onde receberam Aaron, Kevin, Michael e Charlie.

A canoa de Leif e Caleb aportou em terra firme, com o casco arrastando nas pedras. Eles abriram caminho pela multidão, passando pelos meninos entusiasmados, até onde estavam os novos Caçadores. O olhar de Caleb encontrou o meu, e ele lançou-me um ligeiro sorriso. *Oi*, eu fiz com a boca.

— Suas orelhas estão ficando vermelhas. — Arden me cutucou na lateral do corpo. — Contenha-se, Eva. — Estiquei a mão para o meu cabelo, puxando as mechas castanho-escuras em torno do meu rosto.

Leif convocou os quatro novos Caçadores a se aproximarem e se alinharem à frente dele. Seus ombros estavam da cor de tijolos, por ter ficado do lado de fora, remando por tanto tempo.

— Hoje vocês se provaram homens, e amanhã estarão prontos para saírem sozinhos para caçar. Espera-se muito de vocês. Estes meninos — Leif gesticulou para os mais jovens à nossa volta, para Benny, cujo nariz estava escorrendo — precisam de proteção, de líderes para garantir que estão seguros aqui, longe de campos de trabalho forçado. Esta floresta é seu lar agora, estes meninos são sua família. Nós somos irmãos. — Em resposta a essas palavras, os meninos pousaram os dedos sobre os brasões circulares tatuados nos ombros.

Caleb puxou um pedaço de carvão do bolso do *short*.

— Está na hora de vocês jurarem lealdade à Trilha. Juram usar as habilidades para o bem dos órfãos, tanto os livres quanto os escravizados?

Todos os meninos assentiram.

— Juramos — disseram em uníssono.

Caleb deu um passo à frente, passando o polegar pela testa de Michael e descendo pelo arco do nariz. Continuou ao longo da fila, acrescentando as marcas ao rosto de Charlie, depois de Aaron e então de Kevin.

— Agora vocês são Caçadores. São homens! — trovejou Leif. Ergueu os braços no ar, com os punhos fechados e os músculos tensionados contra a pele. Parecia uma daquelas estátuas que eu vira em meus livros de arte, as de Michelangelo, talhadas na pedra.

Silas foi o primeiro a se destacar do bando. Ele correu até Kevin e agarrou a lateral de seu corpo, quase o derrubando em um abraço. Os outros meninos dispararam para a frente, gritando e aplaudindo, dando tapinhas nas costas dos novos Caçadores. Michael ergueu Benny nos ombros enquanto Aaron agradecia a Leif e Caleb novamente, apertando suas mãos.

Quando os gritos entusiasmados diminuíram, os novos Caçadores se reuniram em volta de alguns tocos de árvores, onde estavam dispostos pratos transbordantes de carne de javali, jarras de água e tigelas de frutinhas coloridas. Os garotos esperaram e suas vozes silenciaram-se, até que Caleb falou.

— Antes de comermos, precisamos agradecer. Primeiramente, pelos novos Caçadores terem conseguido atravessar os obstáculos e por continuarem a ser protetores fortes dos outros meninos. Entendendo que cada refeição é uma colaboração de almas, agradecemos à terra que nos deu estas frutas; a Michael, que as colheu com as mãos; ao javali assado, que entregou a vida para que possamos nos nutrir com sua carne. Agradecemos àqueles que prepararam este jantar para nós com carinho. — Caleb ergueu uma jarra no ar, e seus olhos encontraram os meus. — E temos de agradecer às nossas duas amigas, que se juntaram a nós, em especial à nova professora de vocês, que demonstrou grande atenção e carinho a cada nova lição.

Levou um momento, e a súbita pressão dos dedos de Arden se enterrando no meu braço, para eu entender que ele estava falando sobre mim. Minha garganta se contraiu. *Ele percebera.* Talvez ele tivesse parado ali, no vão da porta do quarto do Benny, olhando para os livros empilhados sobre a mesa, ou para os brinquedos de plástico que haviam sido tirados do chão para que os alunos pudessem se sentar.

— A Arden e Eva — acrescentou Leif enquanto pegava outra jarra do toco de árvore e a erguia no ar. Ele manteve seu olhar protetor abaixado, sem voltar-se para nós.

Todos os meninos se viraram para agradecer, alguns com um aceno de cabeça, outros com um sorriso, antes de passarem a jarra uns para os outros e darem goles profundos e lentos. Então a seriedade desapareceu, e os garotos se atiraram sobre o banquete de javali assado, frutas silvestres e peru selvagem.

Finalmente, quando os novos Caçadores haviam consumido o suficiente e seu fervor diminuíra, Leif falou novamente:

— Esta é uma noite de lua cheia — disse ele, apontando para cima. Ela estava começando a aparecer, com a silhueta tênue se tornando mais nítida conforme o céu cor-de-rosa escurecia em direção ao roxo. — E descobrimos que as tropas mudaram de direção. Elas abandonaram o posto avançado no sul. O que significa que esta noite...

— Pilhagem! — gritou Michael, e pedacinhos de javali saíram voando de seus dedos quando ele ergueu as mãos. — Vamos pilhar seus suprimentos!

Silas iniciou um súbito grito de guerra.

— Doce! Doce! Doce!

— Sim — concordou Leif, com um ligeiro sorriso nos lábios. Seu coque grosso havia se desfeito, fazendo com que os cachos pretos e úmidos caíssem sobre os ombros. — O momento é favorável a uma pilhagem. Nós nos encontraremos aqui em uma hora.

A multidão de garotos partiu em direção à caverna, carregando os restos do banquete. Senti um braço passar em volta de meu ombro nu.

— Posso? — indagou Caleb.

Minha pele formigou no lugar onde nossa pele se encostou. Caminhamos juntos, com meus passos se ajustando aos dele. Será que ele podia sentir meus pensamentos a seu respeito? Sabia que havia se infiltrado nos meus sonhos, onde eu sentia sua falta, mesmo que estivesse dormindo?

Sim — foi só o que consegui dizer. — Sim.

DEZOITO

— Vi você se enroscando com Caleb. — Arden já estava na nossa caverna, enrolada em um casaco, as pernas dobradas em cima do colchão, quando voltei. Ela segurava a lanterna perto do rosto, então a virou para mim, esperando uma resposta.

Eu a ignorei, vestindo um suéter que estava em um canto para me aquecer. O ar noturno estava denso com o frio, e eu não sabia quão longe ficava o posto avançado.

— A diretora Burns não aprovaria — forçou ela.

Cobri o feixe de luz com a mão.

— Ah, para... — Foi só o que consegui dizer.

— Não venha com "ah, para" para mim. — Arden riu, fez um gesto com a lanterna, e o feixe de luz passou pelo cabelo curto e repicado, depois por um vislumbre de perna branca como leite, parando sobre o rosto pálido. — Fico doente por uma semana e você já está praticamente se... — A mão dela cobriu a boca. Achei que fosse tossir, mas ela ficou em silêncio.

— O que foi, Arden?

Ela acenou com a cabeça para trás de mim, onde Caleb estava, no vão da porta, vestindo um casaco grosso marrom e um gorro de tricô, com o cabelo enfiado para dentro.

— Está se acostumando com essa rotina de ensino... — tentou Arden, mas não convenceu nem a mim. Ela se levantou e passou por Caleb constrangidamente em direção ao corredor. — Encontro vocês dois perto da fogueira — disse, antes de desaparecer no túnel.

Virei-me de costas para ele e vesti outro suéter grosso.

— E então, vamos com vocês? — perguntei, tentando afastar o nervosismo da minha voz. — Arden está se sentindo melhor. Jura que está bem o suficiente para ir.

Caleb segurou minha mão, depois olhou para baixo, como se estivesse analisando meus dedos finos entrelaçados aos dele.

— Não é isso. Quando Leif disse que as tropas haviam abandonado o posto avançado — começou —, é porque estão indo para o norte, na direção da estrada.

— É por minha causa, não é? — falei, antes que Caleb pudesse continuar. Era metade uma pergunta e metade uma afirmativa, mas o silêncio dele confirmou o que eu já sabia. — Eles mudaram de direção por minha causa. — Fechei os olhos, mas tudo o que vi foram os faróis dos jipes brilhando na estrada, procurando pela garota do panfleto.

Caleb inclinou-se mais para perto. Os traços de carvão haviam sido lavados do rosto, deixando apenas o leve cheiro do fogo.

— Pode não ser seguro para vocês irem à pilhagem esta noite. Um possível encontro com as tropas é sempre perigoso, e pode ser um risco grande demais. — Os dedos dele se moveram pelos meus, envolvendo minha mão em seu punho cerrado.

Era tão fácil ter medo. Até mesmo nessa caverna subterrânea, onde as tropas podiam andar sobre nós sem saber de nossa presença, meu coração acelerou. Eu queria me enroscar sobre o colchão, envolta em um casulo de cobertores, e desistir, me plantar aqui embaixo indefinidamente. Mas isso não era nenhuma novidade. Sempre estariam à minha procura. Cada luz de lanterna que cintilasse por cima do lago vinha deles. Cada barulho de motor. Eles eram todas as silhuetas sombrias espreitando atrás das árvores.

Minha vida inteira fora passada sob o confinamento dos muros da Escola — comendo quando mandavam, bebendo quando mandavam, engolindo os comprimidos azuis escorregadios que faziam meu estômago se revirar. O que era uma noite do lado de fora? Eu não podia me permitir isso?

— E se eu quiser ir mesmo assim?

— Então você vai — afirmou ele. — Mas queria que você soubesse do perigo.

— Sempre há perigo.

Os olhos verdes encontraram os meus.

Eu estava começando a prever como isso podia acontecer — Caleb e eu. Lá fora, na selva, não havia raciocínio algum, apenas Califia à nossa frente e a viagem rápida que consumia nossos dias. Mas aqui embaixo, ensinando os meninos no quarto de Benny, recostando-me na parede de barro à noite, depois que Arden havia adormecido, eu imaginava ficar por aqui. Eu precisava de mais tempo. Com Caleb, com os meninos mais novos. Um período de semanas ou meses não parecia o bastante... Eu queria mais. E se desse certo, e se pudesse dar? E aí?

Podíamos viver juntos aqui — era possível. Pelo menos até que Moss tivesse reunido rebeldes suficientes para combater as tropas do Rei. Pelo menos até que eu pudesse resgatar Pip. Seria perigoso, mas tomaríamos o cuidado de permanecermos escondidos. Caleb e eu poderíamos construir uma vida, por menor que fosse. Uma vida juntos.

— Apenas fique perto de mim. Se alguma coisa acontecer, nós nos separamos do grupo.

O olhar dele traçou as linhas da minha boca, finalmente parando sobre o meu. Sua respiração preencheu meus ouvidos, e senti o cheiro do carvão novamente enquanto me inclinava mais para perto. Estava a apenas alguns centímetros de distância, com aqueles olhos verde-claros ainda me encarando, observando. Não pude me conter. Pressionei minha boca contra a dele. Um calor se espalhou pelo meu corpo e para dentro de meus dedos enquanto nos movíamos um para dentro do outro, e seus lábios cederam.

Em um instante, percebi o que havia feito. Cheguei para trás, e minha mão se soltou da dele para pousar na minha testa.

— Desculpe, eu só...

Mas ele me puxou mais para perto. Descansei minha testa de leve em sua bochecha. Seus dedos desceram pela minha cabeça, alisando meu grosso cabelo castanho, até pararem sobre a curva macia atrás do meu pescoço.

— Não se desculpe — pediu. Ele me abraçou naquela caverna mal iluminada. Passei as mãos pelas suas costas e segurei a lateral do seu corpo. Não nos mexemos até que o som de vozes ecoou pelo túnel, chamando-nos para a pilhagem.

DEZENOVE

Eu me agarrei a Caleb, deixando-me relaxar contra o acolchoado bolorento de seu casaco. Arden segurava meus ombros enquanto cavalgávamos pela floresta densa, com as árvores quase invisíveis sob a luz dispersa das estrelas. Ela havia me interrogado antes de sairmos, percebendo o súbito fluxo cor-de-rosa sobre minhas bochechas e a forma como eu não parava de levar meus dedos aos lábios, tocando-os para confirmar que ainda estavam ali. Ela rira quando montei alegremente no cavalo, acomodando-me no lugar do meio, onde minha cabeça se aninhou nas costas de Caleb. Qualquer um podia ver que as coisas entre nós haviam mudado, mas eu guardei a novidade para mim de qualquer modo, querendo que existisse por um pouco mais de tempo como apenas minha, para que a tivesse e me maravilhasse a respeito.

À nossa frente, Leif tocava os cavalos ao redor de pedregulhos e por entre galhos de árvore caídos a caminho do posto avançado do sul. Os cavalos socavam a terra, e os cascos mantinham um ritmo constante. Cavalgamos pelas margens rochosas do lago, com a superfície lisa e escura espelhando a lua.

— É só um pouco mais adiante — sussurrou Caleb.

Um gavião deu um rasante ao longe, cortando uma trilha pelo céu.

Uma arma disparou a quilômetros de distância, ecoando pelas montanhas. Arden me agarrou com mais força, enterrando os dedos na minha pele. Na dianteira, Leif virou seu cavalo em direção a uma área com grama alta. Seis outros cavalos o seguiram, silhuetas pretas, carregando os garotos mais velhos e os quatro novos Caçadores. Silas, Benny e os meninos mais jovens haviam permanecido na caverna, dormindo profundamente com a promessa de barras de chocolate e pirulitos pela manhã.

Leif olhou em volta, com metade do rosto nas sombras.

— O posto avançado fica cem metros à frente — sussurrou. — Haja o que houver, não usem a força, não importa o que aconteça.

— Haja o que houver? — repeti, sussurrando no ouvido de Caleb. — O que ele quer dizer?

— É só uma precaução — disse Caleb. Eu podia sentir seu coração batendo quando descansei nas costas dele. — Matar um soldado da Nova América, mesmo que em legítima defesa, é um crime punido com a morte. — Ele incitou o cavalo a um trote lento. — Houve um incidente em outro posto avançado há um ano. O Rei retaliou executando um órfão foragido.

Estremeci, imaginando um menino pequeno, sozinho e com medo, encontrando as tropas do Rei.

Deixamos os cavalos na clareira, pastando a grama. Caleb pegou minha mão, e aquele calor familiar retornou. *Estou bem, nós estamos bem, está tudo bem.* A repetição me acalmava. Atrás das árvores, pude distinguir uma casa convertida em base militar, com a fachada quase invisível sob o luar que escorria por entre os galhos. As janelas estavam lacradas com placas de alumínio, e a porta de metal da frente estava presa com uma corrente e um cadeado. Leif circulou a construção e apareceu do outro lado.

— Tudo certo. — Ele acenou com a cabeça para Caleb.

Os garotos subiram para a varanda que cercava a casa. Michael forçou as janelas com a faca, enfiando-a sob uma telha velha. Kevin tentou abrir o cadeado, mas não conseguiu destrancá-lo.

— Deixe-me tentar — disse Arden, pulando do beiral da varanda.

Kevin sorriu para ela enquanto Arden trabalhava na fechadura, abrindo a tranca com apenas alguns rápidos giros de seu pulso.

— *Voilà!*

A porta do depósito se abriu. Os meninos gritaram, e Aaron e Charlie lutaram um com o outro para entrar. Até mesmo Leif sorriu quando entramos correndo e ligamos o gerador do governo. Era do mesmo tipo que tínhamos na Escola, com o som aumentando naqueles primeiros segundos, e as luzes se acendendo uma por uma, até que o aposento se enchesse de um zumbido alto e constante.

— Como você fez aquilo? — perguntei, perplexa.

— É só um truquezinho que aprendi na Escola. — Arden deu de ombros, com ar de brincadeira.

Vasculhamos o andar principal, cujos móveis haviam sido retirados a fim de liberar espaço para armazenamento. Cada canto livre estava lotado de iguarias que eu nunca vira antes: latas de abacaxi, manga e um bloco de carne chamado mortadela. Haviam prateleiras afixadas à parede da sala de estar, e uma fileira inteira estava cheia de litros e litros de água, em garrafas plásticas da cor do céu.

Michael correu até uma caixa de papelão e sacou de lá pacotes brancos de papel, jogando-os ao seu redor.

— Hmm — exclamou, colocando a substância vermelha açucarada na boca. — Açúcar colorido.

— Peguem tudo! — gritou Caleb, do outro lado do aposento. Ele havia subido na lateral das prateleiras de madeira, puxando para baixo uma caixa de palitos de carne compridos e finos, embrulhados em plástico amarelo. Aaron enfiou um punhado no *jeans*.

A comilança continuou por mais de uma hora, e cada embalagem, cada pacote de plástico, cada caixa de papelão continha outra surpresa deliciosa. Leif me passou sacos de bolinhos recheados e balas de chocolate que grudavam no céu da boca. Michael abriu latas de cerveja, algo que eu só conhecia das páginas dos romances de James Joyce, e as entregou para os meninos. Ouvi a voz longínqua da professora Agnes me repreendendo. *O álcool foi criado para enfraquecer as defesas da mulher*, dissera. Mas eu dei um gole rápido mesmo assim.

— + —

— Ele não para de olhar para você — disse Arden, recostando-se na parede. Havíamos nos acomodado em um canto para comer o máximo que pudéssemos. Espalhados à nossa frente estavam latas de refrigerante de laranja, *pretzels* gordos e brilhantes e pêssegos em calda. — Nunca acreditei em nada que a professora Agnes dizia — afirmou, inclinando ligeiramente a cabeça —, mas talvez a coroa estivesse certa. Há mesmo uma espécie de insanidade nos olhos dele. É como se quisesse devorar sua alma sei lá.

Olhei para cima. Caleb estava do outro lado da sala, olhando para mim.

— Eca, Arden. — Encolhi-me. — Pare com isso. — Mas fui inundada pela lembrança dos lábios em minha testa, meus braços enrolados contra seu peito.

— Você pode falar *eca* o quanto quiser, mas é verdade. O que você fez com ele naquele quarto? Eu só saí por um segundo! — Ela me cutucou com força, e eu ri nervosamente.

— Vejam o que eu achei! — gritou Charlie, da velha sala de jantar. Ele puxou um pano bege empoeirado, removendo-o como um mágico para expor um piano velho. Ele colocou os dedos nas teclas amareladas e tocou algumas notas metálicas.

Recostei-me, ouvindo os acordes ecoando pelo primeiro andar da casa. Aquilo me fazia lembrar dos verões na Escola, quando Pip e eu tínhamos aulas de piano com a professora Sheila. Eu me sentava no banco, pressionando os acordes de "Amazing Grace", enquanto Pip girava atrás de mim, dando uma pirueta a cada estrofe.

Virei-me de volta para Arden, prestes a lhe contar como Pip às vezes fazia a mímica de cada palavra, encurvando-se em "miserável" ou botando a mão em concha em volta da orelha para "som", mas ela estava encarando as prateleiras à nossa frente, e sua mente estava em algum outro lugar.

— O que houve?

— Eva há algo que venho querendo lhe contar... — Ela esfregou a testa com a mão. — Aquelas coisas que falei na Escola, as histórias sobre os meus pais me levando ao teatro, das ceias de

Ação de Graças e o apartamento na Cidade... — sussurrou. — Eu inventei tudo.

Endireitei as costas.

— Como assim?

Ela ficou olhando para os pés, e mechas de cabelo preto caíam em seu rosto.

— De certa forma, era verdade: eu *não era* igual a todo mundo na Escola — admitiu. Os lábios estavam vermelhos e rachados. — Eu fiquei órfã antes mesmo de a praga acontecer. Nunca tive pais, nem mesmo na minha vida anterior.

Charlie martelou mais algumas notas no piano, e Arden ergueu os olhos para mim, esperando minha reação.

— Então as empregadas que preparavam suas roupas de manhã, o medalhão de prata que sua mãe havia lhe prometido depois que você terminasse de aprender seu ofício, a casa com o lago na frente e a banheira com pés dourados... — Lembrei-me das histórias com as quais Arden havia nos provocado. — Isso tudo era mentira?

Arden confirmou. Eu fiquei confusa, depois zangada. Por tantas noites eu me deitei na cama e chorei, desejando ter o que Arden tinha. Eu desejava que fosse a *minha* mãe me esperando na Cidade, como um presente que ainda não havia sido aberto.

— Como pôde fazer isso? — perguntei.

Arden virou-se para a janela e ficou olhando para seu reflexo no vidro.

— Não sei...

— Todo mundo tinha tanta inveja de você, e você...

— Eu sei! — berrou Arden. — Mas vocês todas falavam de seus pais e de suas famílias. Eu nem mesmo sabia o que era uma família. Eu tive um avô, mas ele era mais gentil com o pastoralemão do que comigo. Foi um alívio quando ele morreu.

Pensei em uma Arden de 8 anos de idade, contando a todo mundo sobre as festas de aniversário que o pai lhe dava, sobre como ele havia construído uma casa na árvore para ela, como eles tinham de "se situar" na nova Cidade antes que ela pudesse se juntar a eles. Naquela época Arden parecera tão viva, tão animada...

— Sinto muito — conseguiu dizer. — Eu sinto muito mesmo.

Parte de mim queria se levantar e ir embora, mas a dor em seus olhos parecia real, o pedido de desculpas parecia genuíno. Sim, eu havia imaginado reuniões com a minha mãe que nunca iriam acontecer. Mas também tinha lembranças, recordações para revirar na minha mente. Como ela me erguia para pendurar bengalas de açúcar na árvore de Natal. Como havíamos feito pinturas com os dedos. Diferentemente das histórias de Arden, as minhas eram reais.

— Eu também sinto muito — falei, ainda incapaz de olhar para ela.

Ambas ficamos sentadas ali por algum tempo, com os ombros se tocando enquanto observávamos os meninos aproveitarem a pilhagem.

— Acho que o que estou tentando dizer é... — retomou Arden, finalmente quebrando o silêncio. — Obrigada. — Ela manteve o olhar fixo à frente e puxou o grosso suéter verde ao redor do pescoço.

— Pelo quê? — perguntei, incapaz de manter a irritação longe da minha voz.

— Por salvar minha vida. — Arden virou-se para mim. — Nunca ninguém foi tão... *gentil* comigo. — Pequenos tremores ondularam a pele de seu queixo, e então as lágrimas caíram de suas pálpebras.

Fiz pressão com a palma da mão em suas costas para acalmá-la. Eu não estava acostumada a vê-la chateada. Ela costumava ser a que se recusava a chorar. A que matava coelhos. A que nunca reclamou de doença.

— Tudo bem. — Acariciei a parte de trás de sua cabeça, desembaraçando os nós pretos do cabelo curto. — Não precisa me agradecer. Você teria feito a mesma coisa por mim.

Arden ergueu a cabeça e assentiu devagar, como se não tivesse tanta certeza disso.

— Às vezes eu nem sabia onde estava. Só me lembro de você penteando meu cabelo e lavando meu rosto e... — A voz dela falhou.

Puxei-a para um abraço.

— Não foi nada. Sério. — Senti a respiração na minha orelha, engasgada por algo molhado. Seu peito subia e descia sob mim, e percebi o quanto ela estava chorando. As lágrimas se infiltraram pela lã do meu suéter, molhando a pele dos meus ombros. — Não foi nada — repeti.

— Eu sei. — Arden fungou profundamente, sem me olhar nos olhos. Ela se afastou, enxugando as bochechas com as mãos e manchando a pele em volta dos olhos cor de avelã, agora vermelhos. — Eu sei.

Durante minha vida na Escola, eu sempre tivera Pip ou Ruby ao meu lado, chamando-me para jantar ou endireitando minha saia quando ela estava torta. Mas por dias, em meio à selva, só os pássaros falaram comigo. O rio era a única mão que me tocava, o vento era a única respiração que soprava a poeira dos meus olhos. Eu aprendi a estranha arte da solidão, o anseio angustiante que cresce e passa repetidamente quando se anda sozinha por uma trilha.

Mas Arden já a dominara havia muito tempo. Na Escola, fora da Escola... Por tempo demais.

Repousei a mão em seu ombro, sabendo que eu havia falado a coisa errada — não foi nada. Para Arden, foi tudo.

VINTE

FICAMOS ASSIM, COM A TESTA DE ARDEN POUSADA EM MEU OM-
bro, até que Caleb gritou, do piano.

— Qual é, vocês duas? — disse ele. — Parem de ser tão...
meninas. — Ele me lançou um sorriso malicioso, os olhos brilhando.

Berkus, um garoto mais velho com cabelo dourado desgre-
nhado, estava tocando "Heart and Soul", um resquício de sua
infância. Era uma melodia simples com notas em *staccato*, diferente dos acordes complicados que havíamos aprendido com a
professora Sheila, os sons sustentados com um aperto do pedal.
Michael e Aaron estavam atrás dele, tamborilando os dedos no
tempo da melodia e balançando a cabeça de vez em quando. Até
mesmo o olhar normalmente taciturno de Leif estava mais suave
enquanto ele se inclinava por cima do piano, bebericando a cerveja, satisfeito.

Puxei Arden para cima.

— Você se lembra da valsa vienense, não é?

Durante a maioria das aulas, Arden rabiscara no topo do caderno, fazendo borrões irreconhecíveis nas margens da página. Mas não havia onde se esconder quando dançávamos. Todas as garotas tinham um par, todas deviam manter o queixo para cima e os braços firmes enquanto deslizavam pelo gramado.

Os lábios de Arden ainda estavam apertados, mas ela me deixou puxá-la na direção do piano. Berkus começou a música novamente, e eu posicionei meus braços, fazendo um gesto para que ela aninhasse sua mão na minha. Caleb parou no lugar, com a cabeça inclinada para um lado, enquanto nos observava. Então demos um passo à frente, e os meninos abriram caminho enquanto eu a guiava em volta da sala, dando passos leves ao longo das prateleiras, com as costas retas, rindo.

— Coração e alma — cantei. — Eu vi você de pé ali, coração e alma, você parece um jabuti.

— A letra não é essa! — Arden riu e deixou a cabeça cair para o lado, entregando-se à música.

Os garotos vibraram quando inclinei Arden para trás até o chão sem esforço algum, e aplaudiram quando nos girei no lugar. Quando a conduzi ao longo da sala, disparando na direção da cozinha, uma expressão séria tomou o rosto dela.

— Sobre antes... — Ela olhou por cima do meu ombro para Kevin, que havia se aventurado pela pista de dança, segurando uma cerveja enquanto dava uma pirueta desajeitada. — Acho que ainda estou meio mal, e esse negócio emocional provavelmente é só um efeito colateral da...

— Eu sei — interrompi. — Não se preocupe com isso. — Ficamos em silêncio por um tempo, ouvindo as notas do piano soarem entre nós enquanto valsávamos de volta na direção dos meninos, com os passos mais lentos do que antes. Então ela me deu um sorriso de gratidão.

Quando demos nosso último giro, flutuando entre a música e os aplausos, Caleb veio na nossa direção, atravessando a sala graciosamente. Atrás dele, Michael e Charlie estavam experimentando passos selvagens, com Michael girando pelo chão sobre as costas.

— Posso ter essa dança? — perguntou Caleb. Ele estendeu a mão com a palma para cima, esperando pela minha.

— Não sei... *pode?* — desafiei, incapaz de resistir. Era o típico erro gramatical bobo pelo qual as professoras sempre nos chamavam a atenção na Escola.

Caleb pegou minha mão na sua e lhe deu um puxão firme, levando-me em sua direção. Os meninos urraram atrás de nós. Aaron levou os dedos aos lábios em um assovio alto.

— Acho que posso. — Ele sorriu enquanto meu corpo se apertava contra o dele.

Descansei o queixo em seu peito quando Berkus desistiu de "Heart and Soul" e tentou uma música mais lenta e experimental. A base da mão de Caleb se encaixou na curva das minhas costas, repousando sobre minha coluna. Sua respiração aquecia meu pescoço. Ele não era um mau dançarino, mas parecia estranho ter alguém me guiando pela pista. Eu sempre determinara os passos e a direção: comandava minha parceira em giros rápidos e elegantes.

— Está feliz por ter vindo? — sussurrou no meu ouvido.

Os meninos mantiveram o olhar sobre nós por algum tempo até perceberem que não haveria nada para se ver, apenas o balançar para a frente e para trás e o ocasional passo ao lado. Não era a grande performance que Arden e eu havíamos apresentado.

— Estou — admiti.

Berkus desistiu do lugar ao piano e foi para a varanda. Alguns outros o seguiram, incluindo Arden, e todos se dirigiram para a piscina improvisada do lado de fora.

— Também estou feliz que tenha vindo. — Caleb ajeitou o corpo, aproximando-se para eu me encaixar em sua forma. Minhas pálpebras baixaram, e o armazém desapareceu de vista. Senti apenas o calor de seu peito perto do meu. Seria tão fácil ficar aqui, assim, passar os dias na caverna e a noite em pilhagens com Caleb. As visões não paravam de aparecer em minha mente sempre que ela se aquietava, as imagens umas em cima das outras. Arden e eu poderíamos tomar conta de Benny e Silas, assegurando-nos de que as mãos deles estivessem limpas, ensinando-os a ler e a escrever. Trabalharíamos com eles até que estivessem rabiscando parágrafos inteiros nas paredes de barro e descrevendo os temas de *Conto do inverno*. Com as novas habilidades, os meninos mais velhos poderiam começar a se organizar, a mandar mensagens para outros órfãos foragidos e fazer planos mais além com Moss.

Quanto a Caleb e a mim... tudo o que eu queria era mais disso. A proximidade do meu queixo em seu ombro, a mão repousando nas minhas costas, a facilidade de estarmos juntos, nossos corpos conversando mesmo quando estávamos em silêncio.

— Eu andei pensando... — falei, inclinando a cabeça para trás a fim de olhar para ele.

Do lado de fora, Michael pulou do deque apodrecido para o ar.

— Bomba! — gritou ele, deixando apenas um grande borrifo em seu rastro. Ele limpou uma gosma verde do rosto enquanto esticava a mão para uma escada enferrujada. — Entrem, a lama está quentinha!

Caleb riu, e então virou-se de novo para mim.

— Você andou pensando...?

165

— Califia — eu disse, e minha voz ficou mais fina com um nervosismo repentino. — Parece sem sentido ir até lá agora, arriscando nossas vidas, quando Arden e eu podíamos simplesmente viver na caverna. Estamos a salvo aqui. Ela poderia me ajudar a ensinar os meninos e... — Olhei esperançosamente seus olhos verdes. — E nós ficaríamos juntos.

O rosto de Caleb ficou tenso. Ele deu um passo atrás, separando-nos.

— Eva...

Eu podia sentir cada centímetro entre nós agora, e o espaço aumentava. Será que ele havia entendido errado? Limpei minha garganta.

— Quero ficar. Quero morar no acampamento, com você.

Ele esfregou a nuca e suspirou.

— Acho que não é uma boa ideia. — Ele baixou o tom de voz enquanto falava, e seu olhar voou lá para fora, onde os meninos se empoleiravam na varanda apodrecida, desafiando um ao outro a pular.

— Os homens do Rei ainda estão atrás de você. Se eles nos encontrassem... os meninos seriam punidos. E você nunca estaria completamente a salvo...

Afastei-me, abrindo ainda mais espaço entre nós. Cada uma de suas palavras me atingiu no peito, batendo na porta do meu coração, que havia se enroscado em si mesmo e ido dormir.

Ele não me quer aqui.

É claro que não. Não importava como ele dissesse, que palavras usasse para explicar. Fechei os olhos e vi a professora Agnes, com as mãos tremendo. *Ele não me quer.* Ela olhara pela janela, a água correndo pelos vincos profundos no rosto como se ele tivesse acabado de deixá-la. *Eu fui tão imbecil. Ele nunca me quis.*

166

Caleb estendeu a mão para pegar meu braço, mas eu o repeli.

— Não toque em mim — falei, chegando para trás.

Ele era um homem, sempre fora um homem, com todos os seus defeitos e pequenos ardis. E eu o havia deixado me abraçar, deixado que meus lábios beijassem os dele, me entregado a todas as tentações. Eu havia sido uma imbecil.

— Eu entendo exatamente o que está acontecendo aqui. Isso era apenas um jogo para você, não é?

Ele sacudiu a cabeça, o rosto pálido.

— Não, você não está me escutando. Eu quero que fique, mas você não pode. Não é seguro.

Ele esticou a mão na minha direção novamente, mas eu desviei. *Você quer acreditar nas mentiras*, dissera a professora Agnes. *O erro de crer é de quem crê.*

— Por favor, apenas me deixe em paz! — gritei enquanto ele estendia a mão para mim de novo. Minha voz ecoou pelo armazém vazio. Charlie se virou, com a mão na moldura da janela. Os outros meninos que estavam na varanda ergueram o olhar.

Caleb esfregou o espaço entre as sobrancelhas.

— Vamos falar sobre isso depois, quando estivermos de volta na caverna. Eu gosto de você, mas...

— Você gosta de si mesmo — vociferei.

A cabeça dele chicoteou para trás, como se eu tivesse dado um tapa em seu rosto. Lentamente, ele se virou, subiu na varanda e desapareceu em meio às sombras dos outros. Os garotos sussurraram baixinho e então olharam para a piscina de novo e pularam na água escura.

A sala à minha volta se expandiu, e o ar ficou mais frio sem ele ali. Sentei-me ao piano, teclando um dó longo e arranhado. Fechei os olhos, e cada nota de "Sonata ao luar", de Beethoven, soou pelo armazém, tensa e desafinada. Conforme me aproximei do segundo movimento, lágrimas escaparam dos meus olhos. Eu parei, enxugando-as.

— O que foi aquilo? — perguntou uma voz atrás de mim. Leif desceu as escadas, e a madeira rangeu a cada passo que dava. Antes que eu pudesse reagir, ele se jogou ao meu lado, sobre o banco torto.

— Nada — falei rapidamente, então voltei meu olhar para os andares superiores. — O que estava fazendo lá em cima?

Leif enterrou as unhas na lata de cerveja até o metal ceder.

— Só olhando. — Ele inclinou a cabeça e franziu os lábios.

Eu me acostumara com sua presença pelo acampamento, a me espremer para passar por ele nos corredores estreitos e a cumprimentá-lo com um aceno de cabeça. Mas, neste momento, a última coisa que eu queria era outro homem com quem conversar. Continuei tocando as notas, tentando ignorá-lo, mas ele puxou um papel do bolso e o colocou na minha frente, como se fosse uma partitura.

Meus dedos congelaram sobre as teclas.

— Onde você arrumou isso? — perguntei e agarrei o papel.

ATUALIZAÇÃO: EVA FOI VISTA PELA ÚLTIMA VEZ SE DIRIGINDO PARA NOROESTE, NA DIREÇÃO DA ÁREA DO LAGO TAHOE, VIAJANDO A CAVALO COM OUTRA MULHER E UM HOMEM, ENTRE 17 E 20 ANOS DE IDADE. SE AVISTADA, CONTATE O POSTO AVANÇADO DO NOROESTE. ELA DEVE SER ENTREGUE DIRETAMENTE AO REI.

— Eu posso explicar. Eu...

— Não precisa. — Leif pousou o braço na beirada do piano e tomou outro gole da cerveja, então os olhos pretos encontraram os meus. — Tecnicamente, também sou um fugitivo. Tenho certeza de que o Rei gostaria que eu estivesse de volta ao seu campo, arrastando blocos de cimento nas costas como um jumento.

Amassei o papel em minha mão. Não sabia se deveria agradecer ou pedir desculpas a Leif. Eu, uma estranha, me mudara para o acampamento, pusera a todos em perigo e mentira a respeito disso.

— Só estamos de passagem, a caminho de Califia.

Leif me avaliou, mas dessa vez não houve julgamento algum em seu olhar, apenas interesse.

— Nunca achei que você, de todas as pessoas, fosse ser caçada pelo Rei. O que foi que você fez? Matou uma guarda? Fez uma professora refém? Ele não ia querê-la só por ter fugido. — Estava sorrindo agora, e a expressão era brincalhona. Eu não podia imaginar sentir orgulho de matar alguém, mas ele parecia encantado, e minha imagem era subitamente texturizada em sua visão, com essas novas lentes criando uma profundidade inesperada.

— Prefiro não dizer. — Eu me senti enjoada ao pensar na Cidade e no homem cujo rosto nos olhava daquela moldura dourada na Escola.

Ele apertou as teclas com força, e as notas ressoaram pelo ar inerte. Sacudi a cabeça.

— Sei sobre as coisas terríveis que eles fazem, talvez mais do que qualquer um. É uma tortura viver como doninhas no subterrâneo, sabendo sobre os banquetes na Cidade de Areia, os hotéis e as piscinas cheias de água purificada. E você não imagina como são os campos. — Ele parou de tocar, e o olhar travou em um relógio acima do piano. Havia umidade presa dentro do vidro, e os ponteiros estavam parados em 11h11. — Eu tinha um irmão, Asher...

— Eu sei — falei baixinho. Os sons do lado de fora preencheram a sala. Os meninos estavam correndo pela floresta, e as vozes estavam animadas com um jogo de pega-pega. — Caleb mencionou... — Olhei pela janela, mas ele não estava lá, só a escuridão.

Leif passou os dedos pelo piano, traçando os veios da madeira.

— *Asher*. Faz tanto tempo que eu não pronuncio o nome dele — disse, quase que para si mesmo. — Nossa mãe costumava tocar piano para nós. Lembro-me de estar debaixo da mesa de jantar com ele, observando os pés de nosso pai pendurados para fora do sofá enquanto ele lia seus livros, e de minha mãe apertando aqueles pedais. Nós pegávamos nossos tanques e caminhões de plástico e lutávamos um com o outro enquanto ela tocava. — Ele segurou o anel da lata, puxando-o para a frente e para trás. — Você pensa nisso de vez em quando, em como era antes da praga? — perguntou.

Eu mal conseguia engolir. Lembrei-me da maneira como minha mãe e eu nos dávamos as mãos, envolvendo o mindinho dela com a palma da minha mão enquanto ela me levava pelos corredores do supermercado. Como ela beijava a sola dos meus pés ou como eu me sentava dentro de seu armário enquanto ela se trocava, escondendo-me entre os vestidos e a calças, que mantinham o seu cheiro adorável.

— Sim — confessei. — Às vezes. — *O tempo todo*, pensei. *O tempo todo.*

Leif apertou os lábios, como se estivesse pensando no que eu dissera. Os dedos passearam pelas teclas, tocando uma nota ou outra de vez em quando.

— Da dum dum dum — cantou, lenta e experimentalmente. Mais algumas notas escaparam, criando uma linha melódica familiar. — Conhece essa música? — perguntou ele, virando-se na minha direção.

— "Cânon em ré maior" — falei enquanto eu tocava as primeiras notas. Ainda era reconhecível, mesmo desafinada. — Eu a aprendi na Escola.

— Essa é a música que ela sempre tocava. — Leif sorriu para a parede, mas estava claro que olhava através dela, para uma cena completamente diferente.

Continuei tocando, inclinando-me para a frente, deixando a música evoluir de uma melodia para outra. Senti o acúmulo das últimas horas, agora sob a forma de uma melancolia densa que poluía tudo. Ver Caleb subindo pela margem, o silêncio do quarto quando nossos lábios se tocaram, o coração dele batendo através da camisa, aquela dança. Tudo estava diferente agora, colorido por uma luz diferente. Eu não ficaria com ele. Nem na caverna, nem em qualquer outro lugar. Arden e eu iríamos embora em breve, talvez amanhã. Tudo chegaria ao fim.

O que eu ganhei com isso?, perguntara a professora Agnes, para ninguém em particular. *Qual era o propósito daquilo tudo?*

VINTE E UM

O ARMAZÉM ESTAVA EM SILÊNCIO, E A LUZ ENTRAVA PELAS JANE-las, lançando sombras sobre as prateleiras cheias de cobertores velhos e suprimentos médicos. Os galões de combustível inundavam o aposento com o fedor enjoativo de gasolina. Nós havíamos acampado lá, e os meninos desabaram em montes no chão do andar de baixo. Arden dormiu no quarto ao lado do meu.

Eu me remexi, me revirei, quiquei sobre a minha cama improvisada com colchas e travesseiros empelotados, incapaz de parar de pensar em Caleb, em nossa conversa, em sua retirada para a varanda. Depois de deixar Leif no banco do piano, com a mão apertando a minha em agradecimento, eu havia encontrado Arden do lado de fora, perto da piscina. Enquanto os meninos diminuíam o ritmo, tomados pelo torpor de cerveja e açúcar, Caleb me observava de longe, sem dizer nada. Quando Arden me puxou para o andar de cima, cobrindo as tábuas de madeira com travesseiros e me incitando a descansar, eu não consegui. Até mesmo agora eu não conseguia.

Várias horas haviam se passado. Do lado de fora da casa, o único som era o do vento nas árvores e o estalar ocasional de um galho. Fiquei me perguntando se eu não estava errada. Minha reação fora um reflexo, como naqueles exames físicos na Escola em que minha perna pulava quando eu sentia o martelo da médica no meu joelho. Ele dissera algo sobre a minha segurança. Dissera algo sobre se importar. Então eu havia gritado, empurrando-o para longe. O que teria acontecido se ele tivesse continuado? Estava repassando a cena em minha cabeça, imaginando seu rosto, quando a porta se abriu e uma silhueta apareceu atrás das prateleiras de madeira.

— Eva?

— Caleb? — perguntei, sentando-me.

Ele tropeçou, e várias caixas caíram no chão. Esgueirando-se para a frente, ele fez a curva no canto do quarto e ajoelhou-se na beirada da cama, então estendeu o braço e pegou minha mão.

— Sobre antes... — comecei a dizer. O silêncio cresceu entre nós.

A mão dele apertou a minha. Então, em um instante, ele estava bem ali, seus lábios contra os meus. Inclinei-me em sua direção, mas não houve aquela suavidade de antes, apenas urgência. Ele me pressionou, forçando minha cabeça para trás. Abri os olhos, mas mal conseguia ver seu rosto sob o luar, franzido de concentração. As palmas de suas mãos estavam ásperas contra a minha pele. Tudo parecia estranho, terrível — *errado*.

Estendi a mão para cima, tentando afastá-lo, quando senti o coque grosso aninhado na base do pescoço.

— Não! — gritei, puxando meu rosto para longe. — Não!

Mas Leif me empurrou para a frente, acomodando o corpo no chão ao meu lado, a madeira rangendo sob seu peso.

Sua boca cobria os meus lábios. Eu podia sentir a podridão amarga do álcool em sua língua. Ele passou as mãos pelos meus ombros e desceu pelos meus braços. Tentei gritar de novo, mas sua boca estava sobre a minha. Nenhum som escapou.

Tentei lutar. Minhas mãos aterrissaram no peito de Leif, mas ele me puxou mais para perto. Continuou me beijando, e a gosma espessa de sua boca cobria o meu queixo. Eu me sacudi para longe, rolando os ombros para o lado, tentando fugir. Mas, para qualquer lugar que fosse, ele me encontrava, com a respiração recaindo quente e azeda sobre minha pele.

Tantas coisas haviam sido tomadas de mim: minha mãe, a casa de telhas azuis onde eu dera meus primeiros passos, aquelas telas acabadas empilhadas contra a parede da sala de aula. Mas isso era o mais doloroso de tudo, o controle sendo arrancado da minha mão. *Não*, ele parecia dizer a cada vez que me agarrava com urgência. *Nem mesmo o seu corpo é seu de direito.*

As lágrimas escaparam dos meus olhos, formando poças rasas em minhas orelhas. Ele beijou meu pescoço, e as mãos vagaram por toda a extensão do meu corpo. Eu estava me afogando. O medo me cercou, crescendo de tal forma que fui deixada sem escolha: eu tinha de engoli-lo. Meu peito saltou, meus pés travaram. Eu estava sufocando no meu próprio pânico.

Em algum lugar, muito acima da superfície, ouvi o murmúrio de vozes.

— O que está acontecendo? — perguntou alguém. — Ela estava gritando.

A luz brilhante de uma lanterna pousou primeiro nas minhas pernas, depois no meu rosto molhado e finalmente em Leif, com os olhos em um torpor semicerrado.

— Seu monstro! — rosnou Caleb. Ele levantou Leif pelas axilas e o jogou contra uma das prateleiras sobre umas caixas de metal, que fizeram um ruído e caíram no chão, espalhando centenas de fósforos pelo piso.

Aaron e Michael apareceram no vão da porta, iluminando a escuridão com lanternas. Com dificuldade, Leif se pôs de pé. Ele se lançou para a frente, batendo com o ombro nas costelas de Caleb, que se encolheu de dor quando se chocou contra a parede.

— Chega, Leif! — gritou ele, mas o garoto deu um soco, que acertou em cheio o maxilar de Caleb. Encolhi-me no canto mais afastado do quarto, encurralada.

Leif cambaleou para o lado, com os movimentos frouxos em consequência da cerveja.

— Vamos lá, você sempre quis ser o líder — disse ele, arrastando as palavras. Mechas de cabelo preto caíam sobre seu rosto, e eu me perguntei se ele chegou a dormir um pouco ou se estivera esse tempo todo no andar de baixo, acabando com as últimas latas de alumínio. — Então seja o líder, Caleb. Veja se gosta.

Leif fez um gesto largo para o vão da porta. O barulho havia acordado o resto dos meninos, que se acotovelavam na entrada do quarto, esforçando-se para ver o que estava acontecendo. Kevin colocou seus óculos rachados, como se estivesse inseguro sobre o que tinha visto.

Leif circundou Caleb com os braços estendidos. A pessoa que se sentara ao meu lado no banco do piano, balançando-se com a música, não estava mais ali. Algo o havia possuído, algo aterrorizante e primitivo.

— Anda! — atiçou novamente, investindo contra o rosto de Caleb. — Esta é a hora de mostrar que é homem.

Caleb pulou para a frente. Em um movimento rápido, ele agarrou o braço de Leif e o torceu, depois empurrou o garoto para o chão. Leif caiu com força, e o rosto encontrou a madeira com um *tum* horrível. Uma poça de sangue se espalhou sob sua face, e eu podia ver, mesmo no escuro, que o lábio havia se rompido.

— Ela queria ficar comigo. — Leif cuspiu sangue enquanto falava, cobrindo o chão de respingos. — Por que acha que estava sentada comigo antes? Por que acha que estava conversando comigo? Ela me queria. Não você, *eu*.

A certeza em sua voz estava tingida de raiva. Encolhi-me novamente contra a parede, ainda com medo, mesmo agora, com o corpo dele jogado no chão.

Caleb virou-se para mim, o rosto cheio de tensão.

— Isso é verdade?

Minhas mãos tremeram violentamente, e lágrimas escorreram pelo meu rosto. O que Leif fez era errado. E ainda assim... Eu havia me sentado ao lado dele no piano, tocando para ele. Eu permitira que seu ombro encostasse no meu enquanto ele falava de sua família. Eu deixara sua mão apertar a minha. Será que eu lhe fizera algum convite implícito? A minha gentileza parecera algo mais?

— Eu não sei — admiti, cobrindo a boca com a mão.

— Você não sabe? — perguntou Caleb. A mão apertou o braço de Leif com mais força, empurrando-o mais ainda contra o chão. Ele lançou-me um olhar furioso por debaixo das sobrancelhas, e a leveza que eu amava em seu rosto desapareceu. Eu queria que ele parasse, que olhasse para outro lugar, que me desse apenas um instante para pensar.

Mas ele ficou apenas olhando fixamente para mim, esperando por uma resposta. Comecei a soluçar, e meu peito balançava enquanto eu me perdia em cada respiração alagada.

— Eva! O que aconteceu? Você está bem? — Arden abriu caminho por entre a multidão de meninos e correu para o meu lado. Ela me pôs de pé, sobressaltando-se ao ver o pequeno rasgo em meu suéter. — Ouvi o barulho e... — Ela fez uma pausa, reparando no rosto de Caleb, que sacudiu a cabeça de um lado para o outro em um movimento quase imperceptível, mas que era um constante e inconfundível "não".

Ele se levantou, deixando Leif no chão, com a poça preta de sangue embaixo de si, depois abriu caminho por entre Michael e Aaron e desceu as escadas, sem olhar para trás.

— Caleb! — gritei, trazida de volta a mim por sua súbita ausência. A multidão se dispersou, e eu o segui porta afora, mas, quando cheguei ao fim da escada, havia apenas o ar rançoso e o barulho do lixo sob meus pés. O resto do armazém estava escuro enquanto eu tateava, procurando pela entrada. — Caleb! — gritei de novo.

Finalmente, enxerguei a floresta cintilante, quase invisível através da porta da frente. Ali, na clareira, Caleb estava montando em seu cavalo, uma figura negra sob um céu estrelado.

— Não vá embora! Por favor! — berrei, indo para o lado de fora, mas ele já estava puxando as rédeas e virando o cavalo para se afastar dali.

Fiquei ali olhando, com os pés enraizados na terra. Não percebi quando Arden se juntou a mim, parando ao meu lado. Não ouvi as vozes de Kevin e Michael gritando da janela do andar de cima, chamando-o de volta.

Eu só sabia da tristeza enquanto ele cavalgava pela floresta, encolhendo no horizonte, até que a noite o engolisse por inteiro.

VINTE E DOIS

— Devíamos ir embora — sussurrou Arden, sentada em nosso cavernoso quarto de barro. — Seguir viagem para Califia novamente. Aqui não é mais seguro.

Havíamos ido embora do armazém antes do dia nascer, com os cavalos carregados de sacos de doces, combustível, cobertores e leite condensado. Durante todo aquele tempo, Leif era uma presença ameaçadora, com o rosto enfaixado por causa da noite anterior. Estremeci com a lembrança dos lábios apertando-se contra os meus, e do fedor azedo de cerveja em seu hálito. Não parava de ver seu rosto sob o brilho da lanterna, os olhos bem fechados, o corpo parecendo uma rocha caindo, esmagando-me sob seu peso.

Quando voltamos à caverna, nada havia sido tocado no quarto de Caleb. Os livros esfarrapados estavam arrumados em pilhas, a cama estava coberta com a fina manta vermelha, e a poltrona ainda estava no canto, a almofada afundada no lugar onde ele havia se sentado

— Não podemos simplesmente ir embora — falei, pressionando as costas contra a parede fria de barro. Parte de mim estava amarrada à ideia de morar aqui; aquele nó ainda não havia sido desfeito. — Pelo menos não até Caleb voltar.

Os dedos de Arden passearam pelo cabelo, puxando as pontas pretas emaranhadas.

— Não gosto da maneira como Leif tem olhado para nós.

Havia marcas inchadas em forma de meia-lua sob seus olhos por causa da noite anterior. Ela ficara acordada, fazendo uma barricada na porta com uma estante derrubada e mantendo vigília até eu finalmente adormecer.

— Não posso ir embora assim. — Meus pensamentos não paravam de voltar ao meio do armazém, onde eu jogara os braços de Caleb para longe dos meus. Não havíamos de fato discutido nada, eu estava perturbada demais para pensar direito. Então Leif estava ao meu lado, com os dedos tamborilando na madeira do piano, erroneamente interpretando minha gentileza como um convite. Desejei não ter pronunciado aquelas três palavras fatais: *eu não sei*.

Eu sabia *sim*, mas era impossível explicar todas as emoções sombrias que sentira na noite anterior. Elas vieram até mim tão rápido que não houve tempo para pegar cada uma, segurá-la e conhecê-la pelo que era.

Mas agora, sentada na caverna com Arden, estava cada vez mais certa de uma coisa:

— Eu não queria ficar com Leif.

O rosto de Arden se suavizou. Ela me puxou para um abraço apertado, que espremeu qualquer culpa que havia para fora do meu corpo.

— É claro que não queria. Isso nunca esteve em questão.

Eu falei em seu ombro, o cheiro embolorado de seu suéter me envolvendo.

— Eu simplesmente odeio que Caleb pense que eu...

— Eu sei — disse Arden, esfregando minhas costas.

Espremi a água dos meus olhos. Quando eu estava na sexta série, fiquei furiosa com Ruby por falar para Pip que eu estava me "gabando" das minhas notas. Em vez de lhe dizer como eu me sentia, não conversei com ela por duas semanas. Deixei a ferida infeccionar e crescer, alimentando-se do silêncio entre nós. Aprendi, então, uma verdade crucial: que um relacionamento entre duas pessoas pode ser julgado pela lista de coisas não ditas entre elas. Eu ansiava por ver Caleb naquele momento, nem que fosse apenas para lhe contar tudo o que estava sentindo: que eu ficara magoada com suas palavras, que estava grata pelo que ele fizera, que estivera assustada e confusa. Que não era Leif quem eu queria.

Apesar da minha vontade, apesar de todas aquelas horas sendo testada sobre os Perigos de Meninos e Homens, eu gostava dele. Só dele.

Minha cabeça ainda estava descansando sobre o ombro de Arden quando o quarto começou a tremer, com pequenas vibrações subindo pelas minhas costelas.

— O que é isso?

— Terremoto! — gritou Silas enquanto passava correndo pelo nosso quarto, agarrando a mão de Benny. Ele quase tropeçou no *short* grande demais, com a bainha em volta dos tornozelos e a cintura apertada com uma corda. — Para fora! Todos para fora!

Alguns dos meninos mais jovens começaram a descer o corredor sinuoso, formando filas como se já tivessem treinado para isso várias vezes antes.

— Um terremoto? — perguntei, colocando a palma da mão em uma parede que tremia. — Não pode ser. — Nós os sentíramos na Escola, aquele solavanco que às vezes nos acordava no meio da noite. Essa vibração era sutil, e nem de perto era tão forte quanto aquelas.

— É melhor não esperarmos para ver — constatou Arden, puxando-me em direção à porta.

Seguimos os meninos mais novos conforme eles serpenteavam pela caverna, finalmente se derramando sobre a clareira rochosa na lateral da colina. Lá, em cima de um grande monte de terra, estava um caminhão preto gigantesco, com rodas de mais de um metro de altura. Eu mal conseguia ouvir por sobre o rugido do motor.

— Legal! — fez Silas com a boca. Sob a luz clara da manhã, ele era muito mais pálido do que todos os outros; a pele não estava acostumada ao sol. Ele tapou os ouvidos com os dedos.

Benny sorriu para mim, revelando o espaço entre os dentes.

— É um caminhão grande! — gritou.

Mas eu sentia apenas um medo crescente enquanto olhava para a figura sombria no banco da frente. O veículo enorme, com as laterais salpicadas de terra e o para-choque dianteiro amassado não se parecia nada com os jipes da Escola. Os únicos automóveis que eu vira pertenciam ao governo. O Rei racionava o petróleo, e a maioria das pessoas não tinha paciência de ir de carro abandonado em carro abandonado, tentando puxar gasolina.

Alguns dos meninos mais velhos haviam voltado da caça para ver a comoção, os cavalos aparecendo na beirada da clareira. Leif estava entre eles, e seus movimentos não demonstravam qualquer sinal de pressa. Senti-me grata quando Michael, Aaron e Kevin desmontaram dos cavalos e cercaram o caminhão, com as lanças apontando para a cabine.

Por fim, o motor fora desligado, deixando para trás um zumbido obtuso em meus ouvidos.

— Baixar armas! — gritou Leif, e, um a um, os meninos retrocederam.

A porta lateral se abriu de supetão, e uma gigantesca bota com ponteira de aço pisou sobre o cascalho da colina. Eu me encolhi ao ver o homem. Ele tinha mais de 1,80 metro de altura e um cabelo oleoso que descia até abaixo dos ombros. Vestia uma jaqueta gasta de couro preto, e o suor escorria da testa até o lenço no pescoço. Seu olhar encontrou o meu, e ele sorriu, um sorriso que fez com que meu corpo inteiro convulsionasse de medo. Os dentes eram cotocos amarelos e rachados.

Silas jogou os bracinhos minúsculos em volta das minhas pernas.

— Quem é ele? — perguntou.

Mas o homem já estava andando na minha direção, franzindo os lábios incrustados de poeira. Os meninos mais velhos se mantiveram na orla da clareira, observando-o atravessar, incertos do que fazer. Ele não parou até estar bem na minha frente, engolfando-me em sua sombra gigantesca.

— Olá, minha mocinha — sibilou ele no meu ouvido.

Eu dei um passo para trás, mas ele agarrou meu braço, puxando-me para a frente. Suas roupas estavam ensopadas de lama e suor velho, e o fedor fez meu estômago se revirar.

Michael e Kevin correram para o meu lado. Kevin apontou sua lança para a garganta do estranho.

— Solte-a! — gritou.

Mas o homem agarrou a vara de madeira, fechando o punho com força enquanto se virava na direção de Leif.

— É esta?

O rosto de Leif estava calmo.

— Ela está sendo procurada pelo Rei — anunciou ele, olhando em volta para os garotos.

Minha coluna se aprumou com essas palavras. A verdade estava sendo voltada contra mim, a humilhação de Leif na noite anterior fora transformada em algo sinistro.

— Ela é uma fugitiva e colocou a todos nós em perigo por tempo suficiente. Fletcher vai levá-la até as tropas do governo.

— Não vai, não! — berrou Arden, pousando as mãos sobre o flanco atarracado do homem. Virei-me para correr, mas ele me segurava com muita força, esmagando meu pulso. Estendeu a mão para pegar Arden e agarrou seu braço magro, com ambas lutando para nos desvencilhar dele.

— Duas pelo preço de uma. — Fletcher riu, com gotas de saliva voando enquanto ele nos puxava na direção do caminhão.

— Não! Ela não pode ir embora! — exclamou Benny. — Por favor, Leif!

— Você não pode deixá-lo fazer isso — repreendeu Michael, virando-se para Leif, que manteve a mão em sua lança.

— Pare! — gritaram alguns dos novos Caçadores enquanto Silas corria atrás de mim, puxando-me pelo suéter cinza folgado que eu vestia. Em meio ao pânico, vi apenas alguns relances: o rosto franzido de Benny, Kevin correndo na minha direção, Aaron caindo na terra, a costela arranhada de vermelho. Arden mordeu a mão de Fletcher, e de repente eu percebi o que havia na parte de trás do caminhão: uma jaula, e dentro dela uma garota frágil gritava pelas grades.

Leif a viu ao mesmo tempo que eu. Sua expressão mudou enquanto ele observava a mão de Fletcher fechada sobre o pulso de Arden.

— Espere — resmungou ele e correu na direção do caminhão. Socou a lateral de metal, frustrado. — Quem é essa? O que está acontecendo?

Fletcher não recuou. Ele nos agarrou pelos pulsos, e nossos pés rasparam sobre as pedras.

— Isso não é problema seu. Você queria que ela fosse embora, e ela está indo.

Meu estômago se revirou, e os ovos de codorna do café da manhã subiram pelo fundo da minha garganta. Engoli, puxando e girando o braço, tentando me soltar. Qualquer que fosse o acordo doentio que Leif fizera, isso havia fugido para muito além de seu controle.

— Cadê os remédios? Cadê o pagamento? — Leif correu para a frente, com o rosto escarlate. Michael e Aaron seguiram sua deixa, dando passos incertos com as lanças na mão. Fechei os olhos, esperando que eles atacassem, mas o enorme brutamontes puxou um revólver do cinto e atirou para o céu. Os garotos recuaram, surpreendidos pelo súbito *pop!*.

— Escutem aqui — rosnou Fletcher. Ele limpou a garganta, cuspindo uma imensa gosma verde na terra. — Vou pegar meu prêmio e ir embora. Se tiver que matar alguém para fazer isso, vou atirar. Estão ouvindo?

Silas segurou a mão dentro da boca e soltou um gemido lento e dolorido. Ele manteve os olhos em mim enquanto eu era arrastada, meus pés sangrando contra o chão, na direção do caminhão.

Arden gritou, lançando os punhos cerrados contra o braço do caçador de recompensas.

— Você é um animal! — berrou. — Solte-me!

Arden continuou socando, tentando se soltar, recusando-se a acreditar no que estava acontecendo, mas eu sabia que tudo havia acabado. Nossos punhos não eram páreo para um revólver. Os meninos ficaram olhando para suas armas, como se tivessem sido traídos por elas. Os ossos entalhados pareciam tão fúteis agora.

Mantive o olhar fixo em Silas e Benny, os corpinhos minúsculos arqueando em soluços. Benny deu um puxão na mão de Leif, forçando-a para baixo, mas ele ficou apenas olhando para a frente, os olhos negros aturdidos movendo-se lentamente pela paisagem.

— Está tudo bem! — gritei para Benny e Silas, tentando sorrir, apesar do pânico. — Vou ficar bem, não se preocupem comigo. — Torci para que eles acreditassem em mim.

Fletcher abriu o cadeado do caminhão e baixou a arma na nossa direção, gesticulando para que nós duas entrássemos. Eu subi, sentindo a mão livre dele raspar contra a minha pele. A caçamba do caminhão estava quente com o sol do meio do dia. A garota estava encolhida no canto, com os braços, finos como gravetos, dobrados um por cima do outro. Ela ficou de pé num pulo quando a jaula se abriu, revigorada pelo terror.

— Socorro! Ajudem-me! — berrou ela, esticando as mãos por entre as grades, para onde estavam Michael e Aaron.

Eles olharam para ela, e então de volta para o revólver. Quando deram um passo à frente, Leif pousou o braço na frente deles, mantendo-os no lugar.

— Foi você quem fez isso, Leif! — vociferou Arden, apertando o rosto contra as grades e erguendo um dedo para ele. — Isso é culpa sua.

Fletcher bateu a porta do caminhão com força.

— Precisamos do pagamento! — Leif cuspiu conforme se aproximava. — Esse era o acordo! Eu confiei em você! — Ele correu para a cabine, e os punhos socaram a porta amassada.

Fletcher olhou pela janela, cujo vidro estava quebrado em um círculo onde uma bala havia passado.

— Aqui é a selva. — Ele gesticulou com a arma enquanto falava. — Não confie em ninguém, garoto. — O homem então sorriu, com sangue em seus lábios rachados, e ligou o motor.

Agarrei as grades finas, empurrando-as, desejando que cedessem sob o meu peso. O sol caía quente demais sobre a minha pele, a jaula era muito pequena, o cobertor fino que havia no canto estava sujo de vômito. Os gritos de Arden me embalaram, duplicando minha tristeza. Leif nos traíra, Caleb fora embora. Todo o tempo que eu passara à noite me perguntando se devia ficar e por quanto tempo fora inútil. O que eu queria? O que Caleb queria? Não tinha importância.

Estávamos indo embora agora. A decisão fora tomada por mim. Chutei a porta da jaula e arranhei minhas unhas contra o cadeado. Gritei e chorei e implorei, mas nada — nem uma coisa sequer — podia mudar aquele simples fato.

O caminhão começou a descer o despenhadeiro rochoso, fazendo com que deslizássemos pela jaula. Os meninos mais velhos recuaram, levando Benny e Silas rumo ao acampamento enquanto a máquina gigantesca se balançava e chacoalhava sobre a paisagem, indo na direção do lago. Mantive meu olhar fixo nos garotos, em Aaron, que estava agarrando o braço de Leif, implorando para que ele fizesse alguma coisa, e em Kevin, que arremessara sua lança no ar, caindo a poucos metros de distância da cabine do caminhão. Mantive meu olhar fixo na caverna, com sua boca escura fechando-se por trás do mato baixo.

Leif agarrou os ombros de Benny para segurá-lo, mas ele se soltou e perseguiu o caminhão, mexendo os braços e pernas minúsculos com uma fúria imensa.

— Eu te amo! — gritou ele, quando estava a apenas três metros de distância.

Agarrei as grades de metal, a garganta engasgada de emoção.

— Eu te amo! — berrou Silas enquanto o seguia.

Os dois continuaram vindo atrás de nós, correndo loucamente. Vi as bocas se mexendo, dizendo aquelas palavras várias vezes, enquanto o caminhão avançava pela floresta e seus corpinhos desapareciam, inalcançáveis, por trás das árvores.

VINTE E TRÊS

O CAMINHÃO SUBIU PELA PAISAGEM EMARANHADA, AVANÇANDO por campos de mato e grama alta, até que chegamos a uma estrada em ruínas. As rodas giraram mais rápido, e a poeira ficou mais grossa em volta do para-lama. O sol aqueceu a jaula de metal, tornando as grades dolorosas ao toque.

Depois de uma hora eu não reconhecia mais a floresta que se estendia do outro lado da trilha rochosa. Até o céu parecia estranho, com a grande extensão azul desprovida de pássaros, deserta.

— Eu sabia — disse Arden por fim. A pele clara coberta por uma camada fina de terra. — Leif estava só esperando para nos vender, mas em troca de quê? — Ela protegeu os olhos do sol. — Alguns suprimentos médicos e uma parte do dinheiro do resgate?

— Ele me queria longe dali — falei. — Duvido que os suprimentos tivessem qualquer importância.

Fiquei me perguntando como aquilo havia acontecido, se ele tinha vasculhado o armazém escuro à procura de um rádio. Ou talvez o tivesse encontrado procurando por uma gaze, tentando estancar o sangue em sua boca.

Também me perguntei quando Caleb perceberia que eu fora levada embora. Será que desmontaria do cavalo às margens da floresta, vendo Benny e Silas soluçando perto da entrada da caverna? Será que se ajoelharia, inspecionando as longas marcas na terra por onde meus calcanhares haviam sido arrastados, e viraria o rosto na direção de Leif? Sera que sentiria minha falta? Será que isso o afetaria?

Nada disso tinha importância. Estava tudo acabado. Não havia como me livrar das grades, do sol causticante, desse homem com dentes amarelos e trincados. Eu estava presa de novo, com novas paredes me contendo, levando-me para o Rei. Os portões da Cidade se abririam e se fechariam atrás de mim, outra jaula.

Jaula após jaula após jaula.

Através das grades o mundo passava por mim, mais rápido do que eu jamais vira antes. Árvores. Flores amarelas que margeavam a estrada. Casas velhas, com os telhados despencados. Vi relances de cervos e coelhos, bicicletas retorcidas, carros enferrujados e cães selvagens. Todos deslizavam para longe, rápido demais, como água correndo por um ralo. *Estou indo para a Cidade de Areia*, eu não parava de pensar, como se a repetição pudesse me entorpecer. *Estou sendo levada para o Rei. Nunca mais verei Caleb novamente.*

Arden observava a paisagem, os olhos lacrimosos. Ela tentara com tanto afinco se livrar da Escola, chegara até aqui — tudo isso para quê? Para ser pega nesta rede por minha causa? Sem dúvida, estava pensando naquela escolha idiota que fizera havia semanas naquela cabana, arrependendo-se de ter concordado em me deixar ficar com ela.

— Sinto muito — falei, a voz engasgada. — Eu sinto tanto, Arden... Você deve estar desejando nunca ter me deixado vir com você.

— Não. — Arden passou os dedos pela grade. A pele clara já estava cor-de-rosa com apenas uma hora de sol. — Nem um pouco, Eva. — Ela se virou para mim, e os olhos cor de avelã cintilaram com lágrimas.

Bem nesse momento, a menina que estava no canto se mexeu, sentou-se e esfregou o rosto. Estava histérica demais para falar conosco depois que havíamos deixado a caverna. Em vez disso, enroscara-se na caçamba de metal quente e adormecera, e as pálpebras se contraíam com pesadelos.

— Quem são vocês? — perguntou ela, fazendo uma careta quando a pele tocou as barras de metal.

— Eu sou Eva. Essa é Arden — falei, apontando para o outro lado da jaula. Na cabine do caminhão, Fletcher aumentou o volume da música, uivando uma canção medonha e arranhada. *I love rock'n'roll-oll-oll-oll, put another dime in-in the jukebox, baby.*

A menina estendeu a mão magra para que a cumprimentássemos.

— Meu nome é Lark.

— De que Escola você é? — perguntei, reparando em seu vestido. Ele era modelado no mesmo formato quadrado que o nosso, mas era azul, em vez de cinza.

— Era a Oeste, eu acho. — Ela passou as mãos pelo cabelo grosso e preto. Parecia ter uns 13 anos, com braços tão magros que os ossos dos ombros se projetavam para fora em dois nós definidos. A pele morena escura estava rachada e descascando em volta dos cotovelos e joelhos. — 38º35'N, 121º30'O, era como as professoras a chamavam.

Eu sabia que esses números significavam alguma coisa. Nossas professoras os usavam quando se referiam à Escola, mas eu não havia descoberto exatamente o que eram. Nós sempre fôramos 39°30'N, 119°49'O.

— Então você fugiu — disse Arden.

— Eu precisava sair de lá. — A menina se recostou de novo no canto da jaula, sem olhar em nossos olhos.

Olhei para Arden, aliviada por não sermos as únicas garotas que sabiam a verdade sobre as Escolas. Estudei as pernas de Lark, que estavam arranhadas em carne viva em alguns lugares, da mesma forma que as minhas haviam ficado naqueles primeiros dias em território selvagem. Picadas de mosquito salpicavam seus braços, e havia um buraco em um dos sapatos de lona, expondo o dedão do pé.

— Como veio parar aqui? — perguntei.

Lark esfregou a pele em volta dos olhos, onde as lágrimas haviam secado, deixando apenas pequenos traços de sal branco.

— Encontrei um buraco em uma das cercas de metal. Tinha menos de trinta centímetros de largura e estava prestes a ser consertado. Haviam fechado o buraco com tábuas durante a noite para manter os cachorros do lado de fora, mas eu me espremi por ali. — Ela apontou para a lateral do vestido, onde o tecido estava rasgado, expondo o quadril nu. — Então eu corri até encontrar uma casa para dormir. Acho que isso faz uns quatro dias, mas não tenho certeza.

— Onde ele a encontrou? — indagou Arden, acenando com a cabeça na direção de Fletcher, que estava com o braço gordo para fora da janela, jogando-o para cima de vez em quando no ritmo da letra. *So come and take your time and dance with-with me!*

Lark passou os braços em volta das pernas, enroscando-se firmemente em posição fetal.

— Vi uma jarra d'água perto da estrada. Eu estava com tanta sede, estivera andando o dia todo no sol. Mas era uma armadilha. Ele devia estar me seguindo.

O caminhão passou por cima de alguma coisa na estrada, jogando meu estômago na direção do coração. Segurei-me na grade, embora ela queimasse a pele macia das minhas mãos.

— Você contou a mais alguém sobre a reprodução? — perguntei. — Há outras tentando fugir?

Lark olhou para cima, e a confusão franziu suas sobrancelhas.

— Reprodução? Do que você está falando?

— Das parideiras — gritou Arden, assegurando-se de que a palavra fosse audível mesmo sob a música e o som do motor. Ainda assim, não houve reconhecimento algum no rosto de Lark. — Foi por isso que foi embora; você ia ser usada para reprodução.

Lark enterrou os calcanhares na caçamba de metal do caminhão, empurrando-se para uma posição ereta.

— Não... — disse ela, uma leve irritação na voz. — Eu fui embora por causa disso. — Virou-se, mostrando as linhas preto-azuladas que marcavam a pele na parte de trás do bíceps. Era a impressão inconfundível de dedos. — Ela esperava as outras saírem antes de me bater. Eu ia encontrar uma Escola diferente, algum lugar melhor. Nunca mais quero ver aquela mulher.

Arden abriu a boca para falar, ansiosa para contar a Lark sobre as vitaminas e os tratamentos de fertilidade e os quartos horríveis com camas de metal, mas eu ergui a mão. Dentre todas as coisas nas quais eu podia contar com Arden, sensibilidade não era uma delas.

— Lark — falei lentamente, olhando nos olhos da jovem garota. — As meninas naquelas Escolas, e eu era uma delas, nunca iriam aprender um ofício. Aqui fora, somos chamadas de parideiras, e nosso trabalho é dar à luz crianças; o máximo delas que conseguíssemos, para povoar a Cidade de Areia.

Arden não conseguiu mais se segurar.

— Eles estão nos levando para a Cidade, e Eva vai ser entregue ao Rei, e aí você e eu vamos voltar direto para aquelas Escolas, direto para aquelas camas. — A voz falhou enquanto ela dizia isso.

— Não — rebateu Lark. Ela mordeu a ponta do dedo com força e cuspiu a pele rachada para o lado. — Isso não é possível.

— Eu também não queria acreditar, mas eu as vi...

— Você viu errado — interrompeu Lark, irritada, e sentou-se mais para a frente, apoiada sobre os joelhos. — Vocês não sabem do que estão falando. A diretora é má... mas isso não é possível. — Ela sacudiu a cabeça. — Talvez fosse só na sua Escola. Elas não fariam isso conosco. Pra quê?

Arden lançou-se para a frente, a mão fechando-se em torno do braço magro de Lark.

— Escute — sibilou ela, e Lark se encolheu com seu bafo quente. — Ouça o que estamos dizendo. Eles precisam povoar a Cidade. Como acha que vão fazer isso? Como?

— Me solta — clamou Lark, sacudindo o braço. — Vocês são loucas. — Mas, enquanto se afundava no canto da jaula, a voz estava mais baixa, menos segura.

— Se quer ser uma parideira pelo resto da vida, você pode — continuou Arden, erguendo um dedo para Lark. — Mas nós não vamos voltar para as Escolas. Eu não vou, não vou... — A boca se contorceu antes que conseguisse botar as palavras para fora. Quando ela se sentou, o corpo parecia muito menor e mais fraco do que antes.

Senti alguém nos observando e me virei, deparando-me com o olhar de Fletcher no retrovisor empoeirado. A música diminuiu, e ele abriu a janela traseira da cabine.

— Não se preocupe, minha coisinha linda — disse ele. — Não estou levando vocês de volta para a Escola. — Baixou o espelho para olhar as pernas nuas de Arden. — Três moças... tão puras? Posso conseguir *muito* mais por vocês em outro lugar.

Com isso ele aumentou o volume da música novamente, tamborilando com os dedos na porta lateral. *Come an' take-ake-ake your time-ime and dance with me! On!*

Arden não falou. Em vez disso, tentou forçar o cadeado de metal da jaula de novo, batendo nele até os dedos estarem vermelhos. A paisagem passava voando por nós, apenas um borrão de poeira amarela. Os galhos das árvores se estendiam na direção da estrada como dedos retorcidos.

— O que ele quer dizer? — perguntou Lark, erguendo os olhos para mim. O lábio inferior tremia enquanto falava.

Eu a odiei naquele momento, aquela estranha, por me ser tão familiar. Em seu rosto, via alguém que eu costumava ser: uma garota que tinha certeza demais do propósito da Escola, com os muros e as regras e as filas ordeiras que passavam pelos quartos até o refeitório. Ela achava que podia ir para outro lugar e receber algo diferente, algo melhor. Outro futuro.

— Você vai realizar seu desejo — falei, incapaz de impedir que aquelas palavras frias escapassem dos meus lábios. — Não vai ver a diretora de novo.

VINTE E QUATRO

FICAMOS SENTADAS NAQUELE CAMINHÃO DURANTE HORAS, COM os pulmões endurecidos pela poeira. Até mesmo o sol nos abandonara, mergulhando por entre as árvores. Dormimos e despertamos, pensando que tínhamos tempo — tempo para nos preparar, tempo para fugir —, mas então o aparelho no cinto de Fletcher gritou, acordando-nos.

— Fletcher, seu demônio! Qual é sua estimativa para a chegada? Tenho demanda demais e uma oferta insuficiente.

Eu estava espremida em um canto. Lark dormia no outro, e Arden permanecia enrolada em posição fetal ao meu lado, o rosto delas quase invisível sob o brilho avermelhado das lanternas traseiras.

Fletcher levou o rádio estranho até a boca, apertando um botão na lateral para interromper a estática.

195

— Relaxa. — Ele riu. — Vou acampar esta noite. Estaremos aí de manhã.

A estática preencheu o ar, então ouvi uma gargalhada áspera.

— Diz o que você conseguiu. Vai, dê uma pequena prévia para os garotos.

Imaginei os mesmos homens que eu vira perto daquela cabana, a pele bronzeada em um tom amarronzado como couro, reunidos sob uma lona de acampamento, esperando nossa chegada. Pressionei o nariz por entre as grades, desesperada por mais ar.

— São todas gatas — disse Fletcher, com os olhos nos encarando pelo retrovisor. — Entrego-as para você amanhã, seu bêbado nojento. — Ele jogou o rádio num canto e ligou a música novamente.

Na época da Escola, certa vez eu argumentara a favor da bondade das pessoas e da grande capacidade de mudança. Mas ouvindo-o rir, segurando o rádio levemente em sua mão, eu só sentia imoralidade. Uma coisa que a professora Agnes dissera *era* verdade, até mesmo agora: alguns homens viam as mulheres apenas como mercadoria. Como combustível, arroz ou carne enlatada.

Arden me observava da lateral da jaula, virada de tal forma a ficar de costas para ele.

— Temos de sair daqui — sussurrou. — Hoje à noite.

— Mas ele vai nos matar — argumentou Lark, puxando o cobertor velho por cima das pernas.

— Já estamos mortas — retrucou Arden.

Assenti, sabendo que ela estava certa. Eu sentira isso no armazém com Leif, meu espírito se dobrando e redobrando em agonia, quase se quebrando. Fletcher não mudaria de ideia, não demonstraria uma súbita decência. Não haveria nenhuma revelação moral no meio da noite.

196

Eu me mexi na direção de Lark e Arden, cobrindo o lado do meu rosto com o cabelo para que Fletcher não visse meus lábios se olhasse para nós.

— Podemos fugir quando ele arrumar o acampamento — falei, os nervos acordando.

Olhei para além das grades, esperando ver uma placa na estrada, uma seta, algum indicador de onde estávamos, mas só havia escuridão.

Horas mais tarde, o caminhão saiu da estrada, os pneus sacolejando por cima de pedras e galhos de árvore quebrados. Paramos em uma clareira. O céu estava nublado, sem qualquer vislumbre da lua. A paisagem havia mudado. As árvores densas deram lugar a um terreno aberto, com arbustos baixos e areia que reluzia, vermelha, sob a luz dos faróis. Formações rochosas se agigantavam acima de nós, algo entre montanhas e despenhadeiros, com as formas produzindo sombras estranhas sob a luz das estrelas. Fletcher desceu do caminhão, esticou os braços e virou-se para urinar no mato baixo.

— Apenas faça o que dissermos — sussurrou Arden, agarrando o pulso de Lark.

— Eu sei — disse ela, puxando o braço para longe. A voz estava dura. — Você já me falou.

— Precisamos ir ao banheiro! — Bati nas grades de metal. — Por favor, precisamos sair agora.

Fletcher subiu o zíper de sua calça.

— O quê?

— Ela disse — continuou Arden, afastando o cabelo negro da testa — que nós precisamos mijar.

Fletcher assentiu, como se entendesse aquele jeito de falar muito melhor. Ele iluminou a jaula com a lanterna, depois apontou para o meio dos arbustos, onde uma casa caindo aos pedaços se erguia na base das enormes rochas.

— Todas três?

— Todas nós — respondeu Arden. Até mesmo Lark ofereceu um aceno de cabeça convincente.

Fletcher moveu o feixe de luz por cima do rosto de Arden, pelo de Lark e, por fim, pelo meu. Apertei os olhos contra a luz dolorosa.

— Vocês têm dois minutos. Podem ir ali, no mato. — A lanterna iluminou um espaço com árvores carbonizadas, pretas e retorcidas, por onde um incêndio havia passado. — Mas se ousarem dar um passo sequer sem minha permissão... — Ele puxou a arma do cinto, brandindo-a no ar.

A respiração de Lark acelerou enquanto Fletcher abria o cadeado gigante. Saímos em fila, primeiro Arden, depois eu e depois Lark. Fletcher manteve a luz sobre as nossas costas enquanto andávamos até as árvores.

A floresta parecia mais ameaçadora sob o brilho da lanterna. Os galhos, agora desprovidos de casca e folhas, se esticavam na nossa direção, convidando-nos para entrar.

— Ainda não — sussurrei, sem saber se era Lark ou eu quem precisava ser lembrada disso. Demos passos lentos e cuidadosos pelo mato baixo. Novos talos cresciam por entre as raízes cinzentas, a grama alta e as samambaias, sinais esperançosos de resistência.

Quando chegamos à borda da fileira de árvores, Arden virou-se para mim. O olhar se suavizou. A boca se contorceu levemente, em uma espécie de sorriso perceptível apenas para mim. *Isso pode ser um adeus*, ela parecia dizer, com os olhos refletindo a luz das estrelas. *Sinto muito se assim for.*

Nós demos um, dois, três passos para dentro da floresta. Olhei à direita. Podia ver duas árvores, mas nada mais além. Então Arden falou, tão baixo que eu mal podia escutá-la:

— Agora.

Saí correndo, sem sentir o peso do meu corpo enquanto disparava por cima de galhos de árvore caídos, pelo meio de arbustos espinhentos, adentrando mais e mais na floresta carbonizada. Mantive os braços estendidos em meio à escuridão, tateando meu caminho através dela.

— Suas... — gritou Fletcher atrás de nós, as botas pesadas batendo com força na clareira. — Vou cortar suas gargantas!

Lark e Arden correram pela floresta, separando-se em algum lugar na escuridão. Então o primeiro tiro sacudiu o ar, silenciando os pássaros e insetos. Caí no chão, com medo de que Arden fosse gritar, mas só havia o som de passos, gravetos se partindo e a respiração alta e rascante de Fletcher atrás de mim. Continuei em frente, rastejando-me por cima do mato emaranhado, mas Fletcher estava chegando perto. A sombra trançava-se por entre as árvores, movendo-se constantemente para a frente.

Esforcei-me para ficar de pé, e meu tornozelo se torceu. Ali, do outro lado da floresta carbonizada, uma luz na janela de uma casa piscou para mim. Eu mal podia distinguir a varanda e o teto de piche, que era como um bloco sólido contra a paisagem sombria.

— Voltem aqui — rosnou ele.

Minha pulsação latejava nos dedos das mãos e dos pés. Corri na direção da luz, com o peito agora arfando, e minhas pernas ficando cansadas. *Continue em frente*, eu disse a mim mesma. *Apenas continue.*

Logo as árvores acabaram, e o terreno se desdobrou à minha frente, revelando-se uma extensão densa de flores silvestres. A luz estava muito mais longe do que eu havia pensado — a uns cem metros —, disposta sob as imensas esculturas de areia.

As botas de Fletcher bateram nas pedras enquanto ele atravessava pesadamente a floresta, e seus gritos eram ainda mais zangados do que antes.

— Suas parideiras nojentas! — berrou. — Acham que podem me enganar?

Olhei em volta. Os penhascos gigantescos subiam à minha esquerda, de costas para mim. Uma estrada de areia serpenteava à minha direita. Havia mais floresta se esparramando à minha frente, mas nem mesmo se disparasse com tudo o que me restava de forças eu conseguiria cobrir toda aquela distância antes que Fletcher me alcançasse. Não havia esconderijo algum, a não ser pelo grosso cobertor de flores, e os botões delicados não tinham mais do que alguns centímetros de largura.

Caí no chão, as flores azuis e douradas sendo esmagadas sob meus dedos. Virei-me de lado, puxando os talos mais para perto, para que me escondessem. Quando ergui ligeiramente a cabeça, vislumbrei Fletcher na beirada das árvores, com sangue pingando de um talho em sua testa.

Ele se virou, cuspindo na terra.

— Saia já de onde estiver! — Ele armou o revólver, eriçando os pelos do meu braço.

Enquanto ele abria caminho pelo campo, eu me afundei mais ainda no chão, desejando que se abrisse e me engolisse por inteiro. Ele andava devagar, as flores se afastando em seus joelhos, o cano da arma vasculhando toda a extensão da clareira. A cada passo, as botas pretas esmigalhavam os botões de flor. Quando estava a apenas alguns metros de distância, ele franziu os olhos na minha direção e inclinou a cabeça de lado, como se não tivesse certeza se eu era uma sombra ou não.

Fiquei estática, sem me atrever a respirar. Meus dedos se enterraram na terra, gravetos e pedras duras se esparramavam sob mim. O suor gotejou pelas minhas costas. O ar estava preso em meu peito.

Após considerar a ideia cuidadosamente, ele se virou e começou a andar para longe de mim.

Fechei os olhos, grata por ele não ter me visto, grata por, no mínimo, Lark e Arden terem tido um minuto extra para fugir. Relaxei o corpo por cima das flores, os pulmões soltando a respiração, quando um galho fino se quebrou sob mim. *Crack!*

Fletcher girou em minha direção.

— Olá, bonequinha.

Eu estava de pé antes que ele pudesse mirar a arma direito. O primeiro tiro passou por mim, e eu corri, o coração martelando dentro das costelas. O vento corria pelas minhas orelhas. Ele atirou novamente, rasgando a madeira de uma árvore ao longe. Continuei correndo e não olhei para trás quando a arma foi disparada novamente. Desta vez não houve tiro algum, apenas o clique metálico do gatilho. Quando me virei, ele estava batendo com a arma emperrada na mão.

Eu corri a toda em meio às flores, mas ele aumentou o ritmo. Seus passos estavam mais rápidos do que antes, e o corpo soltava resmungos curtos de exaustão.

— Acabou — disse ele quando fez uma pausa para atirar.

Virei-me bem a tempo de vê-lo erguer a arma e mirar minhas costas. Apertei firmemente os olhos e rezei para que aquilo fosse rápido, que meu corpo não estrebuchasse como fizera o do cervo, que eu deixasse este lugar sem sentir tanta dor.

O tiro soou.

Tateei meu peito, esperando que o sangue jorrasse do ferimento, que eu sentisse a ardência da bala se enterrando em minha carne. Mas não havia nada. Nenhum buraco, nenhuma dor. Nada.

Atrás de mim, Fletcher estava travado no lugar. Ele largou a arma ao seu lado. No meio de sua camisa, uma mancha vermelha se espalhou lenta e determinadamente, abrindo caminho pelos quadris e descendo pela parte da frente do seu corpo. Ele fez um som gorgolejante e então caiu, a boca aberta, para dentro das flores.

Virei-me, e meus olhos pousaram sobre uma silhueta do outro lado do campo. Uma senhora veio na minha direção. Parecia ter quase 70 anos, o cabelo branco fantasmagórico descendo em uma trança pelas costas. Ela acariciou o rifle em sua mão como se fosse um animal de estimação querido.

— Você está bem? — perguntou, estudando meu rosto. Mantive a mão no peito, sendo tranquilizada pelo meu coração, que ainda batia.

— Sim — consegui dizer. — Acho que sim.

Ela pegou a arma de Fletcher do chão e esvaziou o compartimento da munição em sua mão. Depois ela o chutou com força, na lateral do corpo. Ele não se mexeu. Já estava morto.

— Obrigada — sussurrei, sem saber se era a coisa certa a se dizer.

A senhora sorriu, e o rosto era lindamente vincado.

— Marjorie Cross — falou, estendendo a mão enrugada. — O prazer é todo meu.

VINTE E CINCO

— Aqui estamos — disse Marjorie, entrando na casa. — Vamos, acomodem-se. — Ela gesticulou para a sala de estar, onde havia um sofá rosa de frente para a lareira, com renda amarelada cobrindo cada braço. Um bule fervia diante dele, fazendo o aposento inteiro cheirar a frutas silvestres.

Acenei para que Arden e Lark entrassem atrás de mim.

— Está tudo bem — sussurrei enquanto Marjorie colocava as armas em cima da mesa da cozinha. — Estamos a salvo.

— Otis! — gritou Marjorie, por uma escada acima. — Otis! — Ela segurou a garganta enquanto berrava, forçando cada palavra. — Desculpem — disse, olhando para nós. — Não há onde comprar aparelhos auditivos hoje em dia. Vocês entendem, não é?

— Por que estamos na casa dessa velha maluca? — sussurrou Arden enquanto nos sentávamos no sofá. Ela apertava a lateral do braço, onde um arranhão descia do ombro até o cotovelo, com o interior cor-de-rosa salpicado de cinzas.

— Essa *velha maluca* acabou de salvar a minha vida.

Eu havia gritado para dentro da floresta durante vinte minutos até que Arden e Lark finalmente aparecessem. Estavam com medo de que fosse uma armadilha arquitetada por Fletcher. Seguindo Marjorie, fomos até a casa de telhas aninhada na floresta, com apenas uma lamparina brilhando à janela. Era a mesma luz que eu vira quando estava fugindo de Fletcher.

Marjorie fazia barulho na cozinha, empilhando pratos em uma das mãos.

— É bonito aqui — disse Lark, o rosto ainda molhado. Seu vestido estava salpicado com manchas de barro vermelho. — Eu gosto.

O sofá parecia confortável, e as almofadas elegantes não cheiravam a mofo, como a maioria das almofadas pós-praga. Xícaras elegantes de chá — nenhuma delas lascada — e bibelôs em porcelana com imagens de crianças de mãos dadas em meio a uma dança, ou espiando pela ponta de um telescópio, cobriam a superfície de uma cristaleira. A comprida mesa de jantar de madeira ficava do outro lado da bancada da cozinha, decorada com uma tigela prateada cheia de tomates amarelos, verdes e vermelhos.

Pensei no livro mais cobiçado da biblioteca, sobre uma menininha chamada Nancy, que tinha saias de bailarina e presilhas de cabelo e todos os outros luxos que nós não tínhamos na Escola. Quando éramos pequenas, Pip, Ruby e eu costumávamos nos enroscar juntas na cama e ler sobre a família de Nancy indo a uma sorveteria, parando apenas na parte onde ela arruma os pais, colocando óculos em seu pai e uma echarpe em sua mãe. Era a casa dela que eu sempre amara, o sofá gigante em que eles se jogavam, as plantas que enfeitavam as mesas, a cômoda que parecia sempre estar transbordando com roupas e brinquedos. Era realmente um *lar*, com paredes pintadas e mobília combinando. Como este.

A lareira de tijolos era cravejada de fotografias emolduradas. Um retrato em branco e preto mostrava uma menininha de vestido xadrez; outro era de um menino de terno branco com uma flor na lapela. E havia também uma foto de um casal jovem com calça de cintura alta e os braços passados um pelo outro. A mulher loira, um pouco mais velha do que eu, abraçava o homem de lado, com a mão sobre o coração dele.

Pensei imediatamente em Caleb. Ele estava lá fora em algum lugar, acreditando no que queria acreditar. Estava me guardando na memória, e a maneira como eu havia afastado sua mão para longe do meu braço, minha incerteza quando ele me perguntara sobre Leif. Ele estava lá fora sem mim.

— Vejo que temos visitas. — Um homem de cabelos prateados desceu as escadas, erguendo uma das pernas com grande esforço. Ele era ainda mais velho do que Marjorie, a camisa de flanela enfiada folgadamente dentro da calça, que estava branca na altura dos joelhos, com o tecido marrom desgastado de tanto usar. Lark sobressaltou-se ao vê-lo, e eu percebi que, havia algumas semanas, eu teria feito o mesmo. Depois de tanto tempo com Caleb, cavalgando atrás dele em seu cavalo ou andando ao seu lado na floresta, eu não me assustava mais como costumava fazer.

Marjorie se ajoelhou perto do fogo e despejou uma colherada de frutinhas em cada prato.

— Eu as encontrei na floresta. Um selvagem estava tentando matá-las. — Ela ficou olhando para Otis por um instante grande demais, e senti que havia algo que não fora dito.

— O que vocês estavam fazendo lá fora? — Otis puxou uma cadeira da sala de jantar, arrastando-a pelo chão gasto de madeira, e então sentou-se ao nosso lado.

Os olhos de Lark se encheram de água.

— Um homem chamado Fletcher nos capturou. Ele estava nos levando a algum lugar para nos vender. — Enquanto dizia isso, enfiou o cabelo grosso atrás das orelhas com dedos trêmulos.

— Somos das Escolas — acrescentou Arden. — Nós fugimos.

Marjorie me passou um prato de frutinhas fumegantes, e eu inspirei o aroma penetrante. A porcelana tinha minúsculas rosinhas púrpura em volta da beirada. Era um contraste bem-vindo com os pires simples de metal nos quais comíamos na Escola e as tigelas cinzeladas de madeira que Caleb nos dera na caverna.

— Há quanto tempo estão por conta própria? — perguntou Marjorie.

— Quatro dias — afirmou Lark.

Marjorie apontou para mim e Arden, e eu engoli as frutinhas antes de responder.

— Não tenho certeza... Algumas semanas?

— É — disse Marjorie. — É difícil ter noção do tempo sozinha lá fora. — Enquanto ela falava o olhar voou de volta para Otis. — Para onde estão indo então?

Arden olhou de esguelha para mim e fez uma pausa. Dei ligeiramente de ombros. Era perigoso confiar em qualquer um, mas Marjorie havia acabado de salvar minha vida.

— Íamos seguir a Estrada Oitenta para um lugar chamado Califia — disse Arden, espetando sua comida com o garfo.

— Garotas espertas — elogiou Otis. Agora que ele estava sentado, as pernas de sua calça subiam acima de seus tornozelos, revelando uma perna direita de madeira. Fiquei olhando para o veio claro, para a curva toscamente talhada que formava o tornozelo, descendo em um saltinho bem no fundo de seu sapato. Parecia que fora esculpida em um galho de árvore caído. — E como planejam chegar lá?

— Agora perdemos a estrada — admiti. — Não sei.

Lark enfiou as frutinhas na boca, faminta.

Marjorie olhou mais uma vez para Otis. Depois ela se levantou, andando lentamente até a lamparina na janela. Ergueu-a e apagou a vela.

— Eu sei.

Meu olhar recaiu sobre as prateleiras atrás dela, onde havia um rádio preto de metal e um microfone empoleirado do lado.

— A Trilha — falei em voz alta, para ninguém em especial.

Otis apontou para o chão.

— Sim, vocês estão nela neste exato momento.

— Como assim? — perguntou Arden. Ela largou o prato no colo, deixando o garfo bater contra a porcelana.

Eu havia lhe contado sobre a Trilha quando estávamos no quarto de Paul, mas, em meio à febre, ela deve ter se esquecido do nome.

Marjorie parou na nossa frente, com as mãos enrugadas entrelaçadas uma na outra.

— Esta é uma casa segura, apenas uma parada no caminho de várias cavernas, e de Califia. Nós ajudamos órfãos a fugir do regime do Rei.

Lark ficou olhando fixamente para a vela na lamparina, cuja fumaça espiralava do pavio preto.

— Mas e as tropas, não sabem que vocês estão aqui? — Ela cruzou os braços magros por cima do peito, abraçando-se.

— Sempre desconfiam — disse Otis a ela. — Eles vêm com seus jipes de vez em quando, fazem perguntas e inspecionam a casa. Mas, sem provas de qualquer delito, não há muito que possam fazer. Nós temos permissão para morar fora da Cidade de Areia.

— Permissão? — indaguei. Eu ouvira falar de Perdidos antes, é claro, mas eles eram saqueadores, andarilhos sem direção. Eu os igualava àqueles que haviam sido chamados de "sem-teto" nos velhos livros, não a pessoas que moravam em casas, em lares como este.

Otis puxou a perna da calça para baixo, cobrindo a fresta da perna de pau que ficara de fora.

— É um processo longo, e poucos decidem passar por ele a não ser que haja um motivo específico. Mas nós somos velhos, e não há demanda por nós na Cidade de Areia. Na maior parte do tempo, eles nos deixam em paz.

Lark mordeu a pele do dedo. A luz do fogo aquecera suas bochechas, revelando a beleza do rosto redondo e macio.

— O que eles fariam com vocês se soubessem que estão nos ajudando?

— Eles nos matariam — disse Marjorie, sem rodeios, olhando para as toras que queimavam. Elas estalaram, e as carcaças carbonizadas mudaram de posição em meio ao fogo. — O Rei não tolera oposição. Houve muitos desaparecimentos na Cidade. Um cidadão que estava trabalhando para a Trilha, um homem chamado Wallace, acidentalmente contou a um informante sobre a missão. Ele sumiu em uma semana. A esposa disse que ele foi tirado direto de sua cama, sabe Deus para onde.

Minha língua se enrolou dentro da boca como uma cobra seca. Eu havia sonhado tanto com aquele lugar, com as ruas de ardósia limpas, as praias artificiais onde as mulheres sentavam-se debaixo de guarda-sóis com seus livros. Como eu havia acreditado naquelas mentiras por tanto tempo?

— Vocês ficarão conosco por alguns dias — explicou Otis. — Então vamos mudá-las para outro abrigo. Podem identificá-los pelas lamparinas na janela; se estiver acesa, há lugar para vocês.

Lark continuou mordiscando os dedos, puxando a pele para trás até sangrar.

— Mas, se formos pegas, vamos ser mortas. Você mesma disse.

Marjorie enfiou uma mecha de cabelo branco e grosso em sua trança. As sombras tremulavam no brilho do fogo, e sua expressão era imutável.

— Há quase duzentos anos, Harriet Tubman liderou os escravos para a liberdade. E quando eles disseram a ela que achavam que não iam conseguir, quando disseram que tinham medo demais, ela apontou um revólver para eles e disse — Marjorie imitou um revólver em sua mão — sigam em frente ou morram.

Otis colocou a mão por cima da de Marjorie, abaixando o revólver invisível, então virou-se para nós, estreitando os olhos.

— Só o que ela está dizendo é que não há mais espaço para o medo. É baseado nisso que o regime do Rei foi construído: a presunção de que todos nós temos medo demais para viver de qualquer outra maneira.

Lembrei-me da sensação que tive quando estava na beirada do muro. Por mais que eu soubesse, por mais que tivesse visto dentro daquele prédio horrendo do outro lado do lago, algo me segurava no lugar. Ouvi um coro de alunas sussurrando sobre os cachorros e as gangues que havia na selva. Ouvi as batidas constantes dos dedos retorcidos da diretora Burns contra uma mesa enquanto ela me incitava a tomar minhas vitaminas. As professoras incrementavam a melodia com seus discursos sobre os homens, que podiam manipular as mulheres com um simples sorriso. Meu passado inteiro havia se resumido em uma grande canção sedutora, dizendo-me para não ir.

— Suponho que estejam cansadas — disse Marjorie por fim.

— Deixem-me levá-las para seu quarto.

Enquanto Otis recolhia os pratos vazios, ela se levantou, guiando-nos por uma escada estreita de madeira. Embaixo da casa havia um porão cheio de cadeiras e caixas empilhadas, uma máquina cinza desbotada com um teclado e alguns jornais manchados de água.

Peguei o que estava no topo da pilha, o *New York Times*. Ele mostrava uma foto de uma mulher estendendo a mão por cima de uma barricada, com a boca aberta em um lamento. *Em Meio à Crise, Barricadas Separam Famílias*, dizia. A professora descrevera aquela cidade, a praga atingindo prédios de apartamentos inteiros, as portas trancadas com cadeado para prender as pessoas do lado de dentro.

— Aqui? — perguntou Arden, apontando para um sofá esfarrapado acomodado no canto do aposento.

Mas Marjorie andou até o outro canto e abriu as portas de uma despensa. Ela puxou uma lata de comida atrás da outra, removendo, por fim, a prateleira do meio.

— Na verdade — disse ela, empurrando uma teia de aranha para o lado. — Aqui.

Ela acendeu uma lamparina e a ergueu para dentro do quarto secreto. Dois beliches margeavam as paredes, e havia uma pia de metal em um dos cantos. As paredes não tinham acabamento, e o chão de terra fora coberto com um fino tapete acinzentado. Ele me lembrava os quartos na caverna dos meninos.

— É melhor, caso as tropas nos surpreendam durante a noite. Naquele canto, a uns cem metros, há um alçapão que leva ao quintal. Há toalhas lá dentro, algumas mudas de roupa e também sapatos — falou, olhando para nossos pés sujos e descalços.

Arden entrou pela despensa e atirou-se na parte de baixo de um dos beliches.

— Até que é bem grande — exclamou enquanto Lark a seguia para dentro.

Lark trocou o vestido rasgado por uma camisola limpa antes de despencar no colchão, puxando a colcha fina por cima das pernas. Ela descansou a cabeça no travesseiro achatado, parecendo estar calma pela primeira vez, com a expressão suavizando-se enquanto se preparava para dormir.

Meu estômago estava cheio de frutas silvestres, e meus batimentos cardíacos haviam diminuído para um ritmo constante. Ainda estávamos em fuga, em perigo, mas eu não sentia o mesmo terror em meu peito. Olhei no rosto gentil e desbotado de Marjorie.

— Vá. — Ela gesticulou novamente na direção da despensa. O cheiro da lareira impregnava suas roupas, e o aroma era reconfortante em sua familiaridade. — Estarão a salvo aqui, prometo.

Não podia mais me conter. Eu a abracei, relaxando no calor de seu corpo. As professoras nunca haviam nos tocado, com a exceção de um toque rápido nas costas enquanto nos guiavam para o jantar, ou um tapa firme no ombro quando nosso olhar vagava para fora da janela durante a aula. Certa vez eu implorara à professora Agnes, naquele primeiro ano em que eu estivera na Escola, para que ela desembaraçasse meu cabelo. Eu guinchara, chutara, meus bracinhos minúsculos se agitando enquanto eu batia com a escova na pia de porcelana. Ela ficara lá durante mais de uma hora, as mãos nos bolsos, sem se mexer, até que eu tivesse desfeito o nó sozinha.

Gradualmente os braços de Marjorie deixaram as laterais do corpo, e ela também os passou à minha volta. Minhas mãos apertaram os ossos duros em suas costas, sentindo como ela era pequena por baixo da blusa de linho folgada.

— Obrigada — falei, repetindo a expressão sem parar, as palavras ficando cada vez mais baixas. — Obrigada, obrigada.

VINTE E SEIS

ACORDAMOS COM O CHEIRO DE PÃO ASSADO.

— Temos ovos frescos para vocês, meninas — anunciou Otis, puxando as cadeiras ao redor da mesa da sala de jantar. Olhei para o banquete à nossa frente: os ovos mexidos fumegantes, a carne de javali salgada e seca, cortada em tiras finas, o pão macio em cima da pedra quente do forno de Marjorie. Eu sorri, e minha garganta engasgou de emoção novamente.

— Isso parece delicioso — falei.

Lark sentou-se e empilhou uma colherada transbordante em seu prato. Ela nem se dera o trabalho de trocar a camisola.

Arden olhou em volta da sala, avaliando as janelas da frente, as janelas laterais e as portas que davam para o quintal dos fundos. As cortinas estavam todas bem fechadas.

— Eles são vampiros? — sussurrou.

Marjorie andou pela cozinha, cortando tomates e jogando-os dentro da tigela. Pensei de novo na perseguição pela floresta, em Fletcher e no ferimento que se abriu em seu peito quando ela atirou nele.

— Ele ainda está lá fora? — perguntei, olhando fixamente para ela.

Marjorie parou de cortar os tomates e gesticulou com a faca em direção à janela da frente.

— Bill e Liza estão cuidando dele.

Arden ficou olhando para o prato de carne vermelha.

— Quem são Bill e Liza?

— Nossos gatos — esclareceu Marjorie. Ela colocou os tomates na frente de Otis, com a mão no pescoço dele.

Lark engoliu a comida, os olhos pulando de Marjorie para Otis repetidas vezes.

— Seus *gatos* estão cuidando de Fletcher? — perguntou ela.

Otis assentiu, então deu mais uma mordida em sua carne.

Puxei a cortina da janela da frente, deixando entrar um feixe fino de luz branca que expunha a poeira no ar. A uns cem metros de distância, duas onças-pardas estraçalhavam a carcaça de Fletcher, e as mandíbulas mergulhavam na carne sangrenta. Uma das feras segurava uma das mãos na boca, dedos cinza espetados para fora por entre os dentes.

— É melhor não chegar perto da janela, querida — aconselhou Marjorie, chamando-me de volta à mesa. — Sempre há a chance das tropas estarem observando.

Lark mascou uma tira de javali. Ela olhou para Marjorie, depois para Otis, desconfiada.

— Vocês são... casados?

Marjorie passou os dedos por cima dos de Otis, e os olhos dançavam de animação.

— Conheci Otis muito antes da praga. Eu morava em Nova York naquela época...

— Elas não sabem o que é Nova York — provocou Otis.

Marjorie franziu o nariz para ele, fingindo irritação. Ele se voltou para nós, mas seu olhar estava distante.

— Ficava do outro lado do país, e era uma das cidades mais espetaculares do mundo. Havia edifícios que subiam aos céus, calçadas tão cheias de gente que você tinha de andar se esquivando delas, trens subterrâneos e cachorros-quentes que você podia comprar na rua.

Eu havia lido livros ambientados em Nova York — *O grande Gatsby, A casa da felicidade* —, mas ainda assim aquilo soava impossível. Só a quantidade de pessoas que seria necessária para encher um arranha-céu, uma rua... Eu nunca vira tanta gente assim na minha vida inteira.

Marjorie levou a mão dele aos lábios e a beijou.

— Obrigada, querido. Eu estava em Nova York, e lá estava ele certa noite, sentado à minha frente, contando alguma história ridícula sobre reciclagem.

— Não era sobre reciclagem. — Otis riu para si mesmo. — Mas tudo bem.

— O que é reciclagem? — perguntou Arden.

— Não tem importância. A questão é que — continuou Marjorie — eu não estava ouvindo. Eu fiquei só olhando para ele e pensando: este homem, este alguém. Eu nem sabia o nome dele. Ele é tão vivo... Ele era a pessoa mais interessante que eu já conhecera... e a mais familiar.

Otis beijou a mão de Marjorie.

Pensei na maneira como Caleb olhava para mim, em como eu podia sentir cada centímetro entre nós. O modo como a cicatriz em forma de meia-lua em sua bochecha se enrugava quando ele

215

sorria, como ele sempre olhava bem para a frente quando estava dizendo algo importante.

— Eu não parava de achar que ele ia se transformar em um idiota, mas a cada minuto que passava com ele eu apenas o amava mais — concluiu Marjorie.

Arden engoliu uma bocada de ovos.

— É por isso que vocês não foram embora, como todo mundo? — perguntou. — Quando o Rei chamou todos para a Cidade de Areia, eles iriam separá-los?

Marjorie olhou para baixo, e os dedos traçaram o veio da mesa de madeira.

— O Rei não quer pessoas como nós na Cidade. Somos velhos demais para termos qualquer utilidade para ele. Não temos nenhum recurso que ele possa usar. Eles queriam que eu ensinasse nas Escolas e tentaram fazer Otis trabalhar nos campos de trabalho forçado. Mas não, não foi por isso.

— Nós não fomos para lá — disse Otis — porque era errado. E ainda é.

— Durante a praga, e depois também, todo mundo estava tão apavorado... — continuou Marjorie. — Havia um governo formal antes de aquilo tudo acontecer, uma democracia. Mas a doença apareceu tão rápido que metade dos líderes do país estava morta nos primeiros seis meses. As leis eram irrelevantes, ninguém lia a Constituição. As informações eram omitidas. Parte disso tudo foi intencional, hoje em dia eu tenho certeza disso. Durante muito tempo, sem eletricidade, sem telefones, não fazíamos ideia do que estava acontecendo. Então apareceu esse político, anunciando planos para reconstruir a nação. Ele iria ficar no poder só até as coisas se estabilizarem, mas levou mais dois anos até a praga acabar. Àquela altura todos confiavam nele. Acreditaram nele quando disse que a América precisava ser unificada sob um único líder. Estavam com tanto medo que apenas o ouviram e seguiram. As pessoas nunca o questionaram, e a coisa só foi ficando pior.

— Mas talvez fique diferente se esperarmos. — O rosto de Lark pousou em suas mãos. — Não pode continuar assim para sempre. Talvez quando a Cidade de Areia estiver construída e...

— "O tempo, em si, é neutro" — corrigiu Marjorie, e as palavras soaram constantes sob o ritmo da memorização. — E "nossa geração terá de se lamentar não apenas pelas palavras e ações odiáveis das pessoas más, mas também pelo espantoso silêncio das pessoas boas".

Otis recostou-se na cadeira, a perna ruim estirada à sua frente.

— Martin Luther King, Jr.

— Quem é esse? — perguntei, pegando o último pedaço de javali.

Otis e Marjorie olharam um para o outro.

— Ainda há muita coisa que precisam saber — disse ele.

— Temos alguns dias — respondi. Eu havia aprendido tanto na Escola, mas agora tudo parecia inútil. Minha verdadeira educação havia começado com Caleb. Senti como se estivesse apenas começando; a verdade era algo que eu ainda não podia imaginar.

— É — disse Marjorie. — Temos mesmo. — Ela passou as mãos ao longo da mesa, e seus olhos encontraram os de Otis. — Por enquanto, que tal você ligar o projetor? Aposto como essas meninas nunca viram um filme de verdade.

Otis andou até o meio da sala de estar, onde uma caixa achatada estava conectada a um pacote gigantesco coberto de fita cinza brilhante.

— Funciona com pilhas grandes — comentou, batendo no topo do aparelho. — Descobri isso sozinho. — Ele apertou alguns botões, e um retângulo branco apareceu na parede acima da lareira.

— O que é isso? — perguntou Lark, sentando-se no sofá e puxando uma almofada de renda para o colo. Uma música lenta tomou conta da sala, e a parede acima da lareira mostrou as palavras GHOST — DO OUTRO LADO DA VIDA.

Eu tinha visto apenas alguns pedacinhos de vídeo que às vezes eram capturados do outro lado do muro. Nós nos aglomerávamos em volta da professora, olhando para a telinha minúscula que ela segurava nas mãos. Vira matilhas de cães selvagens alimentando-se de cervos. Eu vira a grama alta se mexendo enquanto gangues abriam caminho por ela, rastejando-se com os joelhos e cotovelos para evitar serem vistos. Mas aquilo era completamente diferente. Cenas voavam pela tela: uma marreta derrubando uma parede velha e frágil, uma mulher pulando nos braços de um homem para beijá-lo, pessoas andando por ruas amplas da cidade, exatamente como Otis descrevera. Arden e eu ficamos de pé, olhando fixamente para aquilo tudo.

— Vocês podem se sentar. — Marjorie riu, guiando-nos para o sofá.

Meu corpo despencou sobre as almofadas, e eu lentamente fui me esquecendo de onde estava, desaparecendo no mundo à minha frente. Fiquei ruborizada quando Sam passou os braços em volta de Molly, e a cerâmica molhada desmoronou sob seus dedos. Meu corpo ficou tenso, e minha respiração mais curta, enquanto eles eram atacados na rua escura. No fim, cobri minha boca para não chorar quando eles disseram adeus.

Quando a parede ficou preta, Lark implorou a Otis para que colocasse outro daqueles. Mas eu não conseguia falar. O filme fora sobre amor, sobre separação e morte. Eu só conseguia pensar em Caleb.

— Vou me deitar — falei, tomando cuidado para não olhar nos olhos de Arden.

Marjorie parou o que estava fazendo.

— Você está bem, querida?

— Fique aqui — insistiu Lark. — Vamos assistir a mais um apenas.

Eu já estava na escada para o porão.

— Estou bem, só um pouco cansada. Deve ser tudo o que estou absorvendo — menti.

Arden me deu um aceno de cabeça compreensivo enquanto eu começava a descer os degraus.

— Ela fica assim às vezes — disse ela por cima do ombro. — Não é nada preocupante.

No quarto escuro e secreto, eu me deitei na cama e me permiti chorar. Logo estava tendo os soluços fundos e engasgados de alguém que nunca pôde dizer adeus. Havia apenas aquele beliche, apenas a estrada para Califia, apenas alguns dias até eu estar em fuga novamente. Eu nunca mais veria Caleb.

Horas depois, quando Lark e Arden vieram para o quarto, empilhando as latas atrás de si, eu fingi estar dormindo. Arden puxou o cobertor por cima dos meus dedos dos pés descalços e agasalhou cuidadosamente meus pés.

— Boa noite — sussurrou ela. Logo a respiração de ambas estava mais suave, mais lenta, e elas caíram em um sono profundo.

Eu não dormi, porém — não conseguia. Pensei na estante de madeira que cobria a parede de Marjorie, e no rádio que ficava em cima dela. Imaginei Caleb naquela noite, no campo de trabalho forçado, girando o *dial* da máquina de um lado para o outro, escutando o que ele dizia enquanto estava deitado na cama. Lembrei-me do aparelho que ficava naquela mesinha quebrada em seu quarto. Ele ainda devia escutá-lo. De que outra maneira teria notícias da Cidade? De que outra forma iria se comunicar com Moss?

Levantei-me, sem sentir as horas que haviam passado, a exaustão da viagem com Fletcher ou as lágrimas que haviam me esvaziado. Desempilhando as latas o mais silenciosamente possível, eu sentia apenas a possibilidade.

O Sol observa cansado o rio rolando ondas, Eloise sabe tudo amável, a que unifica inconsciente.

No andar de cima, a sala de estar estava escura. Tateei ao meu redor, acabando por encontrar uma lamparina na mesa da cozinha. Pensei em chamar Marjorie, mas havia coisa demais para contar; sobre a pilhagem, o que acontecera com Leif e a frase que fizera Caleb correr para a floresta.

Abri os armários da cozinha, procurando, em meio a panelas queimadas e vidros de comida, por um pedaço de papel que contivesse uma localização. A professora dissera certa vez, havia muito tempo, que antes da praga existia todo um sistema para distribuir correspondência. "Endereços", foi a palavra que ela usou. Procurei em uma gaveta de utensílios e em outra de pilhas, elásticos e tesouras. Na mesa atrás do sofá havia fotos antigas de uma Marjorie jovem, grávida, com uma filha pequena agarrada à sua perna. Passei a foto, e me deparei com outra, de duas crianças em uma banheira com sabão. Era estranho que eles não tivessem mencionado as filhas, que as paredes não tivessem revelado sequer um rastro delas.

Embaixo de mais fotos havia três cartões de papel grosso com fotografias. Um deles dizia *Phuket, Tailândia*, com água se estendendo até o horizonte. O verso dizia: *Oi, mamãe e papai, Thom e eu estamos nos divertindo muito. As praias mais lindas do mundo estão aqui. É o paraíso. Com amor, Libby.* O endereço ao lado da inscrição dizia *Sedona, Arizona*.

Puxei o rádio da estante, girando o botão do mesmo jeito que vira as professoras fazerem na Escola durante nossas assembleias.

Um ruído baixo de estática preencheu o aposento. Segurei o microfone na palma da mão e apertei o botão que havia na lateral. A estática parou. Falei cuidadosamente, assegurando-me de que cada palavra soasse com clareza.

— Assim que uma ilha Eloise avistou, então vislumbrou aquelas muitas escolhas erradas. Nunca conheceu outra natureza tão real em cada aspecto, linda, exótica beleza.

Eu repeti a frase de novo, e então mais uma vez, como se estivesse dizendo a ele verdades simples: eu sentia falta dele. Eu precisava dele. Eu sentia muito por tudo.

Depois de ter dito aquilo dez vezes, com o ritmo me possuindo, acrescentei:

— Seja Eloise distante ou não, ame.

Repeti aquilo, então soltei o botão. Havia apenas a estática ali.

Por favor, diga alguma coisa, pensei, imaginando-o naquela poltrona surrada e minha voz preenchendo seu quarto. *Diga alguma coisa.* Mas apenas o fluxo obtuso do vazio batia em meus ouvidos. Esperei ali, olhando fixamente para o microfone preto, até finalmente colocá-lo de volta na estante. Ele poderia não ter ouvido. Poderia ainda estar zangado. E ainda assim eu não fiquei desencorajada.

Amanhã, e no dia seguinte, e todos os dias até irmos embora, eu mandaria mais mensagens. Minha voz ecoaria naquela caverna, com as palavras entremeadas em frases codificadas, recitadas diversas vezes até chegarem a ele, em meio à noite.

VINTE E SETE

— Quero ver mais filmes — disse Lark, pondo os pratos dentro da pia, cobertos com as sobras do nosso café da manhã. Marjorie e Otis estavam sentados a uma ponta da mesa, terminando o chá, enquanto Arden e eu jogávamos buraco.

— Chega de filmes. — Arden olhou para mim por cima das cartas abertas em um leque em sua mão. O cabelo curto, normalmente bagunçado, estava penteado todo para trás das orelhas, e a pele, que fora esfregada até que ficasse limpa, agora tinha um brilho saudável. — Não precisamos ver mais nenhuma história de amor sofrido.

Puxei as pontas esgarçadas do meu cabelo, com a mente metade ali e metade em Caleb. Depois de mandar a mensagem na noite anterior, eu caíra no colchão desgastado, deixando o corpo afundar profundamente no sono. Logo meus pensamentos deram lugar a sonhos, e eu o vi em seu quarto, com as mãos repousando sobre o rádio.

Eu o vi escutando a mensagem.

Lark andou até a mesa, apontando um dedo para Arden. O suéter que ela usava era três tamanhos maior e caía por cima de seu ombro nu.

— Você não é a única a decidir as coisas. Posso ser mais nova do que você, mas eu tenho direito a um voto e...

— Está bem, está bem — interrompeu Otis, jogando as mãos para o ar. Ele riu, e os olhos cinza encontraram os de Marjorie. — Parece os velhos tempos.

Lembrei-me daquela foto da praia e da mensagem rabiscada pela menina chamada Libby.

— Vocês têm uma filha? — perguntei, deitando minhas cartas, com os naipes para baixo, à minha frente.

— Duas — disse Marjorie. Ela limpou a mesa, raspando uma semente seca de tomate com a unha. — Libby e Anne.

Otis se levantou. As costas estavam voltadas para nós enquanto jogava um balde de água na pia.

— Elas eram exatamente o que se espera quando se tem filhos — disse ele. — Tinham 27 e 33 anos. — Quando ele se virou, tinha lágrimas nos olhos.

— Mas não falamos muito mais sobre isso — contou Marjorie enquanto os pratos se chocavam dentro da pia. — Enfim, Otis só quis dizer que é bom ter vocês por aqui, meninas.

Pensei em minha própria mãe e na carta que ela havia escrito para mim. Ela a enfiara no meu bolso no dia em que os caminhões vieram — a última coisa dela que eu jamais teria. Estava perdida agora, assim como minhas outras lembranças que ficaram na caverna, para nunca mais serem tocadas. Pensei em como ela havia se aninhado ao meu lado na cama, lendo histórias

223

sobre um elefante que falava chamado Babar. Ela amarrara meus cadarços, me vestira e penteara meu cabelo. *Eu te amo,* dizia ela, silenciosamente, a cada botão que abotoava, a cada amassado que alisava. *Eu te amo, eu te amo, eu te amo.*

— Também estamos felizes por estar aqui — admiti.

Marjorie, porém, estava olhando para algo por cima do meu ombro. As rugas em seu rosto pareceram mais profundas, mais severas conforme ela andava até a estante. Sua mão tocou primeiramente a prateleira de cima, depois passou para o rádio preto de metal abaixo dela.

— Alguém mexeu no rádio.

A maneira como ela falou aquilo, devagar, com uma pontada de raiva, me assustou. Otis pousou os braços na bancada, com o olhar parado sobre Lark.

— Por que está olhando para mim? — disse ela, andando para trás, apertando o suéter em volta dos ombros. — Eu não fiz nada.

— Eu fiz — confessei, e minha respiração ficou apertada dentro do peito.

Marjorie inclinou a cabeça, estudando-me.

— O que você fez? — perguntou, a voz um pouco mais alta do que de costume.

Arden virou-se para mim também, um olhar de confusão no rosto pálido. Ela botou as cartas na mesa.

— Eu tinha de mandar uma mensagem para alguém, mas foi em código.

— Que código você usou? — perguntou Marjorie, com urgência, vindo na minha direção. Ela torceu a ponta da echarpe roxa até virar um rolo duro e apertado.

Arden agarrou meu braço.

— Para Caleb? — perguntou ela.

— Quem diabos é Caleb? — indagou Otis.

Recuei, sentindo o coração acelerar.

Marjorie circundou a mesa para chegar até mim.

— Não importa quem ele era — disse ela, apertando os dedos em volta do meu ombro. — O que importa é que código ela usou. Agora me diga, qual código?

Marjorie e Arden ficaram olhando fixo para mim, os olhos suplicantes e urgentes. Eu me levantei, encostando-me na parede.

— O código, o único que existe.

Marjorie bateu com a mão na mesa, fazendo o copo virar, e a água escorreu para o chão.

— Não tem apenas um. Já houve trinta códigos diferentes desde que a Trilha começou, há cinco anos.

O aposento ficou quente demais. Meu corpo ficou úmido com uma camada fina de suor. Eu mal conseguia pronunciar as palavras.

— O Sol observa cansado o rio rolando ondas...

— Não! — gritou Otis, socando a bancada com o punho. — Não, não, não!

Os olhos de Lark se encheram de lágrimas.

— O que foi? Qual é o problema?

— Tem de ser algum engano — apressou-se a dizer Arden. — Talvez ela não tenha feito o código direito, talvez nunca tenha sido transmitido. De qualquer forma, quem estaria ouvindo?

— Todo mundo! — explodiu Otis. — Todo mundo.

Marjorie estava esfregando a testa. A luz do sol brilhava através das cortinas, fazendo a pele parecer cor-de-rosa. Por fim, ela se virou para Otis.

— Pegue as malas. Não temos muito tempo.

— Sinto muito — falei, sentindo minha garganta se contrair.

Do lado de fora, algo soou a distância. Todo mundo conge-lou. Através do coro de pássaros e do vento, ouvi algo estranho, algo apavorante: o rugido constante de um motor de automóvel.

Marjorie foi para a janela, abrindo apenas uma pequena fresta da cortina.

— Já estão aqui.

— Quem? — perguntou Lark, mordendo nervosamente o lábio.

Otis abriu um armário acima da bancada, tateando atrás de uns potes de vidro, então sacou uma pistola e a enfiou entre o cinto e a calça.

— As tropas.

Marjorie correu para a pia, retirando três dos cinco pratos que estavam de molho e os jogando, com um barulho seco, dentro do armário de baixo. Ela enfiou os dedos na água com sabão, procu-rando pelos garfos e facas extras, mas Otis a empurrou.

— Não — ordenou. — Apenas vá.

Os braços dela estavam ensopados até os cotovelos, com res-tos brancos de sabão agarrados à pele.

— Sigam-me — disse ela por fim, descendo as escadas. Lark estendeu a mão para pegar a bainha da camisa de Marjorie, as bochechas agora molhadas de lágrimas.

— O que você falou? — perguntou Arden. Ela agarrou minha mão enquanto descíamos a escada correndo. — O que você disse na mensagem?

O motor foi ficando mais alto à proporção que as tropas se aproximavam da casa, e os pneus trituravam os galhos e pedras no chão do jardim. Abri a boca, mas não podia contar a ela que eu havia transmitido, com detalhes, quem eu era e onde estava. Não podia contar a ela que eu me esgueirara até a sala de estar durante a noite e arriscara a vida de todos nós.

No porão, Marjorie abriu de supetão as portas do armário.

— Ajudem-me — implorou, derrubando as latas da estante em um único e amplo movimento. Elas caíram no chão de cimento, amassando seus cantos.

Arden arrancou a prateleira, e Lark e eu corremos para dentro do quarto secreto, com Arden entrando bem atrás de nós.

— Não digam uma palavra sequer — sussurrou Marjorie enquanto reempilhava as latas na estante.

No andar de cima, a porta da frente se abriu com um estrondo, e vozes masculinas graves e rudes perguntaram alguma coisa.

— Rápido — pediu Lark, os dedos batendo na prateleira de madeira. — Por favor, Marjorie, rápido.

Marjorie agachou e pegou as latas nos braços, colocando-as de volta na prateleira. As mãos enrugadas se mexiam devagar, denunciando sua idade.

— Estou indo o mais rápido que posso — disse, com a voz tremendo. — Estou indo. — Ela enxugou o rosto. Percebi, então, que ela estava chorando. Traços finos corriam pelas rugas de seu rosto.

As vozes ficaram mais altas. O som de botas chocando-se contra o chão rugia no andar acima, fazendo pedacinhos minúsculos de gesso choverem em cima de nós.

— Só a minha esposa — falou Otis, então ouvimos mais passos. Marjorie estava segurando as últimas latas nos braços quando os soldados, vestidos de verde e marrom, apareceram na escada. Arden apertou minha mão, puxando-me mais para o fundo do quarto.

Pressionei minha outra mão contra a boca trêmula de Lark, tentando silenciá-la. As portas de vidro da despensa se fecharam. Através dos espaços entre as latas empilhadas, podíamos distinguir partes do aposento. Ficamos ali, em meio às sombras, observando enquanto os homens desciam as escadas.

Em um instante, Marjorie se aprumou: o rosto endureceu e as mãos relaxaram ao seu lado.

— O que posso fazer por vocês desta vez, cavalheiros? Tenente Calverton — disse ela, cumprimentando o soldado mais velho, que tinha o nariz torto e o cabelo riscado de grisalho. Ao lado dele, um homem esguio com a pele clara mantinha a mão em sua arma. —, sargento Richards. Vieram nos importunar de novo?

Eles ficaram ao pé da escada, ambos de barba feita, os rostos retesados e brilhantes.

— Chega de joguinhos, Marjorie — disse Calverton. — Sabemos que está escondendo uma garota chamada Eva. Ela é propriedade do Rei.

Arden me puxou mais para perto. Minhas pernas estavam bambas, mas Arden agarrou a minha lateral, mantendo-me de pé.

— Não estamos fazendo nada disso — contestou Otis. — Quando vão nos deixar em paz? Só estamos tentando sobreviver, assim como todo mundo.

Richards avançou pelo meio dos caixotes de papelão, virando-os de lado e espiando dentro deles. Ele caminhou pesadamente pelo porão, abrindo uma porta embaixo da escada, dando tapas no sofá esfarrapado e batendo com os dedos nas paredes atrás de uma pilha de máquinas velhas.

— Temos de passar por isso toda vez? — perguntou Marjorie, cruzando os braços.

Otis desceu os últimos degraus, apoiado em sua perna ruim. Ele se encostou na parede, com o braço travado ao lado do corpo, escondendo a arma com o cotovelo.

— Vocês não vão encontrar nada — disse, e a respiração estava curta.

— Algo me diz que está mentindo — disse Calverton.

Então ele apontou para a porta do armário. Meu coração continuou batendo, com seu ritmo constante me lembrando que, por enquanto, eu ainda estava viva. Arden me empurrou para trás dos beliches, depois puxou Lark para perto. Ficamos amontoadas ali, diminuindo o ritmo de nossa respiração para silenciá-la, enquanto o soldado mais jovem abria a porta.

Através das barras do beliche eu podia ver as pernas dele. Podia ouvir as latas batendo umas nas outras na prateleira de cima. Ele foi para baixo, para a segunda prateleira, a mão escorregando pela madeira. Então as latas que cobriam a passagem se mexeram. Lark gemeu quando a luz entrou no quarto estreito. Olhei para cima, e meus olhos encontraram os do soldado.

— Senhor — chamou ele, empurrando mais latas para o lado. — Senhor, há mais parideiras...

Otis retirou a arma de seu cinto e a disparou contra a lateral do corpo de Richards. O soldado caiu, puxando a prateleira para cima de si. Ele agarrou o ombro, onde a bala havia rasgado sua camisa.

Enquanto Otis se jogava em cima de Calverton, Marjorie voltou-se para nós.

— Corram! — gritou ela, apontando para trás de nós, em direção ao túnel que serpenteava para dentro da escuridão. — Agora!

Calverton jogou Otis contra a parede, mandando a arma para longe de sua mão. Ele limpou o uniforme onde Otis o havia agarrado, alisando o tecido amarrotado. Então ele apontou sua arma.

— Não! Pare! — berrou Marjorie. As mãos se estenderam para a frente, tensas, tentando cobrir o espaço que havia entre eles.

Tudo aconteceu rápido demais. Um tiro, depois outro, ambos enterrando-se no peito de Otis. Estava morto antes mesmo de atingir o chão.

Lark correu para dentro do túnel, e Arden a seguiu, arrastando-me atrás dela. Mas meus pés estavam pesados, e a tristeza já havia me tomado. Mantive a cabeça virada para a outra sala, observando enquanto Marjorie dava uma forte joelhada nas costelas do soldado. Aquilo mal fizera com que ele ficasse mais lento. O soldado ergueu a arma e bateu com ela no rosto de Marjorie. Ela caiu em cima de Otis, os braços envolvendo-o, enquanto o soldado apontava a arma novamente e disparava um último tiro.

VINTE E OITO

ARDEN PUXOU MEU BRAÇO, MAS PERMANECI CONGELADA, OBSERvando a cena como se ela estivesse passando na parede acima da lareira. Richards franzindo os olhos de dor, o respingo de sangue na bochecha pálida, Marjorie caída no chão, a trança branca ficando vermelha lentamente.

Calverton se lançou na nossa direção, mas eu não conseguia me mexer. Após um momento, Arden me empurrou com força, fazendo com que eu caísse para a frente aos tropeços.

Corremos pelo túnel, nossos pés batendo um ritmo constante conforme avançávamos mais para dentro da escuridão. Minha mente ficou nublada pela irrealidade daquilo tudo. Atiraram em Marjorie e Otis. Eles estavam mortos. A culpa era minha. Por mais que eu repetisse esses fatos em minha cabeça, não faziam o menor sentido.

Quando chegamos ao fim do túnel, demos de cara com uma escada. Uma faixa estreita de luz descia de uma rachadura comprida no teto. Lark se jogou contra o alçapão, mas o metal não cedeu.

— Está emperrado — gritou, batendo nele com os punhos. Finalmente a porta se levantou alguns centímetros, revelando um galho de árvore grosso que havia caído por cima dela, travando-a.

Atrás de nós, as latas batiam umas nas outras enquanto os soldados mergulhavam para dentro do armário. Lark deu um passo para trás em meio à escuridão, deixando que nos enfiássemos entre a escada e a porta. Os soldados estavam logo ali, atrás de uma curva, quando um tiro foi disparado.

— Não atire nela, precisamos dela viva! — berrou Calverton.

— Empurrem com mais força! — implorou Arden, pressionando as mãos contra a porta.

— Parem! Por ordem do Rei da Nova América! — A voz de Richards ecoou pelo túnel.

Arden e eu corremos contra a porta novamente, lançando nossas as mãos contra ela com tanta força que doeu. Com um estalido gratificante, o galho se quebrou, a casca se despedaçando sobre nós quando a porta se abriu de supetão, revelando a luz branca da manhã.

Arden pulou para o ar livre. Fiz uma pausa na escada, virando-me rapidamente para ajudar Lark. Mas ela estava caída ao pé da escada. O sangue encharcava seu cabelo e se acumulava, em um vermelho arroxeado, ao redor de seu crânio.

— Não! — Estiquei a mão para baixo e a agarrei, sentindo o calor da poça através dos meus sapatos. A bala havia se enterrado em sua nuca. — Lark!

— Temos de ir — disse Arden, lá de cima, e apontou para a floresta. — Eu não quero, mas nós...

Antes que ela pudesse terminar, os soldados fizeram a curva, as armas levantadas. O braço de Richards estava enfaixado com a echarpe roxa de Marjorie.

Corri furiosamente ao lado de Arden, chutando a porta de metal para fechá-la atrás de mim, deixando o corpo de Lark trancado sob ela. O sol era impiedoso, batendo no gramado esturricado e suavizando as sombras das árvores carbonizadas. Rochas vermelhas gigantescas se espalhavam pela paisagem, criando uma muralha impenetrável. Os arbustos eram menores, a areia estava quente, e a próxima casa era apenas um quadrado minúsculo no horizonte. Mesmo do lado de fora, não havia onde se esconder.

A porta abriu com um estrondo atrás de nós. Calverton andou com segurança pela grama enquanto recarregava a arma.

— Vamos — falei, disparando para a direita, na direção oposta à da floresta carbonizada pela qual viemos naquela noite com Fletcher. Corremos serpenteando pelas árvores, os arbustos densos arranhando minhas panturrilhas. Bem depois da casa de Marjorie, por cima de dunas e além da fileira de árvores, uma estrada rachada se abria para dentro de um bairro.

Uma bala acertou uma árvore na frente de Arden, enterrando-se na madeira.

— Estão tentando me matar — gritou ela enquanto saltava por cima de uma tora podre.

Continuei correndo. Por um instante, os soldados desapareceram atrás de um trecho de mato alto.

— Ali — falei, apontando para uma casa coberta por grama alta. Nós partimos para trás dela, atravessando o portão desgastado.

No meio do jardim havia uma piscina vazia, com o esqueleto de um cachorro descansando no fundo. Em volta da casa havia um deque desmoronado com cadeiras viradas. Havia um barracão de madeira no canto do jardim, com a tinta branca descascando em camadas. Cercando tudo isso, com quase três metros de altura, uma cerca amarela.

Arden correu para ela, aterrissando o calcanhar na lateral. Ela não cedia. Do outro lado do portão, os passos dos soldados chegavam mais perto. Arden chutou a cerca novamente, virando o pé de lado e colocando todo o peso nele. Os olhos lacrimejaram com o esforço.

— Não, isso não pode estar acontecendo. Não!

Não havia entrada nem saída pelo outro lado da casa. Não havia buracos na parede, nada que pudéssemos usar para escalar. Só um caminho para entrar e um caminho para sair.

— Estamos encurraladas. — Minhas mãos tremeram com aquela descoberta.

Arden me puxou para perto do barracão. Agachamo-nos bem baixo, sua mão escorregadia em meio à minha, enquanto observávamos através de uma janela quebrada. Os soldados entraram, as armas na mão, e circundaram a piscina. Calverton ergueu o dedo até a boca, como se para dizer *Shh.*

— Sinto muito — sussurrei ao ouvido de Arden, e minhas palavras eram quase inaudíveis. Eu havia transmitido a mensagem, chamando os soldados até a casa de Marjorie. Agora eu havia nos levado à nossa captura. Escolhera o caminho errado.

Richards puxou uma lanterna do cinto e revistou embaixo do deque quebrado. Os olhos de Arden se fixaram nas cadeiras viradas, empilhadas juntas perto da porta dos fundos da casa. Ela apontou na direção delas.

— Você pode usar uma cadeira para pular pela cerca. Vai sair nos fundos da casa.

Eu observei Calverton através do vidro quebrado. Ele foi para o outro lado da cabana, onde ficava uma velha casa de cachorro.

— E quanto a você? — perguntei, já sabendo a resposta.

Arden tentou sorrir, mas o rosto parecia tenso.

— Vou distraí-los. Não se preocupe, encontro você em Califia — disse ela. — Vou achar a estrada de novo.

— Não — falei, enxugando os olhos. Eu queria acreditar nela, mas sabia como seria impossível, para qualquer uma de nós, sobreviver sozinha. — Você não pode fazer isso. Prefiro ser levada para a Cidade. Eu não me importo, só não...

— Você faria a mesma coisa por mim — interrompeu ela. — Já o fez.

Ela não esperou que eu respondesse, Escorregou a mão para longe da minha e disparou em direção ao jardim. Richards pulou de pé de sua posição no deque e a perseguiu, com Calverton seguindo-o um pouco atrás. Eles continuaram correndo, as costas desaparecendo do outro lado do portão.

O som de tiros quebrou o silêncio. Esperei, com medo de ouvir Arden gritar, mas havia apenas a voz do soldado, andando mais para longe, e passos pesados batendo contra a terra seca.

Lancei-me na direção da cerca, puxando a cadeira para perto como Arden havia instruído. Imaginei-a ali, a mão no meu braço, guiando-me para o outro lado. Corri na direção oposta, imaginando o raio azul de seu suéter desviando por entre as árvores. Eu a vi se virar para mim, as bochechas coradas, ou acenar com a cabeça para uma trilha, sinalizando para mudarmos de direção. Continuei em frente, com as rochas gigantescas atrás de mim, recortando o céu. Quando o ar esfriou e a floresta ficou mais escura eu parei, e percebi que estava completamente sozinha.

VINTE E NOVE

O TEMPO PASSOU. DOIS DIAS, OU TALVEZ TRÊS. EU NÃO TINHA motivos para contar.

Estava deitada na banheira manchada de marrom de uma casa abandonada, segurando uma faca cega. Meus pés estavam ensanguentados e descalços. Havia corrido tanto que meus cadarços haviam se partido e eu perdera os sapatos em algum lugar pelo caminho.

Dormindo e acordando intermitentemente, eu via a cena do porão em minha cabeça: Otis e Marjorie, os corpos em um bolo emaranhado e contorcido. O rosto de Lark pressionado contra o chão frio de cimento. O cheiro de pólvora e sangue. Calverton fazendo uma pausa para limpar uma sujeira de sua bota. Os dedos de Arden se enterrando desesperadamente no meu braço. Os olhos de Richards, cinzentos e insensíveis, olhando nos meus.

Devia ter sido a primeira coisa a dizer quando acordei. Devia ter sido uma prioridade contar a eles sobre a mensagem, sobre ter usado o rádio. Em vez disso, eu me embebedara alegremente com a emoção do sonho, naquela fantasia boba de Caleb em seu quarto.

Fiquei me perguntando se não havia algo podre dentro de mim. Eu havia abandonado Pip. Eu havia abandonado Pip e Ruby e Marjorie e Otis e Lark, seguindo rapidamente em frente, deixando suas vidas no meu rastro horrível. Não queria mais testemunhar nada daquilo, as casas fechadas com tapumes e as bandeiras vermelhas esfarrapadas penduradas em janelas rachadas, com a palavra PRAGA impressa em tinta preta. As crianças eram jovens demais para não terem mãe. Desejei não mais ouvir o barulho dos ossos sendo esmigalhados sob o mato ou sentir o medo, agora inexorável, que parecia abrir caminho até minhas costelas, abalando-me no âmago.

Não havia desejo algum de comer, de me mover. Eu não bebia nada havia dias. Minhas pernas estavam bambas, e minhas costas, queimadas. Quando o sol mergulhou sob o beiral da janela, larguei a faca, sabendo que se ficasse ali naquela banheira o fim viria antes mesmo das tropas.

O calor do dia desapareceu. Horas vieram, horas se foram. Em meio aos momentos de inconsciência, eu estava com Arden, atrás daquela cabana. Tive a súbita visão de seu rosto contra a luz, ouvindo suas palavras: *Você faria o mesmo por mim.* Essa lembrança deu lugar à de minha mãe à porta enquanto me observava ser colocada sobre o caminhão. Vi o prato de ovos que Marjorie serviu à minha frente, senti a maneira com que Arden agasalhara meus pés debaixo do cobertor, e a mão enrugada de Otis cobrindo a minha.

Meu corpo se enroscou e tremeu, tomado pela vergonha. Tanto na Escola quanto fora dela, eu acreditara que o amor era uma responsabilidade — algo que podia ser usado contra mim. Comecei a chorar, finalmente sabendo a verdade: o amor era o único adversário da morte, a única coisa poderosa o bastante para combater sua força urgente e arrebatadora.

Eu não ficaria ali. Não iria me entregar. Nem que fosse só por Arden, nem que fosse só por Marjorie e Otis, nem que fosse só pela minha mãe. *Eu te amo, eu te amo, eu te amo.*

Icei-me para fora da banheira. Eu estava fraca. A casa agora estava escura. Azulejos quebrados cortavam meus pés. As tábuas podres do chão pressagiavam mais farpas. Minha bile cobria a frente do suéter cinza esfarrapado. Não me importava. Vasculhei cada aposento, movendo-me com lenta determinação. Encontrei uma lata amassada embaixo da geladeira e continuei procurando em prateleiras e gavetas. Passei minha mão por estantes até descobrir o que estava procurando.

O atlas parecia o que a professora Florence nos mostrara quando estávamos no segundo ano, as beiradas encadernadas em couro. Estudei as páginas, olhando para pedaços verdes de terreno sem significado. Folheei os mapas de lugares estranhos, como Tonga, Afeganistão, El Salvador. Havia tanta coisa sobre o mundo que eu nunca soubera... Fiquei imaginando como seriam aqueles lugares, se eram grandes extensões de terra ou cobertos de picos de montanhas, ou talvez paraísos tropicais luxuriantes. Será que todos eles haviam sido devastados pela praga, como nós?

Virando página após página, nada se parecia com qualquer coisa que eu reconhecesse. Na prateleira ao lado havia outro desses, mais fino. Nele, linhas cruzavam os mapas, e cada uma era marcada com um número. Finalmente a encontrei: Estrada Oitenta. Tracei-a com o dedo por toda a página, até onde ela encontrava uma massa azul. O mar.

Pela primeira vez em dias, meu terror deu lugar ao otimismo. Estudei os mapas, arrancando as páginas que diziam

Sedona, Arizona, a área verde abaixo da Estrada Oitenta e os lugares chamados Los Angeles e São Francisco. Uni todos os pedaços sobre o chão, localizando o lago gigantesco no qual Caleb morava — Tahoe.

Na manhã seguinte eu procuraria suprimentos e iria para o norte em direção a Califia. Não podia ficar nem mais um dia na casa, apenas esperando para morrer. Mesmo que as tropas me achassem, mesmo que eu desmaiasse no deserto, à sombra daquelas rochas enormes, eu tinha de sair dali. Precisava ao menos tentar.

TRINTA

Fui embora cedo, antes dos pássaros acordarem. Encontrei uma lata enferrujada de ervilhas e comi metade no jantar e metade no café da manhã, bebendo o resto do líquido coagulado que havia ali dentro. Andando de casa em casa, vasculhando a vizinhança, achei mais duas latas sem rótulo e um vidro de geleia. Não era muito, mas seria o suficiente para me manter por alguns dias, até encontrar outro lugar seguro o bastante para descansar.

A manhã estava fria quando parti para o norte, cruzando o mato baixo que margeava as estradas. Puxei meu suéter para perto de mim, grata a quem quer que tivesse morado naquela casa. Eles haviam deixado para trás algumas mudas de roupa e um par de tênis tamanho 38, com Nike escrito dos lados. O mapa me direcionava para mais deserto, para onde a terra se estendia em um marrom dourado. Andei o mais rápido que podia, sentindo as pernas ainda fracas e parando a cada hora para comer um dedo de geleia, onda doce e açucarada fornecendo-me mais combustível.

Logo antes do meio-dia, cheguei a uma interseção. Carros enferrujados preenchiam um grande estacionamento, atrás do qual havia um prédio de tijolos com as janelas quebradas, com BANCO DA AMÉRICA escrito em vermelho na fachada.

Eu estava andando na direção de um supermercado saqueado quando ouvi um som estranho. Meu corpo o reconheceu antes da minha memória: um motor de carro. Disparei pela porta da frente quebrada do banco e corri para dentro dele, até onde algumas mesas se alinhavam em frente das janelas. Rastejei para baixo delas e esperei.

O carro passou lentamente pela rua. Do meu esconderijo, podia ouvir o rugido familiar, bem como o barulho esmigalhado de lixo se quebrando sob seu peso. Minhas mãos tremeram quando o carro fez uma pausa, ofegando por um instante como se estivesse dando um último e terrível suspiro. Então, ele seguiu seu caminho novamente.

Quando o som finalmente desapareceu, recostei-me contra a mesa, sentindo um novo propósito renovar minhas energias. As tropas estavam procurando por mim de novo. Eu tinha de continuar andando.

A caminho da porta, pisei em uma pilha de papéis verdes espalhados pelo chão de ladrilhos, cobertos de areia e poeira. Peguei um deles, no qual estava escrito 100, o rosto severo de um senhor impresso nele, e percebi, subitamente, que aquilo era uma cédula velha de dinheiro. Amassei a nota e a joguei no chão, deixando-a em meio à poeira novamente.

Andei rápido, passando pelos fundos de pedra de lojas e mercados e pelas caçambas de lixo atrás deles, repletas de ossos. Continuei correndo, correndo, até estar longe dos sinais de trânsito quebrados e das carcaças de carros viradas ao lado da rua. A cidade apertada se abriu em um deserto.

O terreno plano se estendia à minha frente, com apenas arbustos pequenos ao lado da estrada, insuficientes para me esconder. Tirei o suéter, ficando apenas com minha camiseta amarelada para me camuflar contra a terra seca e rachada. Verificando o mapa uma última vez, comecei a atravessar a planície, em direção a um grupo de casas que eu podia ver ao longe. As rochas vermelhas subiam até o céu, as nuvens só passando por ali de vez em quando. Não havia sinais do jipe. *As casas não podem estar muito longe*, pensei para mim mesma. *Apenas vá. Não olhe para trás.*

O sol apareceu por cima do horizonte, aquecendo minha pele. Tentei imaginar Arden ali, ou Pip, chutando a terra enquanto cantarolava uma canção, mas seus fantasmas nunca apareceram.

Comi mais um pouco de geleia, sentindo as sementes azedas de framboesa estourarem sob meus dentes. Isso me impulsionou, deixando a mochila mais leve nas costas e os passos mais rápidos enquanto seguia na direção das casas e da certeza do esconderijo. As janelas, as portas e o *playground* no jardim entraram lentamente no meu campo de visão.

Então eu ouvi o motor de novo. Deve ter parado na estrada atrás de mim, esperando. Eu disparei, sacudindo os braços o mais rápido que podia. Cortei caminho pelo asfalto quebrado até onde o mato era mais denso.

Mas o carro acelerou. Eu podia ouvi-lo me perseguindo, ganhando terreno, chegando mais perto. Bati os braços ainda mais rápido contra o ar, sentindo as solas de borracha colidirem contra o chão, mas não adiantava nada. Ouvi o som do carro diminuindo a velocidade, parando, a porta se abrindo e passos cruzando a estrada. Minhas pernas queimavam com o esforço. Meu corpo di-

242

minuiu a velocidade, mas continuei forçando. Não queria ser pega assim, no deserto. Não agora, não depois de ter chegado tão longe.

— Pare! Pare!

As lágrimas escorreram pelo meu rosto, rompendo a fina camada de poeira que cobria minha pele.

— Eva! — gritou a voz do homem de novo, mas eu não me virei para trás.

Então a mão dele agarrou meu braço, puxando-me para baixo na direção do mato denso. Eu não lutei. Meus membros ficaram dormentes enquanto o brutamontes me virava de costas no chão. Cobri o rosto com as mãos.

— Eva — disse voz novamente, um pouco mais baixo. — Sou eu.

Abri os olhos e me deparei com o rosto que havia imaginado tantas vezes. Caleb sorriu, e o cabelo fez cócegas em minha testa. Apertei as mãos em suas bochechas, perguntando-me se não estaria sonhando acordada. A pele dele era firme contra meus dedos. Eu não tinha certeza se devia chorar ou rir.

Em vez disso, apenas o abracei. Nossos corpos se apertaram em um só; nossos braços puxaram um ao outro mais para perto, e ainda mais para perto, até não haver nada entre nós, nem mesmo ar.

— Você ouviu minha mensagem? — perguntei finalmente.

Caleb ergueu a cabeça.

— Eu queria responder, mas não podia. Sabia que as tropas estavam escutando e já estavam a caminho. Era o código de...

— Eu sei — falei, enxugando os olhos. — Era o código errado.

— Temos de ir — disse Caleb, ajudando-me a me levantar da terra. Havia um carro vermelho enferrujado na estrada, ronronando sobre o asfalto. — Eles ainda estão procurando por você.

243

Começamos a andar na direção do carro, uma coisa quadrada com Volvo escrito na frente. Uma grossa espuma amarela saía de um rasgo no assento da frente.

Conforme Caleb apertava um pedal abaixo do volante, meu corpo relaxou sobre o estofamento e a dor nas minhas pernas diminuiu. Atrás de nós, a poeira subiu, e o mundo desapareceu sob um perfeito cobertor laranja.

TRINTA E UM

O AR SOPROU PELA JANELA, CORRENDO SOBRE MINHA PELE E EMA-ranhando meus cabelos. Uma poeira dourada cobria o rosto de Caleb, os *dreadlocks* castanhos e até mesmo a pele macia atrás de suas orelhas.

— Como me encontrou? — perguntei.

Passamos por cima de um buraco raso, e o carro deu um solavanco para o lado.

— Só há uma parada na Trilha em Sedona.

— Então você esteve na casa. Foi até o porão? — Enterrei os dedos no estofamento rasgado. O banco de trás estava cheio de roupas, latas enferrujadas e sem rótulo e dois sacos de dormir cobertos de lama.

Caleb assentiu, e o olhar encontrou o meu por um breve instante.

Minha garganta se fechou. Eu vira o soldado apontar a arma, eu o vira atirar. Mas tinha de perguntar de qualquer maneira.

— E Marjorie... Ela estava...

— Estavam mortos. Três deles. — Caleb pousou a mão no meu braço. A camiseta dele estava descosturada, deixando exposto um pedaço de ombro queimado de sol. — Havia sangue levando ao alçapão, vindo da casa. Eu o segui até a floresta, mas perdi a trilha depois de um quilômetro e meio, e tive certeza — ele fez uma pausa, ajustando o cinto de segurança — de que eles haviam capturado você. Estava prestes a voltar quando vi algo no chão: um sapato de mulher. Encontrei o outro uns cem metros ao norte e continuei andando naquela direção, vasculhando as margens da estrada.

— Você encontrou Arden? — Minha mão apertou-se contra o peito, desacelerando meu coração. — Ela me salvou. Correu para distrair os soldados.

Caleb esfregava o dedo no volante, como se tentasse limpar uma mancha invisível. Ele fez uma pausa, depois sacudiu a cabeça.

— Não a vi.

Enxuguei os olhos.

— Ela disse que vai me encontrar em Califia, mas... ela está sozinha agora, e eu... — interrompi a frase, pensando nela em algum lugar na selva, com bolhas de queimadura na pele por causa do calor e ainda a quilômetros de distância da estrada. Ou, pior, no banco de trás de um jipe como propriedade dos soldados, sendo levada de volta para a Escola.

Caleb apertou meu braço.

— Ela é durona. Desde que permaneça escondida, vai ficar bem.

Entramos em uma cidade caindo aos pedaços, o sol desaparecendo por trás das colinas distantes. Rachaduras ziguezagueavam pelo asfalto, chacoalhando as moedas verdes empilhadas no console do carro. O veículo, castigado e gasto, continuou em frente, e eu me sentia mais segura a cada quilômetro que nos levava mais para perto de Califia.

— Sobre Leif — comecei a dizer.

Caleb segurou o mapa por cima do volante, pressionando os cantos sob suas mãos. Nós passamos rápido por vitrines vazias e grupos de arbustos marrons e secos.

— Não foi...

— Eu sei — apressou-se a dizer Caleb. — Não precisa explicar. — Ele abaixou o mapa e olhou nos meus olhos. Os lábios estavam vermelhos por causa do sol em demasia.

— Eu não sabia se algum dia iria ver você de novo. — Minha voz falhou enquanto dizia isso. — Você não devia ter...

— Preferiria não ter fugido — retrucou Caleb, a voz um pouco mais alta do que antes. Ele diminuiu a velocidade do carro e se virou para mim. Os olhos verdes estavam úmidos. Passou os dedos pela testa, limpando a poeira. — Pensei tanto sobre aquele dia, fiquei me perguntando o que teria acontecido se eu estivesse lá quando aquele animal apareceu, quando ele jogou vocês duas na caçamba daquele caminhão.

— Aonde você foi? — Puxei minhas pernas até o meu corpo e me enrosquei em uma bola apertada. — O que aconteceu com você?

Caleb esfregou as têmporas.

— Fui para as montanhas. Cavalguei até clarear os pensamentos. Quando voltei ao acampamento, os meninos estavam tão nervosos... Benny... — Caleb acelerou novamente, contornando os buracos na estrada, cheios de mato denso. — Benny era o pior.

— Onde eles estão agora? — Visualizei o sorriso de Benny quando ele lia uma palavra corretamente, e Silas de pé no meio do quarto deles, o saiote de bailarina e um chapéu de caubói inclinado na cabeça.

— Ainda estão lá... com Leif. — A mão de Caleb voltou ao volante.

Pedras e gravetos tiniam contra o fundo do carro. O significado das palavras se revelou. Ele havia deixado para trás a casa, a vida, os amigos... por mim.

Após um longo tempo, Caleb prosseguiu.

— Vou com você para Califia. — Ele se virou para mim. — Nós vamos chegar lá.

Algo na palavra *"nós"* me reconfortou. Não havia mais ele. Não havia mais eu. Éramos nós.

Uma vida juntos agora parecia possível. Uma vida em Califia, esse lugar do outro lado da ponte vermelha, escondido nas colinas, perto do mar. Eles nos acolheriam, essa comunidade de órfãos foragidos. Eu podia dar aulas lá, e Caleb podia caçar e enviar novas mensagens para os meninos que ainda estavam nos campos de trabalho forçado. Em algum momento, voltaríamos à Escola, assim que pudéssemos arcar com a viagem. Eu voltaria para pegar Ruby e Pip. Como eu havia prometido.

Baixei os olhos para a mão de Caleb, deixando meus dedos se encaixarem nos dele. Eles ficaram ali, entrelaçados, uma visão reconfortante. A luz do sol batia na lateral do meu rosto, em meu ombro e em minhas pernas nuas.

Quando me virei de volta para a estrada, meus pés pressionaram o chão, e eu agarrei a lateral da janela.

— Caleb! Pare! — gritei. Ele freou, e meu corpo se chocou contra o painel.

O carro derrapou até parar por completo.

— Você está bem? — perguntou Caleb.

Assenti, empurrando o corpo de volta para o assento, e esfreguei o ponto em que meu braço havia batido no console de plástico duro.

— E agora? — perguntei, apontando para a frente.

Na estrada, visível sob a última luz do dia, havia uma *van*. Os pneus estavam rasgados, as janelas quebradas. Depois dela havia outro carro, e outro, uma fila inteira de carros se estendendo por quilômetros na estrada à nossa frente, com os para-choques enferrujados quase se tocando. A estrada estava lotada, impenetrável.

Ele pegou o mapa, olhando para a estreita linha azul que vínhamos seguindo através do Arizona.

— Este era o melhor caminho.

Olhei pela janela coberta de terra para onde a estrada serpenteava. À nossa frente, a uns cem metros de distância, havia uma pilha de ossos manchados de sol.

— Como Fletcher trouxe você até aqui? — perguntou Caleb.

— Eu não sei — falei. — Estava escuro. Ele passou por cima da terra em alguns momentos.

Descemos do carro e ficamos parados na estrada, observando a fila de automóveis. Eles estavam tentando escapar. Sempre que a praga era mencionada, havia aquela palavra: *caos*.

Caleb andou até a parte de trás do carro e abriu o porta-malas. Pegou latas de comida e um saco comprido e marrom cheio de varas de metal e tecido. Havia também uma mangueira para puxar gasolina e um recipiente de metal. Então ele bateu o capô, fechando-o.

— Vamos passar a noite aqui — sugeriu, abrindo uma das latas com a faca. — As tropas não vão nos encontrar. Eles devem saber que esta estrada está bloqueada. Então amanhã nós damos a volta e seguimos por onde eu vim, pelas montanhas.

O sol estava quase se pondo, salpicando o céu com estrelas brancas cintilantes. Na estrada, se estivéssemos com o farol aceso, as tropas nos veriam facilmente. Não tínhamos outra opção.

Caleb estendeu uma lona ao lado do asfalto, em um pedaço de terra semiescondido pelos arbustos secos e marrons. Eu o observei, seu corpo movendo-se fácil e silenciosamente enquanto ele enfiava as estacas no chão. Quando a barraca finalmente ficara de pé, o céu já estava cinza, com a lua jogando uma luz fria sobre nossa pele.

— Você primeiro — disse ele, gesticulando por sobre a aba de tecido verde-escuro.

O interior da barraca era largo o bastante apenas para acomodar nossos corpos deitados. Caleb entrou depois de mim, e a camiseta macia roçou-se contra meu braço nu. Após dias separados, a súbita proximidade me deixou nervosa.

— Bem — falei alto, sentindo cada centímetro do meu corpo despertar subitamente. — Acho que devemos dormir agora. — Peguei o cobertor cinza esfarrapado e o dobrei por cima do colo.

— Acho que sim — disse Caleb, o sorriso ainda visível sob a luz débil que entrava através do tecido fino. — Mas antes eu tenho algo para você.

Ele puxou do bolso um saquinho de seda tão sujo que poderia ser confundido com lixo. No mesmo instante eu soube o que havia dentro dele.

— Você deixou isto no seu quarto, lá na caverna — falou, entregando-o para mim. — Achei que podia ser importante.

Meus dedos se enfiaram com gratidão no saquinho, sentindo o minúsculo pássaro de plástico, a pulseira de prata oxidada e, por fim, os cantos gastos da carta de minha mãe.

— Obrigada — murmurei, as lágrimas se juntando nos olhos. Ele não tinha como saber quanto aquilo era importante. — Não sei como...

— Não é nada.

Ele segurou minha mão e se deitou, esticando um dos braços sob mim de forma que repousasse no ligeiro espaço atrás do meu pescoço. Ele me puxou mais para perto, de modo que eu podia sentir o calor de seu corpo e a barba por fazer em seu queixo arranhando a minha testa.

— Boa noite, Eva.

— Boa noite, Caleb — falei.

Enquanto ouvia a respiração dele ficar mais lenta, com minha mão descansando sobre seu coração, o sangue pulsava através dos meus dedos, minhas pernas, meu próprio coração. Após dias esperando, imaginando e querendo, ele estava ali ao meu lado. Três pensamentos me vieram nos segundos antes de eu cair no sono.

Estou indo para Califia.

Estou com Caleb.

Estou feliz.

TRINTA E DOIS

O AR ESFRIOU ENQUANTO RUMÁVAMOS MAIS PARA O NORTE. CONtei a Caleb sobre o caminhão de Fletcher, sobre como havíamos conhecido Lark e sobre os filmes que Otis projetara na parede. Contei sobre os cafés da manhã de Marjorie, com ovos e javali, e como havíamos nos escondido naquele quarto secreto enquanto as tropas vasculhavam a casa. Depois contei a ele sobre tudo o que eu vira: a bala que explodiu no peito de Otis, Marjorie sendo atingida no rosto, o respingo roxo-avermelhado que cobriu minhas pernas quando atiraram em Lark. Como eu havia cometido aquele erro horrível.

— Foi tudo culpa minha. Não consigo parar de visualizar aquilo tudo.

Caleb apertou os lábios, perdido em pensamentos.

— Você não sabia. Às vezes, no meio da noite, eu acordo em pânico. Acho que estou de volta ao campo de trabalho forçado, com blocos de cimento nas costas ou com um menino agonizando ao meu lado, com sangue e cuspe escorrendo de seus lábios. Mas aí eu percebo que é só um sonho e me sinto com sorte.

— Com sorte?

Caleb virou-se para mim.

— Com sorte por poder acordar. Sorte que agora aquilo seja só um pesadelo. Antigamente, costumava ser a minha vida.

O carro começou a subir uma estrada íngreme, e o motor fazia um som alto e chiado com o novo esforço. As montanhas de Sierra Nevada se erguiam à nossa volta. Olhei para as encostas verdes e íngremes e pensei novamente na minha mãe, e nas canções que ela cantara para mim enquanto me banhava em nossa banheira vitoriana, imitando uma aranha com as mãos.

— Você se lembra da sua família? — perguntei de repente.

Caleb dissera que havia chegado ao campo de trabalho forçado quando tinha 7 anos, mas eu sabia pouco sobre sua vida anterior. Ele andara de bicicleta como eu havia andado? Dividira um quarto com irmãos? Conhecera os pais?

— Todos os dias.

O carro rateou enquanto subia a estrada, ficando mais lento por causa da vegetação densa que cobria o chão. Um muro de pedra erguia-se de um dos lados.

— Tento me lembrar da época antes da praga quando eu brincava de pique-bandeira com meu irmão e seus amigos no nosso jardim. Ele era cinco anos mais velho do que eu, mas me deixava ser do seu time, e, às vezes, tinha de me carregar até o outro lado da linha para que eu não fosse pego. — O sorriso de Caleb surgiu e desapareceu.

— Onde você morava? — Eu me virei, apoiando o quadril no assento.

Caleb apertou os olhos.

— Um lugar chamado Oregon. Era frio e chuvoso. Estávamos sempre de casaco. Tudo era tão verde...

O carro mergulhou em uma vala, emitindo um som de arranhado, então estávamos subindo de novo, as plantas dispersas sendo esmigalhadas debaixo dos pneus surrados.

— E você? Tinha irmãos? — perguntou ele.

— Éramos somente eu e minha mãe. — Olhei pela janela, para o precipício a apenas um metro de distância, a altura crescendo sem parar enquanto o carro subia as montanhas. Lembrei-me da sensação da respiração dela tocando minha orelha, dos dedos fazendo cócegas na lateral do meu corpo. — Ela costumava fazer uma coisa no meu aniversário. Acordava-me com o café da manhã e cantava: "Hoje é um dia muito especial... hoje é o aniversário de alguém..."

O calor apareceu em minhas bochechas conforme eu cantava, e minha voz ficou fraca e trêmula.

— Quando é seu aniversário? — Caleb tamborilou os dedos no volante, continuando o ritmo da canção. — Vou me lembrar de cantar isso para você.

— Não sei. Não tínhamos aniversários na Escola. — Todos os dias eram iguais, um após o outro. Eu comia aquele pão doce de maçã que eles serviam às vezes, secretamente imaginando uma vela enfiada em cima dele, como os bolos que eu vira em livros da biblioteca. — Como saber quando é a data...? — desdenhei.

Caleb apertou o pedal abaixo do volante, fazendo com que andássemos mais rápido.

— Eu sei.

— Ah, é? — Sorri, sem acreditar nele, e penteei meu cabelo com os dedos. — Que dia é hoje, então?

— Primeiro de junho! — afirmou. — É o começo de um novo mês. — Ele tamborilou no volante com o nó dos dedos.

— Agora, vejamos... quando deve ser o seu aniversário? Você é crítica demais para ser sagitariana...

— Eu não sou crítica! — gritei. — E o que é uma *sagitariana*?

Caleb sorriu jocosamente.

— Sensível, hmm. Talvez seja de câncer. Que tal algo em julho?

— Por que diz que eu sou sensível? Do que está falando, o que é *câncer*? Isso não é uma doença?

Sob a luz do fim de tarde, eu podia ver pequenas bolhas no nariz dele, onde a pele estava descascando por causa do sol.

— Astrologia é uma piada, de qualquer forma, é coisa de maluco. — Ele girou um dedo em volta da têmpora e ficou vesgo.

Não pude deixar de rir.

— Quero que seja em agosto — falei. — Era quando a Escola mudava o calendário. Nós começávamos nossas aulas de inglês. Eu sempre gostei desse mês.

— Acho justo — Caleb sorriu. — Vinte e oito de agosto?

— Claro — eu disse.

Fiquei sentada ali em silêncio por um momento, um sorriso pequeno e secreto se espalhando pelo meu rosto. Depois de todos aqueles anos lendo sobre aniversários em livros, vendo páginas com crianças soprando bolos com velas, ouvindo da diretora Burns que a Escola só mantinha registro da nossa idade, que o dia em si não tinha importância, eu finalmente tinha um. Vinte e oito de agosto.

O carro subia as estradas sinuosas, o motor gemendo enquanto o céu do outro lado do vidro assumia um tom chapado de branco. Quanto mais alto subíamos, mais frio ficava, então puxamos as roupas do porta-malas e nos cobrimos com casacos, calças e botas, que agora estavam tomados pelo cheiro familiar de mofo. O sol se escondeu por trás da grossa camada de nuvens cinzentas.

Estudei as mãos de Caleb ao volante, a forma como o pé direito apertava o pedal no chão, perguntando-me quando e como ele havia aprendido a dirigir. O zumbido monótono do carro me hipnotizou. Meus pensamentos voltaram para a Escola, para Ruby e Pip, para o quarto comprido com as camas estreitas.

— Minhas amigas estão todas lá, na Escola. Tem de haver uma maneira de tirá-las de lá.

Caleb coçou atrás da cabeça, onde os *dreadlocks* tocavam a pele. Ele estava com um casaco marrom grosso, como o que havia usado na noite do saque, o colarinho forrado de lã amarela.

— Vamos ter mais recursos em Califia. Talvez então possamos resgatá-las.

Ele não disse nada por algum tempo; em vez disso, ficou olhando pelo vidro da frente na direção da estrada, que agora estava cheia de galhos finos e folhas secas espalhados pelo chão, com o caminho de terra dando lugar a pedras. O carro subia e descia na superfície irregular. Por fim, ele limpou a garganta.

— Como são suas amigas?

— Pip é engraçada — comecei. — Naqueles primeiros anos na Escola, eu tinha muito medo de que a praga fosse atravessar o muro ou que cães selvagens entrassem lá. Tudo era aterrorizante. Sempre que eu tentava reclamar com Pip, ela saía saltitando pelo gramado, me arrastando junto. *Pare!*, dizia ela, *você está estragando minha diversão!* Aí ela fazia uma careta para me fazer rir. Algo tipo... — Puxei a pele das minhas bochechas para baixo do mesmo jeito que Pip costumava fazer, expondo as abas vermelhas debaixo dos meus globos oculares.

Caleb riu e ergueu a mão.

— Pare, por favor.

256

— E Ruby é a que vai lhe dizer se seu cabelo parece que esteve em uma ventania, mas também é a primeira a gritar com qualquer outra pessoa que tentar fazer isso. Ela é muito leal.

Olhei pela janela. A estrada serpenteava cada vez mais para cima, abraçando o lado da montanha até desaparecer de vista. Caleb girou os botões do aquecimento, mexendo nas entradas de ar, mas saiu apenas ar frio.

— Conheço gente assim. Alguns dos meus amigos ainda estão nos campos de trabalho forçado.

Eu estava prestes a fazer mais perguntas, mas o carro parou subitamente, e o ar engrossou com o cheiro de fumaça. Puxei-o para dentro dos pulmões, então tossi. Depois de um momento de confusão, com nosso peito arfando, finalmente nos lançamos para fora do veículo.

Algo na dianteira do carro estava queimando, pois havia colunas cinzentas subindo de sua frente. Caleb afastou a fumaça do rosto com a mão. Ergueu o capô, retraindo-se quando os dedos tocaram no metal quente, e inspecionou a caixa preta que havia lá dentro.

— Está morto — constatou, tossindo. Ele ficou olhando para a estrada, que ainda serpenteava por quilômetros à nossa frente, por cima de um pico alto e descendo pelo outro lado da montanha.

O ar frio arrepiou minha pele descoberta. Puxei o capuz do casaco para cima, tentando bloquear o vento frio enquanto Caleb pegava os suprimentos do porta-malas e os colocava em uma mochila.

— É melhor começarmos a andar. Vai ser mais fácil de nos mantermos aquecidos.

Estudei o mapa, que estava amassado e gasto. Eram apenas 32 quilômetros pela frente, passando por cima do cume da montanha e descendo pelo outro lado.

— Devemos conseguir atravessar em dois dias — eu disse, começando a trilhar o caminho. — Talvez menos.

Caleb já estava andando, os olhos fixos no céu.

— Vamos torcer para que o tempo fique firme.

Ele puxou o casaco em volta de si, enfiando as mãos nuas debaixo dos braços enquanto começávamos nossa subida. Meus ouvidos estalaram com a altura. A inclinação tornava difícil respirar, mas continuei na trilha, pegando um galho surrado no caminho para me ajudar a ir em frente.

Comemos latas de abacaxis e peras enquanto andávamos, sentindo o suco frio escorrer pela garganta. Caleb me contou sobre sua família: como o pai trabalhava no jornal local e às vezes levava caixas grandes para casa para que ele pudesse construir prédios de mentirinha no quintal. Eu contei a ele sobre o chalé de telhas azuis no qual eu havia crescido. Apenas eu conseguia entrar no espaço apertado do porão, com a grossa pelúcia cor-de-rosa no lugar das paredes. Contei-lhe sobre o dia da caixa de correio, sobre meus dedos agarrando o pé de madeira quando o caminhão chegou ao nosso bairro. O pai de Caleb fora até a farmácia e nunca voltara. Com a mãe e o irmão doentes, ele pegara a bicicleta e saíra andando pelas ruas, procurando pelo pai até os vândalos surgirem no escuro. Quando finalmente voltou para casa, a família já havia partido, os corpos rígidos com a morte.

— Fiquei sentado ali durante três dias, abraçando minha mãe. Os soldados me encontraram quando estavam vasculhando as casas e me levaram para os campos.

Meus pés continuavam se mexendo, escalando o chão íngreme abaixo de mim, mas minha mente estava naquela casa com Caleb.

Subimos em silêncio por algum tempo; nossos dedos estavam entrelaçados, ficando cor-de-rosa com o frio. Havíamos percorrido oito quilômetros quando o céu começou a soltar pequenos cristais brancos, que se acumulavam nas dobras amarrotadas do meu casaco.

— Isso é... — estiquei a mão, adorando a sensação fria sobre elas — neve? — Eu só vira neve de longe, salpicando o topo das montanhas, ou nas páginas de livros.

Caleb olhou para a camada fina que cobria a estrada como um lençol.

— É, e está caindo rápido. — Ele continuou andando, sem parar para olhar.

Eu sabia que era sério pelo som da voz dele, mas continuei parada ali, olhando os pontos brancos em minha mão. Pensei em homens de neve e em fortalezas e iglus, como os das histórias da minha infância.

Dentro de dez minutos o vento já havia aumentado. Os flocos estavam mais densos e gordos, e se acumulavam a centímetros do chão. O suéter não era suficiente, meu casaco não era suficiente. Os tênis nos meus pés não eram suficientes. Eu sentia o frio através das roupas, com o vento fazendo meu corpo tremer.

— Precisamos montar a barraca — disse Caleb.

O capuz dele foi soprado para trás, deixando o cabelo à vista. Puxamos o tecido de sua capa, lutando para enfiar as estacas no chão duro. Apenas uma entrou totalmente enquanto os flocos caíam mais rápido, queimando minhas bochechas e tornando difícil enxergar.

Caleb continuou martelando um pino com outro, mas o metal entortou. Depois de um longo tempo, com o corpo tremendo com o frio, eu não pude mais aguentar:

— Assim mesmo. Temos de entrar debaixo da lona agora.

Puxei o tecido de seu único pino estável até o chão, ancorando-o com algumas pedras. As costas dele davam para um rochedo, formando um pequeno espaço triangular. Disparei para debaixo da cabana, e Caleb veio logo atrás. Não havia muito espaço, mas o pano caía pelas laterais, dando-nos um pouco de descanso da tempestade.

— Quanto tempo vai durar? — perguntei. As mãos já estavam dormentes, e o frio entrava pelas minhas mangas.

Caleb puxou o capuz para cima novamente, e o cabelo estava salpicado de neve.

— Não sei. Talvez a noite inteira.

Então ele me puxou em sua direção, enfiando meu corpo debaixo de seu braço. O outro braço me envolveu, e eu me senti imediatamente mais quente, com o rosto olhando na direção do dele.

Minha respiração ficou mais lenta, meu medo desapareceu, meu peito não tremia mais. Caleb levou a mão à minha bochecha, limpando a resto de neve dos meus cílios.

— Benny me disse que amar alguém significa saber que sua vida seria pior sem aquela pessoa — ele sorriu. — De onde ele tirou essa ideia?

Minha pele estava quente sob os dedos dele. Sorri de volta, sem falar nada.

Ele se inclinou mais para perto, traçando linhas invisíveis pelas maçãs do meu rosto.

— É por isso que eu tinha de encontrá-la.

Seus lábios pressionaram os meus, e os braços apertaram meu ombro. Ergui o queixo, entregando-me a seu beijo. Eu não podia parar. Uma lembrança fugaz dos anos de lições — a tolice de

Julieta e Anna Karenina e Edna Pontellier — passou pela minha cabeça Mas, pela primeira vez, eu soube:

Tudo que elas fizeram fora em troca de um momento. Era tudo bom demais para se perder.

TRINTA E TRÊS

QUANDO ABRI OS OLHOS, TUDO O QUE VI FOI O BRANCO. POR um instante eu me perguntei se teria morrido e aquilo era o céu. Levantei o pedaço de tecido que cobria uma parte do meu rosto. A neve ainda estava lá. O chão estava congelado. Mas a tempestade havia passado, deixando apenas o sol brilhante em seu rastro.

Ergui-me da barraca surrada. Caleb estava dormindo, os olhos tremulavam, um braço passado na lateral do corpo. Além do nosso abrigo, muito abaixo de mim, o mundo estava silencioso e pequeno, algo para se maravilhar, sem armas ou tropas ou Escolas. Meu corpo zumbia com a mesma energia que as pedras, as folhas e o céu. Eu estava simples e impossivelmente livre.

Levantei os braços, deixando a brisa passar pelos meus dedos. Eu devia estar ali havia alguns minutos quando algo me atingiu com força no meio das costas. Eu me virei. Caleb estava ajoelhado ao lado do abrigo, uma bola de neve molhada na mão e um sorriso malicioso no rosto. Ele a jogou em mim, acertando-me no pescoço.

Eu guinchei e agarrei o chão, puxando punhados de neve nas palmas das mãos e apertando-as com força.

— Vai pagar por isso! — Eu o persegui por entre as árvores baixas, por cima de pedras, quase tropeçando enquanto acertava suas costas uma, duas, três vezes, sentindo os passos ficarem mais rápidos com o deleite.

Ele jogou outra, que não me acertou, mas eu agarrei seu braço, puxando-o para dentro da neve.

— Arrego! Arrego! — pediu ele, rindo.

— O que é arrego? — perguntei, pegando um punhado de neve e esfregando em seu pescoço. Ele se contorceu para longe, arrepiando-se de frio.

Então, em um movimento rápido, ele me virou, o braço me envolvendo e o rosto pressionando o meu.

— Significa piedade! Você não tem piedade? — Ele me beijou de novo, devagar, divertidamente, deixando minhas costas caírem suavemente sobre a neve.

Talvez fosse o fato de a tempestade ter passado, a aceleração do declive ou a onda de felicidade, mas descemos a montanha em menos de um dia. Quando o sol ficou mais baixo no céu, chegamos ao nosso primeiro pedaço de estrada plana, e o asfalto regular e coberto de musgo era um alívio sob nossos pés.

— Podemos parar ali — disse Caleb, apontando para uma pequena aglomeração de prédios a cerca de um quilômetro e meio de distância. — Talvez haja algo que possamos usar para a última parte da caminhada: bicicletas, um carro, qualquer coisa.

— Como você conseguiu o carro, por falar nisso, aquele Volvo? — perguntei. Eu ficara tão aliviada por vê-lo na estrada, por sentir seu corpo perto do meu, que não havia pensado em como ele havia chegado ali.

Uma mosca circulou a parte de trás da cabeça de Caleb, que a afastou com a mão, fazendo uma pausa antes de responder.

— Troquei Lila com uma das gangues. — Ele deu um meio sorriso. — Eles não são más pessoas, apenas egoístas. Ela vai ficar bem.

Eu sabia que ele amava aquela égua — estava claro no modo como penteava sua crina ou a acalmava sussurrando em seu ouvido. Era como ele havia examinado o horizonte naquele dia depois que havíamos encontrado as tropas, como não parava de procurar por sinais dela. Eu segurei sua mão e a apertei, sabendo que um simples "obrigada" não era suficiente. Nada que eu pudesse dizer seria suficiente.

—+—

Andamos em silêncio por alguns minutos, até que Caleb parou de repente, o olhar pousando sobre algo ao lado da estrada.

— O quê? — perguntei enquanto ele puxava minha mão, dando meio passo para trás. — O que foi?

— Temos de nos esconder. — Ele apontou para o mato ao lado da estrada, onde os arbustos haviam sido achatados em duas linhas retas, como se tivessem sido esmagados por pneus. — É uma armadilha.

Virei-me para trás. As montanhas se erguiam sem haver nada além de terra gramada entre elas e nós.

— Não há nenhum lugar para nos escondermos.

Uns cem metros, perto do conjunto de prédios, algo se moveu: uma silhueta, depois duas, quase invisíveis sob o crepúsculo.

— Vocês chegaram a uma barreira policial. É exigido por lei que passem por ela — gritaram eles por um megafone. Uma das silhuetas ergueu o braço, acenando para que nos aproximássemos.

Caleb largou minha mão e olhou para mim, voltada para as montanhas.

— Apenas siga a minha deixa. Esconda o rosto com o cabelo.

Enquanto andávamos para a frente, a mochila pesava sobre minhas costas, e eu estiquei a mão até a bagunça emaranhada que havia debaixo do meu capuz, cobrindo as maçãs do rosto.

Três soldados estavam em frente de uma velha loja com uma placa de OFICINA MECÂNICA pendurada de um lado só na fachada. Um jipe do governo estacionara do lado de dentro, e as bancadas empoeiradas estavam cheias de canos enferrujados, ferramentas e pilhas de pneus rachados.

— Sinto muito — anunciou Caleb, desviando o olhar. — Somos somente eu e minha irmã. Estamos procurando comida.

Um soldado se aproximou de nós. Tinha cabelo ruivo, com cílios e sobrancelhas tão claros que lhe davam a aparência pelada de uma salamandra. Mantive o olhar em suas botas, que eram brilhantes e pretas. Eu nunca vira sapatos tão limpos.

— Vocês foram para as montanhas para encontrar comida? — A mão dele descansava sobre o revólver em seu quadril.

— Nós as atravessamos. Viemos do outro lado. Nossa casa foi incendiada por uma gangue rebelde.

Os soldados nos estudaram, observando as roupas rasgadas, a sujeira incrustada debaixo de nossas unhas e a fina camada de poeira que escurecia nossa pele.

— E obtiveram permissão para viver fora da Cidade? — perguntou outro deles. Ele era mais baixo e mais atarracado, com a barriga caindo por cima do cinto. Repousava uma das mãos sobre o jipe verde.

— Sim — assentiu Caleb. Ele havia tirado o casaco cerca de um quilômetro e meio atrás, e o colarinho da camiseta fina agora estava marcado de suor. — Mas perdemos tudo.

O terceiro soldado tomou as mochilas de nós, sentou-se na estrada e as vasculhou, olhando as latas sem rótulo, o mapa esfarrapado e a barraca, então se virou para os outros e sacudiu a cabeça. O cabelo era raspado rente ao crânio, e era mais baixo e menor do que eu, com o rosto magro.

— Como vocês se chamam? — perguntou o gordinho. Ele falou com Caleb, mas os olhos examinavam meu cabelo, a meia-lua exposta do meu rosto e minhas pernas magras e marcadas.

Caleb deu um passo na minha direção.

— Meu nome é Jacob, e o dela é Leah. — Sua voz era clara e segura, mas o soldado ruivo continuou olhando para mim.

O suor umedecia minhas pernas. *Deixem-nos passar*, pensei, com meus olhos fixos nas botas brilhantes do soldado. *Por favor, deixem-nos passar.*

Eu podia ouvi-lo respirando quando ele estalou os dedos, emitindo um som como o de gravetos se quebrando.

— Tire a camisa — ordenou.

Eu me arrepiei, antes de perceber que ele estava falando com Caleb, cujas mãos permaneceram frouxas ao lado do corpo.

— Senhor, eu não... eu não... — começou ele, e a voz ficou tensa.

— Por favor, deixem-nos em paz — supliquei, erguendo a cabeça pela primeira vez. — Só precisamos de comida e de uma boa noite de descanso.

Mas o parrudo puxou uma faca, com um sorriso vagaroso torcendo os lábios. Em um movimento rápido, rasgou a manga da camisa de Caleb, expondo a tatuagem.

— O que temos aqui? — falou o ruivo, mantendo uma das mãos na arma. — Um fugitivo? Onde arrumou a garota, seu infeliz?

O de cabelo raspado ficou olhando para mim. Ele parecia muito jovem, com um bigode fino quase imperceptível acima do lábio superior.

— É ela — murmurou ele por fim. — É a menina.

Caleb atacou o ruivo, fazendo-o perder o equilíbrio. O mais jovem continuou olhando, inseguro. O soldado rechonchudo me agarrou pelo pescoço e segurou a faca ali, o metal frio tocando minha pele. Ele respirava na minha orelha, e eu podia sentir o fedor de álcool em sua língua.

O ruivo tropeçou para trás, puxando Caleb para dentro da oficina e caindo no chão ao lado do jipe. A cabeça bateu no para-choque enquanto Caleb tentava desesperadamente pegar sua arma, com o soldado lhe dando cotoveladas.

— Seus idiotas! Façam alguma coisa! — implorou o ruivo quando Caleb caiu em cima dele. — Ajudem! — Caleb era maior do que o soldado, e seu peso fora suficiente para prendê-lo, momentaneamente, ao chão.

— Pegue-a — falou o gordinho. Ele me empurrou na direção do mais jovem, que passou o braço magro em volta do meu pescoço, segurando-me junto ao peito. Seu coração batia contra as minhas costas enquanto ele tentava me puxar para longe dos homens, que agora estavam amontoados perto do pneu dianteiro do jipe.

O soldado corpulento socou Caleb por trás, emitindo o ruído seco de seus nós dos dedos aterrissando na base do crânio de Caleb, que caiu em cima do ruivo, tonto.

— Parem! — gritei quando o soldado maior ergueu a faca. O braço moveu-se com uma fúria tremenda enquanto a lâmina mergulhava na lateral da coxa de Caleb.

O soldado ergueu a arma novamente, dessa vez fazendo uma pausa para mirar mais alto, na carne macia da garganta de Caleb. Ele ia matá-lo.

Estiquei a mão até o quadril do soldado mais novo, sentindo a ponta de seu revólver. Não tínhamos tempo. Eu não pensei, apenas o arranquei do coldre e o levantei na minha frente, apontando para o soldado cuja faca estava no pescoço de Caleb. Dei um passo à frente, desvencilhando-me do garoto.

Apertei o gatilho. Uma nuvem rápida de fumaça se expandiu diante do meu rosto. O soldado gritou conforme a bala rasgava o lado de seu corpo. Caleb rolou para o lado, expondo o soldado ruivo, e eu atirei de novo, estremecendo enquanto uma bala se enterrava no estômago dele.

Lágrimas borravam a minha visão. Mal conseguia respirar. Caleb agarrou as pistolas dos soldados e as jogou pelo chão. O ruivo soltou um gemido, com sangue borbulhando em sua garganta. E então ele emudecer.

Caleb tentou se levantar, mas soltou um grito terrível, o tecido da sua calça assumira um tom vermelho-escuro.

— Temos de ir embora daqui. — Ele olhou para mim, tropeçou por alguns centímetros e caiu, o rosto contorcido de dor.

Ao meu lado, o soldado mais jovem estava com as mãos para cima e os pés congelados no lugar.

— Você — eu me ouvi dizer. — Você vai nos levar.

— Está falando sério? — perguntou ele, parecendo ainda mais magro agora, menor, com a boca transformando-se em uma linha trêmula.

— Agora. — Apontei a arma para ele até ele começar a andar na direção do carro. — Agora! — berrei, e ele correu para ligar o motor.

O soldado tirou o carro da garagem estreita. Ajudei Caleb a entrar, sem nunca abaixar a arma, e bati a porta.

TRINTA E QUATRO

— MAIS RÁPIDO — EU DISSE. — PRECISA DIRIGIR MAIS RÁPIDO.

Minhas mãos ainda estavam tremendo. Mantive a arma apontada para o soldado enquanto ele virava à esquerda na estrada irregular de número 80. Olhei para trás, procurando por sinais de outros veículos. Logo eles viriam à nossa procura; o exército do Rei já estaria em alerta, procurando pelas pessoas que haviam matado seus homens e roubado seu carro.

O soldado empurrou o pedal para baixo. No banco atrás de mim, Caleb tentava enfaixar a perna. Durante uma hora, ele aplicara pressão sobre o ferimento. Agora, puxava a calça encharcada de sua pele, soltando mais um aterrorizante esguicho de sangue.

— Temos de parar o sangramento — falei enquanto o jipe corria por cima do asfalto desnivelado. O rosto de Caleb estava pálido. — Você está perdendo sangue demais.

— Estou tentando — disse ele, apertando a tira rasgada de pano em volta da coxa. Os movimentos haviam ficado mais lentos, e as mãos pausavam em meio ao nó, como se precisasse de tempo para pensar antes de apertá-lo. — Só tenho de conseguir... — Ele deixou a frase morrer, e a voz soou mais baixa do que antes.

Eu podia vê-lo indo embora; cada movimento era mais trabalhoso do que o anterior. Descansei meu dedo sobre o gatilho, com a atenção novamente voltada para o soldado. Em seu rosto, vi os dois homens no porão, as vozes calmas enquanto vasculhavam embaixo dos móveis e dentro dos armários, procurando por nós. Eu os vi matando Marjorie e Otis. Ouvi o tiro que levou Lark e os estalidos violentos dos gravetos que se partiam enquanto eles me perseguiam pela floresta.

— Eu mandei andar rápido — falei, a voz fria.

— Desculpe, estou tentando — disse o soldado. Seu pé apertou o pedal novamente, lançando-me para trás no assento.

Caleb soltou um gemido baixo. As mãos estavam cobertas de sangue. Depois de um longo momento, o soldado olhou da arma para a estrada.

— Se pararmos, eu posso ajudá-lo.

Mantive a pistola apontada para ele, com medo do que poderia fazer se eu a afastasse. Atrás de mim, Caleb sacudiu a cabeça em negativa.

— Você está mentindo — falei. — É uma armadilha. Continue andando! — Não podíamos estar a mais de noventa quilômetros de Califia. Encontraríamos ajuda quando chegássemos lá. Caleb poderia descansar.

— Há um estojo de primeiros-socorros no porta-luvas — afirmou o jovem soldado. Ele acenou com a cabeça para a gavetinha de plástico à minha frente. — Posso costurar o ferimento.

271

— Não confio em você — eu disse, mas atrás de mim Caleb apertava os punhos cerrados, tentando aguentar a dor.

— Se eu fizer isso, você vai ter de me deixar ir embora. — O olhar do soldado encontrou o meu, e os olhos suplicavam por baixo do toldo grosso dos cílios pretos.

Olhei para trás de mim, onde Caleb estava agarrado ao assento, com a cabeça para trás. Sua atadura improvisada não estava ajudando. Qualquer coisa podia dar errado: os velhos pneus podiam estourar, o tanque de gasolina podia ficar vazio. E, se encontrássemos mais tropas, precisaríamos da força dele. Os olhos de Caleb se fecharam enquanto ele deslizava, lenta e seguramente, em direção a um sono inabalável.

— Encoste o carro — falei por fim. — Seja rápido.

O jipe desviou para o lado da estrada, parando em uma aglomeração de prédios. Um gigantesco *M* amarelo arqueado se erguia acima de nós. Saí do carro e o circundei, mantendo a arma apontada para o soldado enquanto ele se atrapalhava com a bolsa vermelha do console da frente. Ele sacou de lá uma agulha e passou um pedaço de linha por ela.

Havia segurança em seus movimentos enquanto desfazia o nó em volta da perna de Caleb. As mãos pararam de tremer. Ele enfiou uma agulha no ferimento, injetando um fluido transparente. Então puxou um pedaço de gaze da bolsa. Eu não via algo tão branco desde que deixara a Escola. Era ainda mais claro do que as camisolas cuidadosamente lavadas que usávamos para dormir.

— Não é tão profundo quanto pensei — constatou. Ele apertou a gaze contra a pele de Caleb, estancando a ferida, que agora transbordava um líquido profundamente escarlate. Então limpou o corte e o costurou com linha preta, com olhos indiferentes ao sangue.

Quando ele finalmente terminou, os olhos de Caleb estavam semiabertos.

— Obrigado — disse ele.

O rapaz virou-se para mim, seus olhos vasculhando os meus.

— Posso ir agora? — Lágrimas ameaçavam correr por suas bochechas.

Caleb balançou a cabeça de novo.

— Precisamos que ele dirija.

— Eu prometi — falei devagar e abaixei a arma. Mais à frente, colinas douradas se estendiam por quilômetros a fio.

— Não podemos — repetiu Caleb.

O soldado juntou as mãos, implorando.

— Eu vou morrer aqui de qualquer maneira — disse ele. — O que vocês querem de mim? Eu fiz o que disse que ia fazer. — Parecia tão vulnerável, o peito magro e as pernas que eram puro osso. Não podia ter mais do que 15 anos.

Acenei com a cabeça para o lado do jipe, onde a estrada dava lugar a areia e arbustos.

— Vá — ordenei. — Agora.

Sem olhar para trás, ele correu.

— Você não devia ter feito isso — disse Caleb. Ele estudou os pontos em sua perna, depois se endireitou, caindo de volta sobre o conforto do assento.

— Era só um garoto.

— Não há garotos no exército do Rei — A pele de Caleb estava vermelha por causa do sol do dia. — Quem vai dirigir agora?

— Eu prometi a ele — repeti, tão baixo que duvidava que Caleb tivesse ouvido.

Subi no banco da frente, tentando me lembrar como foi mesmo que chegamos aqui. Girei a chave da maneira como vira o soldado fazer. Segurei o volante como Caleb o segurara durante todos aqueles quilômetros através do deserto. Então, botei o câmbio no meio, deixando-o travar em *D*.

Baixei meu pé sobre o pedal, e o jipe sacolejou para a frente, aumentando de velocidade, andando cada vez mais rápido na direção de Califia

TRINTA E CINCO

DEPOIS DE ALGUMAS HORAS, CRUZAMOS UMA ENORME PONTE cinza e entramos na cidade arruinada de São Francisco. Casas velhas e ornamentadas se erguiam à nossa volta, as fachadas coloridas cobertas de hera e musgo. Havia carros abandonados no meio da rua, forçando-nos para cima das largas calçadas, com ossos espalhados se esmigalhando sob os pneus do jipe. Caleb segurava o mapa, guiando-me pelas colinas íngremes. Ele me direcionou em cada virada, cada aceleração, até a rua subir e só haver uma extensão de azul ao nosso lado.

— O mar — falei e encostei o carro só para olhar.

Abaixo de nós as ondas colidiam umas com as outras, chapinhando-se de branco. O mar era uma coisa extensa, um grande reflexo do céu. Leões-marinhos dormiam sobre um píer, e os corpos eram escorregadios e molhados. Um bando de pássaros circulava acima de nós, recebendo-nos com gritos estridentes. *Vocês chegaram*, gritavam eles para nós. *Vocês conseguiram*.

Caleb passou a mão por cima da minha, e a palma ainda estava coberta de sangue seco.

— Eu não o vejo desde que era criança. Meus pais nos trouxeram aqui uma vez, e nós andamos de bonde. Era um negócio enorme de madeira, e eu me segurei na lateral... — Ele deixou a frase morrer.

Ficamos sentados ali, de mãos dadas, examinando o horizonte.

— É ali — falei, apontando para a ponte vermelha a menos de um quilômetro e meio à nossa frente, estendendo-se por cima da vasta extensão de azul. — A ponte para Califia.

Caleb verificou o mapa.

— É, é ela mesmo — concordou ele, mas não sorriu. Em vez disso, uma expressão estranha passou por seu rosto. Parecia triste.

— O que quer que aconteça, Eva — disse ele, apertando minha mão. — Só quero que você...

— Como assim? — Baixei os olhos para o ferimento em sua perna. — Nós estamos aqui. Agora vai ficar tudo bem; *nós* vamos ficar bem. — Inclinei-me mais para perto, tentando olhar em seus olhos.

Quando Caleb olhou para cima, seus olhos estavam molhados.

— Certo, eu sei.

— Você vai ficar bem — falei novamente, beijando a testa dele, as bochechas e as costas de sua mão. — Não se preocupe. Estamos aqui. Eles vão ajudá-lo.

Ele deu um sorriso fraco, então deixou o corpo cair de volta no assento.

Apertei o pedal para baixo, e nós não paramos até a calçada acabar, pois cada centímetro do asfalto agora estava coberto de carros. Caleb desceu do jipe. A cor retornara a seu rosto, mas seu andar havia se transformado em um cambalear doloroso, com a perna esquerda pairando logo acima do chão.

Começamos a subir a colina, passando por casas e lojas condenadas. Os passos de Caleb eram inseguros. Ele colocava cada vez mais de seu peso no meu ombro. Estremeci, conforme um pensamento sombrio me consumia: e se ele não fosse ficar bem? Puxei-o mais para perto, como se meu abraço pudesse acorrentá-lo a esta terra, a mim, para sempre.

Finalmente chegamos ao lugar onde a ponte se enterrava sob a beirada da encosta. Um grande parque havia crescido por cima da entrada, com grama. Arbustos e árvores se espalhando por cima do vão de metal vermelho. Puxei para trás um aglomerado de vinhas que caíam sobre o muro, expondo uma placa esverdeada pelo tempo: PONTE GOLDEN GATE, 1937.

Chegamos ao pé da ponte, e meu coração bateu mais rápido. Havia apenas um corrimão baixo entre nós e a queda de noventa metros. Nós nos infiltramos por entre os carros, pisando cuidadosamente sobre o mato e o musgo que cobriam a ponte.

Os veículos carbonizados ainda tinham esqueletos amarrados aos bancos da frente. Havia um caminhão caído de lado, esparramando os resquícios bolorentos do apartamento de alguém: molduras quebradas, livros espalhados, um colchão. Continuei andando, um pé na frente do outro, ouvindo Caleb lutar para respirar.

Quando a exaustão ameaçou tomar conta de nós, eu olhei para cima. Lá, do outro lado da ponte, bem acima de nós em um beiral na montanha, havia um pilar de pedra com uma lamparina em cima. O mesmo sinal que eu vira àquela noite na floresta, quando estava fugindo de Fletcher. Ouvi a voz de Marjorie em minha cabeça: *Se a luz estiver acesa, há lugar para vocês.*

Era o fim da Trilha.

— Só mais um pouco — prometi, ajudando Caleb a contornar uma motocicleta tombada. — Não se preocupe. — Apertei o lado de seu corpo em uma tentativa de trazê-lo de volta. — Apenas pense em como vamos estar lá em breve. Você vai poder se deitar. Vai haver comida. Vamos comer batatas cristalizadas e carne de coelho e frutas silvestres, e você vai se sentir melhor após uma noite de descanso.

Caleb segurou a camiseta rasgada em volta de si, fortalecendo-se contra o vento. Ele assentiu, mas os olhos ainda pareciam tristes. Fiquei me perguntando se seus pensamentos haviam tomado o mesmo rumo sombrio que os meus.

A ponte se derramava em uma floresta densa. Subimos as trilhas surradas entalhadas na face da colina até onde a lamparina brilhava por entre as árvores baixas. À nossa frente havia um muro baixo de pedra. Conforme nos aproximamos, uma figura surgiu, mirando um arco e flecha para nós.

— Quem são vocês? O que querem? — gritou uma moça jovem. Era apenas alguns anos mais velha que eu, e seu cabelo louro estava amarrado para trás. Usava um vestido verde folgado e coberto de lama seca, com botas pretas altas.

— Estamos procurando por Califia — eu disse, então larguei o revólver do soldado no chão e dei um passo para trás. — Somos órfãos, fugitivos. Viajamos muito para chegar até aqui. Precisamos de ajuda.

A garota estudou a perna de Caleb, enrolada com o pedaço de pano ensanguentado. Ela examinou os espessos *dreadlocks* castanhos, a camiseta rasgada e a calça que havia sido cortada em volta do ferimento.

— Vocês estão juntos? — perguntou, olhando de Caleb para mim, e para ele de novo.

Atrás dela, uma mulher mais velha apareceu.

— Ele não pode entrar — interrompeu ela, sacudindo a cabeça. Tinha a pele mais escura, e um cabelo preto e grosso que crescia em uma cúpula em volta da cabeça. Manteve uma das mãos na faca que tinha enfiada no cinto.

— Como assim? — perguntei. Mas Caleb já estava chegando para trás, erguendo o braço do meu ombro.

A garota loura mirou em Caleb.

— Não aceitamos o tipo dele aqui.

— O tipo dele? — perguntei, puxando Caleb em minha direção. — Mas ele está machucado. Não pode voltar lá para fora. Por favor.

O rosto da garota estava impassível.

— Simplesmente não é permitido. Sinto muito. — Ela manteve o arco apontado, observando-nos através do fim da flecha.

Eu segurei a camisa dele, mas sua mão cobriu a minha, desenrolando meus dedos até não haver mais nada em minha mão.

— Califia sempre foi só para mulheres — disse ele, andando para trás. — Vá. Você tem de ir. Eu vou ficar bem.

— Você não vai ficar bem! — gritei, e as lágrimas queimavam meus olhos. — Você precisa entrar. Por favor! — implorei novamente, olhando para a perna ensanguentada, com a atadura coberta de terra.

A garota com o arco apenas sacudiu a cabeça.

— Eu já sabia que seria assim — admitiu Caleb. — Por favor, Eva, apenas entre.

Percebi então que nunca havíamos discutido o que aconteceria quando chegássemos a Califia. Toda vez que eu falava, ele concordava, me dava um meio sorriso, com os olhos fora de foco. Ele iria me trazer até aqui, mas jamais ficaria. Era só um destino ao longe para nós, e nunca uma vida a ser vivida.

— Você vai estar segura aqui. — Ele andou para trás com força renovada, segurando-se nos galhos de árvore enquanto descia a colina. O espaço entre nós cresceu, e seus passos eram constantes enquanto nos separava.

Corri atrás dele e joguei meus braços em volta de seu peito, enfiando meus calcanhares no chão, puxando-o de volta.

— Podemos viver em outro lugar. Eu vou com você...

Caleb se virou.

— Onde? — perguntou, inclinando-se para perto, as sobrancelhas franzidas. — Onde é esse *outro lugar*?

Minha garganta se contraiu.

— Talvez haja algum lugar na Trilha. Ou podemos viver na selva — tentei. — Ou na caverna; podemos voltar para a caverna. Vou ser cuidadosa.

Caleb sacudiu a cabeça, acariciando meu cabelo emaranhado.

— Você não pode voltar para a caverna. As tropas estão atrás de você, Eva. Eles nos encontraram ao pé das montanhas e vão nos encontrar novamente.

Ele vasculhou meus olhos até eu assentir, em um movimento tão pequeno que era quase imperceptível. Então me beijou, tocando os lábios em minhas bochechas, minhas sobrancelhas, minha testa.

Absorvi tudo: a forma como a luz baixa dançava em sua pele, a linha clara de sardas atravessando as maçãs do seu rosto, o cheiro de fumaça e suor que era tão distintamente dele.

— Você vai voltar? — consegui dizer, as lágrimas lavando a sujeira do dia. Pressionei meus lábios contra o rosto dele. — Por favor.

— Vou tentar. — Foi tudo o que ele disse. — Sempre vou tentar.

Abri a boca para dizer adeus, mas as palavras não saíram. Caleb agarrou minha mão e apertou a palma em seus lábios. Ele a beijou e depois a soltou. Apertei os olhos bem fechados, sentindo as lágrimas correndo.

Eu não podia falar aquilo — não podia lhe dizer adeus. Quando abri os olhos, ele já havia descido a encosta íngreme. O corpo ficou cada vez menor enquanto ele atravessava a ponte.

Quando estava quase do outro lado, ele se virou uma última vez, ergueu o braço bem alto e acenou. *Eu te amo*, ele parecia dizer, movendo-o de um lado para o outro até que eu tivesse visto. Eu também acenei de volta.

Eu te amo, eu te amo, eu te amo.

Agradecimentos

PRIMEIRAMENTE, UM ENORME AGRADECIMENTO AOS MEUS AMI-gos na Alloy Entertainment, cuja fé e apoio nunca se abalaram: ao hilariante Josh Bank, por um almoço ao qual ele não precisava comparecer. Sara Shandler, a genial aparadora de palavras, por amar este projeto desde a primeira página. A Lanie Davis, por me guiar na direção certa. E à minha editora, Joelle Hobeika, por todas as observações certeiras, a revisão meticulosa, o humor e o entusiasmo. Vocês me mantiveram ancorada à estaca da sanidade durante aqueles primeiros meses, quando passei mais tempo falando com pessoas imaginárias do que com pessoas reais.

Estou em débito com Farrin Jacobs e Zareen Jaffery da HarperCollins, os primeiros defensores de *Eva*, por seu apoio e direcionamento editorial contínuos. Outro agradecimento enorme à Kate Lee, superagente e confidente, por todo o ótimo trabalho.

Tenho sorte em ter tantos amigos encorajadores que comemoram a minha felicidade como se fosse a sua própria. Eles merecem muito mais do que o agradecimento generalizado que posso fazer aqui. Um agradecimento especial aos que leram amorosamente este rascunho quando eu não estava pronta para mostrá-lo a mais ninguém: C.H. Hauser, Allison Yarrow e Aaron Kandell. Como sempre, gratidão ao meu irmão, Kevin, a aos meus pais, Tom e Elaine. Eu amo vocês, eu amo vocês, eu amo vocês.

Este livro foi composto na tipologia Adobe Garamond Pro,
em corpo 11,5/15,3, e impresso em papel off-white,
no Sistema Cameron da Divisão Gráfica
da Distribuidora Record.